Angie Sage

FALKENREITER

DAS KIND DES MAGIERS

Roman

Aus dem Englischen von
Maren Illinger

SCHNEIDERBUCH

Bisher bei Schneiderbuch erschienen:
Maximilian Flügelschlag
Falkenreiter – Flucht aus Luma (Band 1)
Falkenreiter – Das Kind des Magiers (Band 2)

1. Auflage 2022
Deutsche Erstausgabe

Originaltitel: »Enchanter's Child, Book Two: Midnight Train«
Erschienen bei Katherine Tegen Books,
an imprint of HarperCollins Publishers, New York
Cover und Vignetten von Melanie Korte
Gesetzt aus der Stempel Garamond
von GGP Media GmbH, Pößneck
Druck und Bindung: GGP Media GmbH, Pößneck
Printed in Germany · ISBN 978-3-505-14432-5

www.schneiderbuch.de
Facebook: facebook.de/schneiderbuch
Instagram: @schneiderbuchverlag

Klimaneutral Druckprodukt
ClimatePartner.com/15109-2009-1001

MIX Papier
FSC FSC® C014496

Für Poppy Strover, von Herzen

1. Kapitel

EIN TRAUM WIRD WAHR

Monster. Monster, überall Monster. Alex RavenStarr rannte, doch ihre Füße bewegten sich nicht. Schakalköpfige Ungeheuer, zwei Meter groß, mit weißen Mäulern, spitzen rosa Ohren und gelben Augen umzingelten sie. Sie ragten hoch über ihr auf, sabberten und geiferten auf ihr Haar und bleckten die schmutzigen, messerscharfen Zähne. Alex konnte den Gestank von verwesendem Fleisch riechen. »Nein!«, schrie sie. »Nein! Nein!«

»Schhh, Alex, alles ist gut.« Ein heller Lichtstrahl fiel ihr in die Augen.

Alex setzte sich auf. Schlaftrunken starrte sie den zerzausten Jungen an, der eine kleine Laterne in der Hand hielt und sie besorgt musterte. »Hallo, Benn«, flüsterte sie.

Hinter dem Lichtkreis der Laterne sah Alex nichts als Dunkelheit. *Wo bin ich?* Alles, was sie hören konnte, waren das Heulen des

Windes und das Klatschen der Wellen. Und es war kalt, *sau*kalt. Ah. Jetzt erinnerte sie sich. Sie war in einer Höhle hoch oben auf dem Orakelfels und versteckte sich vor genau den Monstern, die in ihre Träume eingedrungen waren.

»Schlecht geträumt?«, fragte Benn.

Alex nickte. »Von der Schakalerie.«

»Bäh«, machte Benn schaudernd. Auch Alex grauste es beim Gedanken an die Schakalerie – die halb menschlichen, halb tierischen Leibwächter, die König Belamus von Rekadom beschützten und jeden Befehl des Königs skrupellos ausführten. Und im Augenblick lautete der Befehl des Königs, Benn und sie zu finden und in den Kerker zu werfen.

Im hintersten, dunkelsten Winkel der Höhle vergruben Alex und Benn sich wieder unter ihren Decken und lauschten dem Heulen des Sturms. Nach einigen Minuten verriet Benns gleichmäßiger Atem, dass er wieder eingeschlafen war, doch Alex konnte den Schrecken ihres Albtraums nicht abschütteln. Leise stand sie auf, wickelte sich in ihre Decke und schlich auf Zehenspitzen zum schmalen Höhleneingang, um hinauszuspähen.

Die Höhle befand sich hoch oben auf dem glockenförmigen Orakelfels, und die dunklen Wolken, die rasch über den Himmel zogen, gaben Alex das Gefühl, ein auf dem Wind gleitender Vogel zu sein. Eine plötzliche Sturmbö wehte Regen auf ihre Füße, und sie wich einen Schritt zurück. Mit einem Mal hellwach, blickte sie auf die schäumende See, die tief unten gegen die Steine schlug. Jenseits des aufgewühlten Wassers, das den Orakelfels vom Festland abschnitt, sah sie die hoch aufragenden Klippen, auf denen sich die Festungsstadt Rekadom in den Nachthimmel hob. Irgendwo in der Stadt – vermutlich tief unten im Kerker – befand sich ihr lang verschollener und gerade erst wiedergefundener Vater, Hagos RavenStarr.

Alex lehnte sich an die kalte Felswand und nahm aus der Geheimtasche ihrer breiten grünen Schärpe, die sie um die Taille trug, ein kleines, erstaunlich schweres Buch, das in abgewetztes blaues Leder gebunden war. Sie schlug das Buch auf und strich mit der Fingerspitze über einen flachen Stapel oblatendünner sechseckiger Karten, die ordentlich in einer Innentasche im vorderen Einband steckten. Beim Anblick ihrer wertvollen Karten musste sie unwillkürlich lächeln. Sie waren ihre ständigen Begleiter, seit ihre Mutter und ihr Vater sie als ganz kleines Kind einer gewissen Mirram D'Arbo überlassen mussten – eine mürrische Frau, die sich seitdem ohne große Begeisterung um Alex gekümmert hatte. In den letzten beiden verrückten Wochen hatten die Karten ihr so viele neue Entdeckungen beschert, dass es ihr immer noch schwerfiel, das alles zu verdauen.

Weil sie so tröstlich vertraut waren, nahm Alex die Karten heraus, und während sie die dünnen Scheiben mit geschickten Fingern mischte, erstellte sie in Gedanken eine Liste aller Dinge, die sie über sich erfahren hatte.

Erstens: Ihre Mutter hieß Pearl. Sie war vor acht Jahren im Kerker von Rekadom gestorben.

Zweitens: Ihr Vater war Hagos RavenStarr.

Drittens: Ihr Vater war vor langer Zeit der Oberste Magier des Königs gewesen.

Viertens: Folglich war sie das Kind eines Magiers. Und das war nichts, was man im Augenblick sein wollte. Ganz und gar nicht.

Es ist schon komisch, dachte Alex, dass ich nun selbst am Orakelfels bin, genau da, wo vor zehn Jahren das Orakel König

Belamus prophezeit hatte, er werde »durch das Kind eines Magiers getötet« werden. Bis dahin war nichts dabei gewesen, ein Magierkind zu sein, doch einige wenige Worte hatten das für immer verändert.

Alex schauderte und zog die Decke enger um die Schultern. Dann lugte sie noch etwas weiter aus der Höhle hinaus und folgte mit dem Blick dem steilen Pfad, der von ihrem Versteck abwärtsführte. Sie wollte sehen, ob die Sandbank, die den Orakelfels mit dem Festland verband, schon frei lag. Doch der beinahe volle Mond war hinter einer dicken Sturmwolke verschwunden, und sie konnte es nicht erkennen. Der Wind blies ihr unangenehm ins Gesicht, und Alex zog sich wieder in den Schutz der Höhle zurück. Was macht es schon für einen Unterschied, dachte sie. Früher oder später würde die Flut zurückgehen, und sie war sicher, dass der König dann seine Schakale über den Dammweg schicken würde, um sie zu holen. Es war nur eine Frage der Zeit. Sie hatte nur dann eine Chance, wenn der Sturm sich so weit legte, dass Benn und sie in Benns Segeljolle Molly entkommen konnten. Aber so, wie das Meer im Augenblick tobte, würde sich die kleine Molly keine fünf Minuten über Wasser halten können.

Plötzlich schob sich der Mond hinter der Wolke hervor. Alex riskierte noch einen schnellen Blick nach draußen. Zu ihrem Entsetzen sah sie nun einen Sandstreifen, der den Orakelfels mit dem Strand unter den Klippen Rekadoms verband. Es schien schon seit einer ganzen Weile Ebbe zu sein, und der blasse Sand glänzte im Mondschein wie eine Bühne im Scheinwerferlicht. Alex schnappte nach Luft, denn wie aufs Stichwort traten die Schauspieler auf. Es waren fünf: vier riesige Schakale wie in ihrem Albtraum, deren lange rote Umhänge im Wind flatterten, während das gespenstisch silbrige

Mondlicht ihre spitzen Ohren und Schnauzen scharf umriss. Und etwas verloren zwischen ihnen stand eine kleinere Gestalt in einem langen Bademantel – Deela Ming, Oktopusstrickerin, Bewohnerin des Orakelfelsens und amtierendes Orakel. Alex schluchzte auf. Bitte nicht Deela, die gute Deela Ming, die sie bei sich aufgenommen hatte und die so freundlich zu ihnen gewesen war.

»Alex?«, ertönte Benns beunruhigte Stimme. »Was ist los?«

»Deela!«, brachte Alex hervor. »Die Schakalerie hat Deela geholt!«

Benn huschte neben Alex zum Höhleneingang, und sie blickten gemeinsam hinaus. »Warum?«, murmelte Alex. »Warum holen sie Deela?«

Benn runzelte die Stirn. »Wahrscheinlich, weil sie dich nicht gefunden haben. Es heißt, dass die Schakalerie nie mit leeren Händen fortgeht.«

Alex fühlte sich schrecklich. »Ich wünschte, sie hätten *mich* mitgenommen«, flüsterte sie.

Benn schnaubte. »Sie sollen überhaupt niemanden mitnehmen!« Er beugte sich weiter in den Wind, um besser sehen zu können. »Nur Deela?«, fragte er. »Palla nicht?« Palla Lau war Deelas junge Gehilfin, die Alex und Benn in der Höhle versteckt hatte.

»Nur Deela. Ich bin sicher. Palla ist viel größer. Sieh doch.«

Alex und Benn rieben sich einen plötzlichen stechenden Regenschauer aus den Augen und beobachteten die furchterregenden Schakale, die, auf ihren Hinterbeinen stolzierend, die kleine Gestalt über den Dammweg trieben. »Sie muss entsetzliche Angst haben«, flüsterte Alex, als Deela in einem dunklen Tunnel am Fuß der Klippen verschwand. Alex fand, dass sie aussah wie ein Geist, der in der Unterwelt verschwindet.

Plötzlich ertönte das Knirschen kleiner Steine auf dem schmalen Pfad unter der Höhle. Leise und mit hämmernden Herzen krochen Alex und Benn weit nach hinten in die Höhle, schlüpften unter die Decken und lauschten mit angehaltenem Atem.

Irgendetwas kletterte den Felsen hoch.

Und jetzt war dieses Etwas in der Höhle und schlich auf ihr Versteck zu.

Alex traf eine Entscheidung. Sie würde nicht zulassen, dass ein Schakal sie wehrlos und starr vor Schreck vorfand. Sie würde nicht kampflos aufgeben. Mit wildem Gebrüll sprang sie unter ihrer Decke hervor und stürzte sich auf den Eindringling.

Ein Schrei gellte durch die Nacht, dann war alles still.

Aber nicht lange.

2. Kapitel

ALTES UND NEUES ORAKEL

»Was sollte das denn?«, ertönte eine wohlbekannte Stimme. Palla Lau rappelte sich auf.

»Palla! Du bist es!«, rief Alex und lachte vor Erleichterung.

»Ich weiß nicht, was daran so lustig ist«, knurrte Palla, während sie sich den Hosenboden abklopfte.

»Entschuldige bitte«, erwiderte Alex. »Aber wir dachten, du wärst ein Schakal.«

»Diese abscheulichen Geschöpfe. Wie kommt ihr denn darauf?«, fragte Palla.

»Wir haben sie gesehen«, sagte Benn leise. »Mit Deela.«

Pallas Ärger verflog schlagartig und sie schlug die Hände vors Gesicht.

»Deela hat gesagt, dass sie kommen würden.« Sie brachte die Worte nur mühsam und stockend hervor. »Wir haben nach ihnen

Ausschau gehalten. Als schließlich Ebbe war, haben wir sie auf dem Dammweg gesehen, und Deela hat gesagt, dass ich mich verstecken soll. Ich wollte nicht. Aber sie ist richtig böse geworden. Sie hat gesagt, *ich* muss jetzt das Orakel sein.« Palla schluckte. Sie blinzelte Alex und Benn mit Tränen in den Augen an. »Ich wollte schon immer das Orakel sein. Aber nicht *so*.«

In der Höhle wurde es still. Alex stand auf und trat wieder an den Höhleneingang. Dort setzte sie sich, fühlte den kalten Wind im Gesicht und sah die Wolken schnell über den nachtblauen Himmel ziehen, sah den Mond hinter ihnen auf- und abtauchen. Sie blickte zu den Klippen und den hohen Mauern von Rekadom hinüber und dachte an ihren Vater, der dahinter gefangen gehalten wurde – so wie nun auch Deela. Sie wusste, wenn der Sturm nicht vor der nächsten Ebbe abflaute, würde sie selbst auch bald dort sein. Alex starrte in die Tiefe, bis das Meer den Dammweg wieder überspült hatte. Wenigstens besaß Rekadom keinen Hafen, und es bestand keine Gefahr, dass die Schakale mit Booten übers Meer kamen.

»Der Dammweg ist überflutet!«, rief sie Benn und Palla zu. »Wir sind in Sicherheit.« Leise fügte sie hinzu: »Vorerst.«

Im Morgengrauen kletterten sie über den steilen Pfad in Deelas Häuschen zurück, das oben auf dem Orakelfels stand. Palla kniete sich im Wohnzimmer vor das Feuer und fütterte es Stück für Stück mit Meereskohle, als wäre es ein krankes Tier. Draußen tobten Wind und Regen weiter, und trotz der Anstrengungen des Feuers wollte die Kälte nicht aus ihren Knochen weichen. Erst nach einer Tasse heißer Milch mit Zimt und Nelken, die Palla zubereitete, sanken Benn und sie, in Decken gewickelt, neben dem Feuer in einen unruhigen Schlaf.

Palla hingegen kam nicht zur Ruhe. Rastlos lief sie im Zimmer auf und ab und konnte nur eines denken: Was geschieht mit Deela?

Deela saß auf einem klammen Strohhaufen in so tiefer Finsternis, dass sie nichts anderes sehen konnte als ein paar helle Blitze, wenn sie die Augen ganz weit aufriss. Irgendwo hörte sie das fortwährende *Plitsch, plitsch* von Wassertropfen, und unter dem allgegenwärtigen Moder roch sie etwas Verwesendes, vielleicht eine tote Ratte. Sie befand sich in einer winzigen Zelle, die so schmal war, dass sie, wenn sie die Arme ausbreitete, die flachen Hände auf die eisigen Mauern legen konnte. Und wenn sie die Arme hob, stieß sie mit den Fingerknöcheln gegen die gewölbte Decke. Sie hatte es aufgegeben zu rufen und in die Dunkelheit hinein zu fragen, ob jemand da war. Sie wusste, sie war allein.

Irgendwann später – wie viele Stunden, konnte sie nicht sagen – hörte Deela das ferne Klirren eisenbesohlter Stiefel, wie sie die Kerkerwächter trugen. Sie richtete sich auf und lauschte angestrengt. Die Schritte kamen näher, und Angst flackerte in ihr auf. Sie kamen, um sie zu holen. Sie wusste es.

Deela atmete tief ein. Sie stand auf und stellte sich mit dem Gesicht zur Tür, während ihr Herz im Takt mit den polternden Stiefeln schlug. Vor ihrer Zelle hielten sie inne, und Deela straffte die Schultern. Was auch immer als Nächstes geschah, es gab nichts, was sie dagegen tun konnte. Sie konnte nur versuchen, tapfer zu sein und es würdevoll zu ertragen.

Ratschend fuhr der Schlüssel ins Schloss, dann erschien das blendende Licht einer Laterne. Deela ballte die Fäuste und sah die Tür aufschwingen.

»Hagos!«, japste sie.

Flankiert von zwei stämmigen Kerkerwächtern im Kettenhemd stand Hagos RavenStarr vor ihr, zart wie ein Schilfrohr zwischen zwei Felsen. Er wirkte ausgezehrt und verhärmt, doch seine dunklen Augen funkelten Deela warnend an. »Schweig still, Gefangene!«, sagte er mit seltsam hoher Stimme. »Wie kannst du es wagen, mich zu beleidigen?«

Deela war so geschockt, als hätte Hagos sie geschlagen. Er klang so feindselig.

»Das ist die neue Gefangene, Majestät«, sagte eine der Wachen.

Majestät? dachte Deela. Warum nennen sie ihn »Majestät«? Verwirrt blickte sie Hagos an. Der zwinkerte ihr zu. Deela spürte einen Hoffnungsfunken, und ihr Gehirn begann wieder zu arbeiten. Anscheinend hielten die Wachen Hagos für König Belamus, auch wenn Deela völlig schleierhaft war, wie er das angestellt hatte. Dennoch war es wohl klug, schnell einen wackligen Knicks zu machen.

Eine der Wachen zog ein paar Handschellen hervor. »Nicht nötig«, winkte Hagos ab. »Ich nehme die Gefangene.« Der Wächter sah enttäuscht aus. König Belamus hatte in den letzten zehn Jahren die meisten der noch verbliebenen Einwohner Rekadoms einsperren lassen, und wegen des berüchtigten Kerkerfiebers gab es nicht mehr allzu viele Gefangene, denen man Handschellen anlegen konnte. Um genau zu sein, war Deela im Augenblick die einzige Gefangene, und ihr Eintreffen war *das* Ereignis in einem sehr langweiligen Monat gewesen. Aber der König wusste natürlich am besten, was zu tun war.

Hagos trat in den winzigen Raum, und Deela spürte seine knochige Hand auf ihrem Arm. Folgsam ließ sie sich von ihm aus der Zelle führen, fort von dem trostlosesten Ort, an dem sie je gewesen war, während die Wachen ihnen dicht auf den Fersen blieben und im Licht der Laternen gespenstische Schatten vor ihnen hertanzten. Hagos führte Deela durch das Labyrinth aus Gängen unter der Stadt, bis sie den Fuß einer Treppe erreichten, die zu beiden Seiten von brennenden Fackeln erleuchtet war. Hier drehte er sich zu den Wachen um und kommandierte: »Abtreten!«

Die Wachen salutierten, schlugen die Hacken zusammen und marschierten davon.

»Sie dachten, du wärst der König«, flüsterte Deela ehrfürchtig. »Wie hast du das gemacht?«

»Leicht war es jedenfalls nicht«, erwiderte Hagos trocken. »Komm, lass uns von diesem grässlichen Ort verschwinden.«

»Wir fliehen?«

Hagos seufzte. »Na ja, nicht ganz. Ich habe einen Handel abgeschlossen.«

»Einen Handel?«

»Mit dem König. Und du bist ein Teil dieses Handels, allerdings weiß er das noch nicht. Also beeil dich. Niemand darf uns sehen.«

Zittrig vor Erleichterung stützte sich Deela auf Hagos, als er sie die Stufen hinauf Richtung Sonnenlicht führte. Sie atmete lange und tief die salzige Luft ein, die vom Meer herübergeweht wurde, und musste an den Orakelfels denken. »Deine Tochter, Alex«, sagte sie, »ist in Sicherheit. Palla hat sie versteckt. Deshalb hat die Schakalerie mich geholt.«

Hagos drehte sich zu seiner alten Freundin um. »Das hat der König mir schon mitgeteilt. Danke, Deela.« Er seufzte. »Belamus hat auch gesagt, dass er den Ungeheuern befohlen hat, Alex bei der nächsten Ebbe zu holen.«

Deela lächelte. »Keine Sorge. Da wird deine Alex schon längst mit ihrem Freund davongesegelt sein.«

Hagos verzog das Gesicht. »Bei dem Sturm?«

»Der flaut bald ab«, sagte Deela. »Vertrau mir. Ich lebe seit dreißig Jahren auf diesem Felsen, so langsam kenne ich das Wetter.«

Sie traten auf eine große, freie Fläche, die als der Sternenhof bekannt war. Hier, genau in der Mitte von Rekadom, erhoben sich drei Türme – der Goldene, der Silberne und der Eiserne Turm – in den stürmischen Himmel. Früher war der Sternenhof ein beliebter Treffpunkt gewesen, doch jetzt lag er verlassen da. Nach dem großen Auszug der Magier und ihrer Familien vor zehn Jahren hatte die verbliebene Bevölkerung von Rekadom den Verfolgungswahn ihres Königs weiter ertragen müssen, und der einst so lebhafte Ort war nur noch eine Geisterstadt.

Nervös spähte Hagos zur Spitze des Goldenen Turms hinauf, wo König Belamus, wie er wusste, nichts Besseres zu tun hatte, als herumzulungern und durch die goldgerahmten Fenster auf den leeren Platz zu blicken. Hagos' Ausflug in den Kerker hatte länger gedauert als erwartet, es war schon kurz vor elf – und pünktlich um elf würde König Belamus, der sich an einen strengen Zeitplan hielt, sein vormittägliches Stück Schokoladentorte verspeisen und ein Kapitel des Buchs überarbeiten, das er schrieb: *Mein Rekadom – Die vollständige und ungekürzte Geschichte der Stadt.* In alter Zeit, als Hagos nicht nur der Magier des Königs, sondern auch sein bester Freund gewesen war, hatte Belamus regelmäßig seine Schokoladentorte mit ihm geteilt und ihm sein neuestes Kapitel vorgelesen. Die Torte vermisste Hagos, auf das Zuhören konnte er dagegen gut verzichten.

Hagos zog Deela über den leeren Hof, vorbei an einer missmutigen Ziege, die an einer einsamen Sonnenblume knabberte, durch den Schatten des düsteren Eisernen Turms, dessen winzige Fenster mit Gittern versperrt waren, und wieder ins Offene. Es schien eine halbe Ewigkeit zu dauern, den leeren Raum zwischen dem Eisernen und dem Silbernen Turm zu überwinden, aber endlich erreichten sie doch den Torbogen, der in den Silbernen Turm führte. Hagos schob die erschöpfte Deela hinein, und langsam stiegen sie die steile Wendeltreppe hoch, die von kleinen Laternen erhellt wurde. Ganz oben war ein breiter Treppenabsatz vor einer großen blauen Tür, die mit silbernen Sternen verziert war. Hagos legte eine Hand über das Schloss und wartete, bis man hören konnte, wie die Federbolzen mit einem leisen Klicken einrasteten. Rasch drückte er die Tür auf – seine Fähigkeit, ein Schloss offen zu halten, war heutzutage nur noch auf wenige Sekunden begrenzt. Er führte Deela in einen großen, dreieckigen Raum und machte die Tür schnell hinter sich zu.

Der starke Geruch nach Weihrauch, der in der Luft hing, machte Deela ganz schwindlig, und ihre Füße in den schmutzigen Pantoffeln fühlten sich an, als ständen sie auf Treibsand. Benommen fragte sie sich, warum Hagos ein Glöckchen direkt vor ihrem Ohr klingeln ließ, als auch schon der Boden auf sie zukam und ihr hart entgegenschlug.

»Deela ... Deela ...« Jemand rief am Ende eines langen Tunnels nach ihr. Deela stöhnte. Es war alles nur ein Traum. Hagos hatte sie nicht befreit, indem er sich als König ausgegeben hatte. Natürlich nicht. Was für eine alberne Vorstellung. Sie war immer noch in der schrecklichen Zelle.

»Deela. Deela«, ertönte Hagos' Stimme. »Wach auf. So ist es gut. Es ist alles in Ordnung. Trink das.«

Deela stützte sich langsam auf die Ellbogen. Hagos' ängstliches Gesicht ragte groß vor ihr auf, und mit zitternden Fingern nahm sie das Glas mit der roten Flüssigkeit, das er ihr hinhielt, und trank es aus. Das Gebräu brannte in ihrer Kehle, aber es schien ihren Kopf zu klären. Deela blinzelte und sah den Raum nun deutlicher – dunkel und geheimnisvoll, dichte, schwere Vorhänge, mit Büchern gesäumte Wände, Flaschen und Gläser in allen Größen und Formen. »Es stimmt also doch«, murmelte sie. »Du hast mich gerettet.«

Hagos lächelte wehmütig. »Nicht ganz. Wir sind immer noch Gefangene.«

»Aber das sind deine alten Gemächer.« Deela schaute sich in dem vertrauten Raum um, in dem sie Hagos früher häufig besucht hatte, ihn, seine Frau und seine kleine Tochter.

»Das ist richtig«, sagte Hagos. »Und ich bin nur hier, weil ich eine Abmachung mit Belamus getroffen habe.«

»Eine Abmachung?«, fragte Deela verständnislos.

»Ich erkläre es dir später. Ruh dich erst mal aus.« Hagos half Deela auf das Sofa neben dem Feuer und machte es ihr bequem. Als Deela eingeschlafen war, trat er an ein kleines, dreieckiges Fenster hinter dem Schreibtisch und blickte in den stürmischen Himmel. Trotz Deelas Wettervorhersage gab es kein Anzeichen, dass der Sturm abflaute. Aus einer Schublade in seinem Schreibtisch nahm er ein kleines Fernglas und richtete es auf den eisengrauen Streifen Ozean, der gerade so hinter den hohen Mauern von Rekadom zu sehen war. Ängstlich suchte Hagos die schäumenden Wellen ab und betete, dort kein kleines, weißes Boot mit einem roten Segel zu entdecken. Noch nicht, nicht solange der Sturm so tobte. Bitte lass sie warten, bis sich das Wetter beruhigt hat, dachte er. Er blickte auf die Uhr und stellte fest, dass es nur noch drei Stunden dauern würde, bis der Dammweg wieder frei lag und die Schakalerie sich erneut auf den Weg zum Orakelfels machen würde.

»Verdufte, du Sturm«, murmelte er. »Bitte. Verzieh dich.«

3. Kapitel

STURMWACHE

Während Hagos aus seinem Fenster in den stürmischen Himmel blickte, tat Alex in dem winzigen Wohnzimmer in Deelas Häuschen das Gleiche. Palla hatte Zitronentee gekocht, das Feuer brannte munter, die Meereskohle spuckte ihre salzigen Flammen, und trotzdem war der Raum voller Schwermut. Deelas bunt gestrickte Oktopusse saßen in einer Reihe auf der Fensterbank und blickten nach draußen, als warteten auch sie hoffnungsvoll auf Deelas Rückkehr. Der Wind ließ die kleinen Scheiben in den Fenstern klappern wie Teetassen auf wackligen Untersetzern und heulte, als wollte er herein. Wie die Schakale, dachte Alex.

Benn kam zu ihr ans Fenster und folgte ihrem Blick auf das tosende Wasser. »In etwa drei Stunden müsste der Weg wieder frei sein«, sagte er.

»Dann gehen wir wieder nach oben in die Höhle«, sagte Palla.

Alex drehte sich zu ihr um. »Danke für das Angebot, Palla«, sagte sie. »Aber wir gehen nicht wieder in die Höhle. Benn und ich reisen mit Molly ab.«

Palla sah sie entsetzt an. »Bei dem Sturm?«, rief sie. »Das könnt ihr nicht machen!«

»Ist schon in Ordnung.« Benn blinzelte zuversichtlich einem winzigen blassblauen Fleckchen Himmel zu. »Der Sturm zieht weiter. Wir müssen ja nur ein Stück die Küste runter bis zur Netzlegerbucht. Der Wind steht günstig. Es wird schon gut gehen.«

Palla war erschüttert. »Wird es nicht! Ihr kennt die Kräfte des Ozeans nicht. Ihr wart noch nie schiffbrüchig!«

Alex sah sie fragend an. »Warst *du* schon mal schiffbrüchig?«

Palla nickte. »Ja. Deela hat mich gerettet. Ich war erst neun.« Sie rieb sich einen plötzlichen Tränenstrom aus den Augen. »Und wie habe ich es ihr gedankt? Indem ich ihr diesen ganzen Ärger eingebrockt habe! Und dir, Alex. Und deinem Vater.«

»König Belamus brockt uns den Ärger ein, nicht du«, sagte Alex.

Benn sah Palla erstaunt an. »Warum glaubst du, es wäre deine Schuld?«, fragte er.

Palla seufzte. »Weil es stimmt. Nachdem sie mich gerettet hatte, bekam Deela hohes Fieber. Ihr Hals war ganz geschwollen, und sie hatte keine Stimme mehr. Als König Belamus zum Orakel kam – wie er es so oft tat –, wollte ich für sie einspringen. Ich war das Orakel.«

»Aber deine Stimme … hat der König den Unterschied denn nicht bemerkt?«, fragte Benn.

Palla schüttelte den Kopf. »Das Orakel steht in der Orakelglocke, und die Glocke gibt der Stimme einen ganz anderen Klang. Und …« Sie stockte. »Es ist schwer zu beschreiben. Sie verändert einen auch.

Also, mich hat sie jedenfalls verändert, aber ich glaube nicht, dass es bei Deela auch so war. Deela hat erzählt, dass sie und Hagos sich immer abgesprochen und gemeinsam überlegt haben, was sie dem König am besten sagen, um ihn bei Laune zu halten. Aber ich konnte das nicht. Sobald ich die Orakelrobe angezogen hatte, hatte ich das Gefühl, ich wäre tausend Jahre alt und Teil von etwas Uraltem. Als ich in der Orakelglocke stand und der König fragte, wie er sterben würde, wusste ich sofort, was ich sagen musste.«

»Dass er durch das Kind eines Magiers getötet werden würde«, murmelte Alex.

Palla sah Alex an. »Aber das waren nicht meine Worte, es waren die des Orakels. Verstehst du?«

Alex nickte. »Ich verstehe.«

»Trotzdem muss ich die ganze Zeit an die furchtbaren Dinge denken, die seitdem passiert sind«, sagte Palla. »Ich erinnere mich noch genau an den Tag, an dem Deela mir erzählte, dass der König alle Magier und Magierkinder aus Rekadom verbannt hatte – abgesehen von deinem Vater, Alex, den er gefangen nahm. Deine arme Mutter hat er in den Kerker geworfen. Und du bist verschwunden. Deela war völlig außer sich. Aber Hagos wollte nicht mit ihr sprechen.« Palla schüttelte den Kopf. »Und dann hörten wir von den schrecklichen Wesen, die überall im Land auftauchten und jeden jagten, der Zauberkräfte besaß. Die grauenvollen Geschöpfe der Dämmerung …«

»Die mein Vater erschaffen hat«, ergänzte Alex.

»Aber nur, weil der König versprochen hat, dafür deine Mutter aus dem Kerker zu lassen.«

»Was er nie getan hat«, sagte Alex. Sie stand auf, ging zu Palla und umarmte sie. »Es ist gut«, sagte sie. »Schau.« Sie nahm den

Codex aus der Tasche ihrer Schärpe und öffnete ihn, um Palla die Hexkarten zu zeigen, die im Einband steckten.

Pallas Augen leuchteten auf. »Das ist ja wirklich ein Zauberbuch«, murmelte sie. »Schau mal, wie die Ränder der Seiten glitzern.«

»Das sind die versiegelten Seiten«, erklärte Alex. Sie schlug das Buch hinten auf, wo ein ganzer Seitenblock zusammenklebte, der mit einem schimmernden blauen Wachs versiegelt war. Vor dem Block war ein leeres T-förmiges Täschchen. »Das ist für das Tau, das dort hineinmuss, um die Seiten zu öffnen«, sagte Alex. »Aber der König hat es Papa gestern weggenommen.«

Palla seufzte. »Nach all den Jahren, die Deela das Tau für Hagos in ihrem Lieblingsoktopus aufbewahrt hat. Es ist wirklich traurig, dass es jetzt wieder dem König in die Hände gefallen ist.«

Alex schob die Erinnerung an den Vortag, als ihr Vater König Belamus das wertvolle Tau im Tausch gegen ihr Leben gegeben hatte, weit von sich – zumindest für den Moment. Entschlossen blickte sie Palla an. »Ich werde das Tau zurückholen, Palla. Ich werde es in diese Tasche legen und die versiegelten Seiten öffnen. Und dann werde ich alle Geschöpfe der Dämmerung entzaubern. Ich werde sie ein für alle Mal loswerden, jedes einzelne von ihnen!« Doch noch während sie sprach, wusste Alex, wie unmöglich das klang.

Palla schien diese Einschätzung zu teilen. »Der König wird das Tau niemals hergeben«, sagte sie. »Erst musst du ihn loswerden.« Sie sah Alex direkt in die Augen. »Vielleicht gelingt es dir ja wirklich. Schließlich bist du das Kind eines Magiers.«

»Nein!«, rief Alex entrüstet. »Das Orakel liegt falsch, Palla, egal was du denkst. Zieh mich nicht in dieses dumme Spiel hinein.«

»Es ist kein Spiel. Und das Orakel lügt nicht«, entgegnete Palla.

»Über *mich* schon«, gab Alex wütend zurück. Palla konnte doch nicht ernsthaft glauben, dass sie imstande war, einen Menschen zu töten. »Danke für die Hilfe, Palla«, fügte sie steif hinzu. »Wir brechen jetzt auf. Stimmt's, Benn?«

»Jep.« Benn stand auf. Er konnte verstehen, dass Alex wütend war, trotzdem tat Palla ihm leid. »Danke für alles«, sagte er.

Palla erhob sich ebenfalls. »Gern geschehen. Ich wünsche euch eine gute Reise.«

Alex und Benn kletterten die schmale Treppe hinunter, die sie durch das Gestein zu einer kleinen Tür auf halber Höhe des Orakelfelsens führte. Der Wind blies immer noch kräftig, doch Benn hatte recht: Der Sturm flaute ab. Die Wolken waren jetzt weiß, der Ozean dunkelblau statt grau, und die Wellen rollten breit und langsam heran und trugen flache Mützen.

Benn grinste. »Das wird Molly gefallen!«, sagte er und reckte sich Richtung Hafen, um sein Boot endlich wiederzusehen.

Doch als sie den Hafen erreichten, blieben sie wie angewurzelt stehen. »Nein!«, sagte Benn.

»Oh«, sagte Alex.

Molly war noch da, aber nicht *auf* dem Wasser, wo ein Boot sein sollte. Etwa einen Fuß unter der Oberfläche, gehalten von ihren Halteleinen, schaukelte sie geisterhaft auf und ab.

Alex drehte sich zu dem kleinen Ruderboot um, das an einer geschützteren Stelle an der Hafenmauer festgemacht war. »Wir müssen Deelas Boot nehmen.«

Benn schnaubte verächtlich. »Kommt nicht infrage! Wir können Molly nicht hier zurücklassen. Und wir können nicht bis zur Netzlegerbucht rudern. Wir müssen segeln.«

»Aber Molly ist untergegangen«, sagte Alex.

»Sie ist nicht *untergegangen*«, widersprach Benn. »Sie ist voll Wasser gelaufen, das ist etwas ganz anderes. Wir müssen nur das Wasser ausschöpfen, das ist alles.«

»Das ist *alles?*«

»Jep. Wir ziehen sie raus und schöpfen sie leer.« Benn grinste. »Gut, dass wir die Ruder an Land deponiert haben, was?«

Alex gab keine Antwort. Sie betrachtete das Boot, das wie ertrunken im grünen Wasser schaukelte. Plötzlich hatte sie eine sehr ungute Vorahnung.

4. Kapitel

MIN

Auch Hagos hatte eine ungute Vorahnung. Aus seinem Fenster konnte er sehen, wie der König in Begleitung seiner Schakalerie den Sternenhof überquerte, und er wusste sofort, dass Belamus zu ihm wollte.

»Deela!« Hagos eilte durch den Raum zu der schlafenden Gestalt auf dem Sofa. Ein leises, röchelndes Schnarchen tönte ihm entgegen. »Deela!« Unsanft rüttelte Hagos die Schultern seiner alten Freundin. »Aufwachen! Belamus kommt. Wach auf!«

Deelas Oberkörper klappte senkrecht in die Höhe. Sie starrte Hagos an und versuchte, sich zu erinnern, wo sie war.

»Deela, der König kommt. Wir müssen uns beeilen!«, sagte Hagos eindringlich.

Deela sprang auf und schaute sich panisch um. »Ich muss mich verstecken!«

»Nein. Die Schakalerie wird dich aufspüren. Hör mir gut zu, Deela. Ich habe doch gesagt, ich hätte eine Abmachung mit Belamus getroffen.«

Deela nickte.

»Ich habe ihm einen neuen Falken versprochen …«

»Aber Hagos! Du kannst doch nicht noch so eine mörderische Bestie erschaffen!«, rief Deela.

»Werde ich ja auch nicht.«

»Aber du hast doch gerade –«

»Deela, bitte hör mir einfach zu. Ich musste es ihm versprechen. Sonst wäre ich nicht mehr am Leben.«

»Oh«, sagte Deela. »Verstehe.«

»Ich schwöre dir, dass ich kein weiteres Monster für ihn erschaffen werde. Aber ich muss so tun.«

»Aha«, sagte Deela.

»Und«, fügte Hagos hinzu, »ich muss ihm erklären, wer du bist. Ich habe schon einen Plan. Du bist ein großer und erfahrener Falkenmeister!«

»Wie bitte?«

»Ein Experte. Für das Erschaffen von Falken.«

Deela war völlig perplex. »Aber ich könnte nicht mal eine Ameise erschaffen!«

»Das macht nichts. Du musst überhaupt nichts erschaffen. Du musst nur so *aussehen*, als ob du es könntest.«

»Aber ein Meister ist doch ein Mann. Und ich bin kein Mann, Hagos.«

Hagos seufzte. »Das weiß ich doch, Deela. Aber der König wird bald feststellen, dass du nicht mehr im Kerker bist. Da er nicht die hellste Kerze auf der Torte ist, hoffe ich, dass er keinen Verdacht schöpft, wenn irgendein komischer *Mann* genau dann hier auftaucht, wenn du verschwunden bist.«

»Ich verstehe. Aber wenn eine irgendeine komische *Frau* hier auftaucht, würde er Verdacht schöpfen?«

»So ist es.« Hagos lachte. »Du bist natürlich überhaupt nicht komisch, Deela, sondern eine sehr gute Freundin. Und jetzt komm.« Er nahm Deelas Arm, zog sie zu einem großen Schrank und öffnete schwungvoll die Türen. Dahinter kamen etwas verstaubte, aber doch bemerkenswert schöne Umhänge aus schimmernder Seide zum Vorschein. »Nimm irgendwas Beeindruckendes«, sagte er. »Aber mach schnell! Gleich ist er da.«

Deela starrte den Regenbogen seidener Gewänder an. »Oh. Die haben Pearl gehört. Ich kann sie nicht tragen, Hagos. Es fühlt sich nicht richtig an.«

»Pearl hätte nichts dagegen. Bitte, Deela, beeil dich. Der König kann jeden Moment –«

Ein herrisches Hämmern an der Tür ließ Hagos verstummen. Während er zur Tür eilte, griff Deela nach einem glänzend blauen, mit silbernen Monden bestickten Umhang, warf ihn über und zog die Kapuze tief ins Gesicht. Der Saum des Umhangs schleifte auf dem Boden, da Pearl einen guten Kopf größer gewesen war als sie. Hastig zog Deela einen niedrigen Schemel vom Feuer herüber und stellte sich darauf, sodass der Saum elegant über dem Boden schwebte.

Mit einem heftigen Ruck flog die Tür auf, Hagos machte einen Satz rückwärts, und der König wirbelte herein wie ein Unwetter. Hinter ihm kamen seine Leibwächter, die Schakale. Die weißköpfigen Geschöpfe in ihren langen roten Mänteln mit den goldenen Knöpfen stolzierten auf den Hinterbeinen in den Raum, doch sobald sie drinnen waren, ließen sie sich auf alle viere nieder und begannen, gierig zu schnüffeln. Oben auf ihrem Schemel zog Deela den nachtblauen Umhang enger um sich und musterte den König. Er trug mehrere Lagen grellbunter Seidengewänder, die Knöpfe seiner gelben Weste spannten über seinem fetten Bauch, und seine Stöckchenbeine verloren sich in den Falten seiner blauen Seidenstrümpfe. Deela fand, dass er aussah wie eine Zitrone auf Zahnstochern.

»Eure Eminenz«, sagte Hagos und vollführte eine komplizierte Verbeugung, die Deela an ein Huhn erinnerte, das gerade ein Ei legte.

»Ja, ja, ja«, sagte König Belamus ungeduldig. »Hör zu, RavenStarr, glaub ja nicht, dass du davonkommst. Ich weiß, dass du eine betrügerische alte Kröte bist. Und wer ist das?« Er zeigte auf Deela.

Deela sah, dass Hagos wegen ihres plötzlichen Wachstums verblüfft war, und zwinkerte ihm zu.

Hagos fasste sich schnell. »Das, Euer Gnaden, ist der berühmte Falkenmeister«, erwiderte er. »Er ist, wie Ihr sicherlich wisst, der beste Falkenerschaffer der Welt. Wir dürfen uns überaus glücklich schätzen, dass er uns mit seiner Anwesenheit beehrt.«

Belamus musterte Deela argwöhnisch. »Ich habe nicht meine Erlaubnis gegeben, dass dieser … dieser Meister hierherkommt. Wie lautet sein Name?«

Hagos warf Deela einen scharfen Blick zu. »Vergebt sein Schweigen, hoher Herr«, sagte er. »Der Falkenmeister spricht nur die Sprache der Falken.«

»Dann sprich *du* für ihn, RavenStarr! Wie lautet sein Name?«

Deela sah die blinde Panik in Hagos' Gesicht. Unerträgliches Schweigen folgte, und Deela wusste, dass sie es brechen musste.

»Min!«, platzte es aus ihr heraus und sie hielt entsetzt inne, weil ihre Stimme so hoch und kieksig war.

»Min«, widerholte der König. »Eine komische Stimme hat er, dieser Min.«

Endlich konnte Hagos wieder sprechen. »Es ist ja auch die Sprache der Falken, Majestät. Hoch und scharf, wie der Ruf eines Vogels.«

Belamus starrte Hagos an. »Sehr poetisch, RavenStarr. Aber ich will *Ergebnisse*. Ich will den größten, scharfäugigsten Falken, den es je gab. Ich will den besten Jäger aller verbliebenen Magier, die sich noch in meinem Reich herumtreiben.« Belamus blieb stehen und starrte Hagos mit zusammengekniffenen Augen an, etwa so wie der erwünschte Falke. »Und alle Magier*kinder.*«

Hagos zuckte zusammen. Wusste der König, dass Alex seine Tochter war? Wollte er das mit seiner Bemerkung andeuten? Nein, dachte er, das ist nicht möglich. Der König weiß nur, dass Kinder auf dem Orakelfels sind, und aus irgendeinem Grund hält er sie für Magierkinder. Aber der König sieht in jeder Ecke Magier und Magierkinder. Es hat nichts zu bedeuten.

König Belamus war jetzt an der Tür. »Die Schakalerie wird dich und diesen Min zur Falknerei begleiten, damit ihr das Falkenei aussuchen könnt.« Die beiden größten Schakale zu sich winkend drehte sich der König auf seinen spitzen kleinen Absätzen um und schritt durch die Tür. Deela wartete, bis er verschwunden war, dann sprang sie von der Fußbank und wurde zusammen mit Hagos von den übrigen Schakalen nach draußen bugsiert.

Zehn Minuten später stand Deela hoch oben auf einer Leiter in der königlichen Falknerei und spähte auf ein Brett, auf dem in einem hübschen kleinen Nest vier gesprenkelte Eier lagen. Düsternis hing in der Luft, durchschnitten von einer einzelnen Klinge aus Sonnenlicht, die durch ein winziges Fenster unter der Traufe fiel. Hauchzarte Daunen schwebten in dem Strahl, und Deelas Nase begann zu jucken. In der Hand hielt sie eine kleine goldene Schachtel für das Ei, doch Deela zauderte. Sie hatte keine Ahnung, welches Ei sie nehmen sollte.

Am Fuß der Leiter standen Hagos und ein stämmiger, rotgesichtiger Mann im Lederwams, der sich die wütende Falkenmutter unter den Arm geklemmt hatte. Der rotgesichtige Mann war Ratchet, der Oberste Falkner, und er blickte die blaugewandete Gestalt oben auf der Leiter ehrfürchtig an. Ratchet hatte noch nie einen Falkenmeister gesehen. Er hatte nicht einmal von einem gehört, aber das wollte er nicht zugeben, schon gar nicht vor seiner neuen Falkenreiterin, die sich im Schatten herumdrückte und die Szene verstohlen beobachtete.

Die neue Falkenreiterin war ein Mädchen von etwa dreizehn Jahren. Sie trug eine wattierte Jacke, eine Hose und einen berechnenden Gesichtsausdruck. Sie war nicht nur die neue Falkenreiterin von Rekadom, sondern auch – was Hagos nicht wusste – Alex' Ziehschwester. Ihr Name war Zerra D'Arbo.

Zerra musterte Hagos wachsam. Am Vortag hatte sie am Orakelfels dafür gesorgt, dass König Belamus ihn gefangen genommen hatte. Am selben Tag hatte Zerra auch den Falken von Rekadom mit ihrer Lichtlanze erschossen. Die Schuld daran hatte sie auf Alex geschoben, die sie bei der Gelegenheit auch gleich als Magierkind angezeigt hatte. Zerra war nicht sicher, wie viel Hagos davon mitbekommen hatte, und beschloss, sich vorsichtshalber zurückzuhalten. Ratchet durfte auf keinen Fall erfahren, dass sie seinen Falken getötet hatte. Mit verschränkten Armen und finsterer Miene lehnte sie sich an die Wand und lauschte wachsam, bereit, sich zu verteidigen, falls es nötig sein sollte. Es kam nicht infrage, dass der blöde Magier ihr den neuen Job vermasselte.

Zerra hätte sich keine Sorgen machen müssen – die Ereignisse des vergangenen Tages waren in Hagos' Erinnerung ein einziges schmerzliches Durcheinander. Doch der finstere Blick der Falkenreiterin verstörte ihn, und er rief nervös nach Deela. »Falkenmeister! Habt Ihr gewählt?«

Deela entschied sich für das Ei, das ihr am nächsten lag. Behutsam bettete sie es in die goldene Schachtel und machte sich wieder an den Abstieg. Als sie auf das schmutzige Pflaster trat, verbeugte sich Hagos tief vor ihr. »Mein Herr und Falkenmeister«, sagte er feierlich. »Ich danke Euch, dass Ihr den neuen Falken erwählt habt.«

Deela hatte Mühe, das Kichern zu unterdrücken, als sie Hagos die Schachtel mit dem Ei überreichte. Dann jedoch fiel ihr Blick auf Zerra, die im Schatten stand und sie anstarrte, und das Kichern verging ihr. Das war doch die grässliche Falkenreiterin, von der Alex gesagt hatte, sie sei ihre Pflegeschwester. Die nicht nur Hagos und Alex verraten, sondern, wie Alex ebenfalls berichtet hatte, auch noch mit der Lichtlanze auf sie geschossen hatte. Deela musste sich sehr zusammenreißen, um ihr nicht an die Gurgel zu springen und ihr zu sagen, was sie von ihr hielt. Sie zog die Kapuze tiefer und wandte sich von dem durchdringenden Blick des Mädchens ab. Sie wünschte, Hagos würde endlich in die Gänge kommen, bevor das Mädchen sie noch erkannte. Deela war sicher, dass sie nicht zögern würde, auch sie zu verraten.

Doch Hagos hatte es nicht eilig. Solange die Schakale damit beschäftigt waren, ihn zu bewachen, konnten sie nicht Alex jagen.

»Der Falkenmeister«, erklärte er Ratchet unnötig bedächtig, wie Deela fand, »hat in seiner großen Weisheit das perfekte Ei ausgewählt, aus dem wir den prächtigsten Falken aller Zeiten erschaffen werden. Wir müssen Sie jetzt verlassen, Oberster Falkner. Das Ei darf nicht kalt werden.«

Ratchet verbeugte sich respektvoll und stieg dann die Leiter hinauf, um die Falkenmutter wieder in ihr Nest zu setzen.

Hagos und Deela traten ins Sonnenlicht, und Hagos sog die kühle Luft ein – nach dem Regen der letzten Nacht roch sie sauber und frisch. Ein Blick zu den weißen Wolken am Himmel sagte ihm, dass der Sturm abflaute. Seine Stimmung hob sich. Mit etwas Glück war Alex schon weit vom Orakelfels entfernt, wenn die Schakalerie bei Ebbe über den Dammweg kam. Und je länger er die Schakale aufhielt, desto besser standen ihre Chancen zu entkommen.

Also ging Hagos absichtlich langsam, während die Schakalerie Deela und ihn über den Stallhof und die breite Treppe zu dem goldenen Torbogen geleitete, der zum privaten Durchgang des Königs führte. Dort erwartete König Belamus sie mit den beiden anderen Schakalen, deren gelbe Augen blitzten. »Na, RavenStarr«, sagte der König. »Hast du das Ei?«

»Der Falkenmeister hat gewählt, hoher Herr«, sagte Hagos.

König Belamus musterte Deela misstrauisch. Er senkte die Stimme zu einem durchdringenden Flüstern und sagte zu Hagos: »Er sieht plötzlich viel kleiner aus als in deinem Zimmer.«

Hagos ließ sich schnell etwas einfallen. »So ist es, hoher Herr … Die Energie, die der Falkenmeister gebraucht hat, um das richtige Ei zu finden, hat ihn geschrumpft. Dies ist der Auftakt zur Schöpfung des großartigsten Falken, den es jemals gab.«

König Belamus wirkte beruhigt. »Das will ich hoffen, zu deinem eigenen Wohl, RavenStarr. Und jetzt verschwinde!«

Hagos wollte die Schakalerie nur ungern gehen lassen. »Vielleicht sollte die Schakalerie das Ei eskortieren, hoher Herr. Und es bewachen.«

Belamus gluckste. »Ich wusste ja gar nicht, dass du meine Schakale so ins Herz geschlossen hast, Hagos. Gut, sie können das Ei gerne in deine Gemächer begleiten, und einer kann deine Tür bewachen. Aber die anderen brauche ich für einen kleinen Ausflug zum Orakelfels, sobald die Flut zurückgegangen ist. Es gibt dort noch mindestens ein Blenderbalg, vielleicht sogar zwei. Aber nicht mehr lange, he, he.« Der König lachte dünn.

Wie eine kaputte Glocke, dachte Deela.

Hagos schlurfte langsam zu seiner sternenverzierten Tür. Dort ließ er sich mit dem Öffnen so viel Zeit, wie er sich traute, während die vier Schakale ihm auf die Finger schauten. Als sie ungeduldig wurden, stieß Hagos zögernd die Tür auf und ging mit Deela hindurch. Er schloss die Tür und verfolgte durchs Guckloch, wie ein Schakal als Wache zurückblieb, während die anderen davoneilten. Betrübt schob er das Guckloch wieder zu und wandte sich an Deela. »Jetzt gehen sie, um Bubu zu holen«, sagte er.

»Alex«, korrigierte Deela ihn. »Deine Tochter heißt Alex. Sie hat einen erwachsenen Namen und einen erwachsenen Verstand. Sie wird sich von diesen Untieren nicht fangen lassen.«

Hagos trat ans Fenster und wartete, bis er die Schakale auf allen vieren über den Stallhof laufen sah, wobei ihre roten Umhänge über den Boden schleiften. Er sah eine kräftige Frau und einen blassen jungen Mann – Torwächter von Rekadom – die Schakalerie zum Fuß der hohen Stadtmauer geleiten. Dort schlossen sie eine kleine rote Pforte in der Mauer auf und traten respektvoll zurück, während ein Schakal nach dem anderen in der dahinterliegenden Dunkelheit verschwand. Hagos seufzte. Er wusste nur zu gut, wohin sie gingen – er war selbst erst am Tag zuvor auf diesem Weg in die Stadt gekommen. Sie liefen auf einer steilen Treppe durch die Klippen hinunter zum Strand und dann über den Dammweg zum Orakelfels. Hagos sah, wie die Wächter die Pforte hinter der Schakalerie verschlossen und sich dann rechts und links davon postierten, um auf ihre Rückkehr zu warten.

Hagos wollte nicht daran denken, was die Schakalerie zurückbringen würde. Er richtete den Blick aufs Meer, in der Hoffnung, ein kleines weißes Boot mit einem roten Segel zu sehen. Aber er sah keins.

Nach einer Weile bemerkte Hagos Ratchet, der aus der Falknerei kam und zum Himmel blickte. Dort war ein kleiner beweglicher Punkt zu erkennen – irgendein Vogel, welcher, konnte Hagos nicht sagen –, der eindeutig auf den Obersten Falkner zuflog. Bei seinem Anblick musste Hagos an dessen alten Falkenreiter denken, Danny Dark.

Hagos lächelte wehmütig. Er hatte Danny viel zu verdanken. Danny war es gewesen, der ihn aus dem Exil im Siebenschlangenwald geholt hatte. Gut, anfangs hatte Danny ihn mit dem Falken gejagt, aber als Falkenreiter war das seine Pflicht gewesen, und Hagos nahm es ihm nicht übel. Danny war es gewesen, der ihn mit unglaublichem Geschick durch ein tödliches Dickicht aus Luftwebern geführt hatte, und er war es auch gewesen, der Alex erkannt und Hagos zu ihr geführt hatte. Nun war Danny, genau wie Alex, unerreichbar. Hagos fragte sich, ob er überhaupt noch am Leben war. Er hatte sein Bestes getan, doch der Zauber, den er gebraucht hatte, um Danny nach seinem Sturz in den Fluss ins Leben zurückzuholen, war überaus knifflig. Mal funktionierte er, mal nicht – und so schwach, wie Hagos' Zauberkräfte im Augenblick waren, war die Wahrscheinlichkeit groß, dass er nicht funktioniert hatte.

Düster starrte Hagos aus dem Fenster. Du wirst Danny nie wiedersehen, sagte er zu sich. Und Bubu wohl auch nicht.

5. Kapitel

DANNY UND JAY

Der große, schlaksige Junge mit den langen, zerzausten roten Haaren setzte sich langsam auf und blinzelte den jungen Mann, der mit einem Teller in der Hand neben seinem Bett stand, verwirrt an. »Hä?«, machte er.

»Eier. Rührei. Und Toast. Ich habe diesem komischen Magier versprochen, dich nach achtundvierzig Stunden aufzuwecken. Und genau das tue ich jetzt«, sagte der junge Mann.

Der rothaarige Junge schaute sich um und versuchte herauszufinden, wo er war. Er schien in einer Art Höhle mit Schlafkojen zu sein. Der Raum war dunkel, doch eine Laterne spendete etwas Licht, und er konnte erkennen, dass die Decke niedrig und schwarz von Ruß war. Es roch auch nach Ruß. »Wo bin ich?«, fragte er.

»In der Schlafbaracke. Willst du jetzt das Rührei oder nicht?« Der junge Mann drückte ihm den Teller in die Hand.

»Wer bist du?«, fragte der Junge.

»Jay. Und du bist Danny.«

»Danny. Ach ja. Stimmt. Jay. Jetzt erinnere ich mich! Du hast mich in den Fluss geschubst.«

»Du hast mich zuerst geschubst«, gab Jay zurück. »Und jetzt iss.« Er wandte sich ab, ging aus dem Raum und ließ den stirnrunzelnden Danny mit seinem Teller zurück.

Danny fühlte sich komisch, so als wäre er aus einem langen, verworrenen Traum erwacht. Versuchsweise balancierte er ein Stück Toast mit Ei zum Mund und biss hinein. Und plötzlich merkte er, dass er schrecklich hungrig war. Mit vier Bissen war der Buttertoast mit Ei verschwunden, und Danny witterte Kaffee. Etwas zittrig stand er auf, wickelte sich die Decke um die Schultern und tappte aus der Schlafbaracke. Schon nach wenigen Schritten blieb er entgeistert stehen. Vor ihm, in einer großen, laternenerleuchteten Höhle, stand etwas, das er nur als Monster bezeichnen konnte – ein wuchtiges zylindrisches Eisending auf gewaltigen Rädern. »Was ist das denn?«, fragte er.

Der junge Mann – Jay, oder? Danny war nicht ganz sicher – tauchte hinter dem Monstrum auf, zwei Tassen Kaffee in den Händen. »Das«, sagte Jay feierlich, »ist der Schnaufer.«

Danny schüttelte langsam den Kopf. Er fühlte sich so benommen, dass er sich fragte, ob er träumte. »Schnaufer?«

»Jep.« Jay drückte Danny eine Tasse in die Hand, nahm ihn sanft beim Ellbogen und führte ihn zu einer Bank an der Höhlenwand. »Setz dich, trink, und ich erklär es dir.«

Also setzte Danny sich und ließ es sich erklären.

»Es ist eine Dampflokomotive. Früher haben die Kinder sie den Großen Schnaufer genannt. Sie fuhr durchs ganze Land, bis der

König große Teile der Strecke hat abreißen lassen – aber nicht alles. Siehst du?« Jay zeigte auf den Boden, und da erst bemerkte Danny ein Paar glänzender Schienen, das von der Vorderseite der Lok durch den breiten, mit Backstein ausgekleideten Tunnel aus der Höhle führte.

»Wohin gehen die?«, fragte Danny.

»Über den Fluss und dann weiter bis zu den Salzeichen. Ab da bin ich mir nicht sicher. Früher gingen sie mal bis nach Rekadom. Aber heute wohl nicht mehr.«

»Rekadom?« Danny runzelte die Stirn. Rekadom … der Name klang vertraut, aber er kam nicht drauf, warum.

Jay musterte Danny besorgt. Als Danny in den Fluss gefallen war, war Jay hinterhergesprungen, hatte ihn aber nicht finden können. Hagos RavenStarr, der kauzige Magier, mit dem Danny unterwegs gewesen war, hatte ihn herausfischen müssen. Doch bis ihm das gelungen war, war Danny wahnsinnig lange unter Wasser gewesen. Jay hatte gesehen, wie Hagos irgendeinen sonderbaren Zauber bewerkstelligt hatte, und dann hatte er zu Jay gesagt, dass Danny nach zwei Tagen Schlaf wiederhergestellt sein würde. Jay war sich da nicht so sicher, Danny kam ihm ziemlich begriffsstutzig vor. Vorsichtig antwortete er auf Dannys Frage. »Rekadom ist der Ort, wo der König lebt. Und der Falke. Erinnerst du dich? Du warst der Falkenreiter.«

»Falkenreiter?«, murmelte Danny. Das Wort weckte ein unangenehmes Gefühl in ihm – irgendetwas lauerte dahinter, womit er sich nicht auseinandersetzen wollte.

»Ja. Du bist auf einem Riesenraubvogel durch die Gegend geflogen und hast unschuldige Menschen mit einer Lichtlanze getötet.« Noch während er sprach, spürte Jay, dass er zu hart war. Aber er wollte Danny zu einer heftigen Reaktion zwingen. Es funktionierte.

»Ich habe niemanden getötet!«, rief Danny. Das Bild zweier Kinder an einem Steilhang, die sich aus Angst vor ihm gegen die Wand pressten, kam ihm in den Sinn, dicht gefolgt von dem ziemlich komischen Anblick eines dürren Mannes, der in Unterhosen vor ihm durch den Wald rannte, und langsam kam die Erinnerung zurück. Er wandte sich zu Jay und sagte: »Ich habe sie nicht getötet. Ich konnte nicht. Ich bin kein Falkenreiter mehr.« Er umschloss seine Kaffeetasse mit beiden Händen und starrte hinein. Dann hob er den Blick und fragte: »Wo ist Meister Raven-Starr?«

Jay atmete auf – anscheinend kamen Dannys Erinnerungen zurück. »Er ist verschwunden«, sagte Jay. »Am Ende des Stegs.«

Danny sah ihn entsetzt an. »Du meinst, er ist in den Fluss gesprungen?«

Jay schüttelte den Kopf. »Nein. Obwohl ich das auch erst gedacht habe, als er ganz vorne am Steg stand und die Hände wie zum Kopfsprung gehoben hat«, sagte er. »Ich bin zu ihm gerannt und habe gebrüllt, dass er nicht springen soll, aber er ist einfach verschwunden. Es gab keinen Platsch, und ich bin ganz sicher, dass er nicht gesprungen ist. Er war einfach *weg*.«

Dannys Erinnerungen an Hagos kamen nun schneller zurück. »Ja, das habe ich ihn auch schon tun sehen. Er ist ein ziemlich beeindruckender Typ. Wo er wohl ist?« Danny seufzte. »Das würde ich wirklich gerne wissen. Die Tage mit ihm waren die besten meines Lebens. Es hat sich so angefühlt, als wären die Dinge wirklich wichtig, und zwar auf gute Art. Weißt du, was ich meine?«

Jay musterte Danny zum ersten Mal mit echtem Interesse. »So geht es mir auch«, sagte er und zeigte auf den Schnaufer, »wenn ich an ihm hier arbeite.«

»*Ihm?*«, fragte Danny grinsend. »Ist er lebendig?«

»Darauf kannst du wetten«, sagte Jay. »Jedenfalls bald.«

Danny stieß einen Pfiff aus. »Das würde ich ja gerne sehen.«

»Willst du bleiben und mir helfen?«, fragte Jay.

»Mit Vergnügen«, erwiderte Danny.

»Super.« Jay stand auf und ließ Danny allein auf der Bank zurück, wo er über die erneute sonderbare Wendung seines Lebens nachgrübeln konnte. Er blieb eine Weile sitzen und erlaubte den Erinnerungen der letzten Tage, sich zu einem sinnvollen Ganzen zu fügen, dann merkte er, dass sein Kaffee kalt geworden war. Und dass er gewaltigen Durst hatte. Er trank den kalten Kaffee in einem langen Zug aus und lehnte sich gegen die klamme Höhlenwand. Danny lächelte. Er lebte. Und das Leben war gut.

6. Kapitel

BARTLETT IST BANANE

Zurück in seinem Büro setzte Ratchet sich an seinen Schreibtisch und zog ein Papierröllchen aus einem winzigen Metallrohr, das ihm eine vom Wind durchgepustete Taube überbracht hatte. Er las die ordentlichen, präzisen Buchstaben, und seine Miene verdüsterte sich. Seine Stellvertreterin Bartlett war auf dem Rückweg von ihrer Reise an die Nordküste, wo sie ein neues Wanderfalkenpaar und Mäuse für die Wintervorräte besorgt hatte. Ratchet hatte frühestens in einer Woche mit ihr gerechnet und war nicht erfreut. Bartlett wollte seinen Posten, das wusste Ratchet, und sie hatte die Angewohnheit, ihn immer in ein schlechtes Licht zu rücken. Ratchet schenkte sich ein Gläschen seines »Wiederbelebers« ein, wie er es nannte. Als er die feurige Flüssigkeit schluckte, sprang die Tür auf, und Ratchet verschluckte sich an der Hälfte der Flüssigkeit, verschüttete den Rest über sein Wams und erlitt einen Hustenanfall.

Keuchend blickte er auf, in der Erwartung, Bartletts höhnisches Lächeln zu sehen, doch stattdessen kam die neue Falkenreiterin herein.

Zerra sah kühl zu, wie das Gesicht ihres Chefs eine immer dunklere Färbung annahm, bis es blauviolett war. Da erst klopfte sie ihm fest auf den Rücken. Ratchet spuckte sein Wiederbelebungswasser über den Tisch und sank zu einem keuchenden Haufen zusammen. Als er endlich wieder zu Atem gekommen war, brachte er schnaufend hervor: »Was ist los?«

»Die Tante hat nichts mit Falken zu tun«, sagte Zerra.

»Hä?«, keuchte Ratchet.

»Diese angebliche Min auf der Leiter, die das Ei ausgesucht hat.«

»Für dich ist das immer noch der Falkenmeister! Und es ist ein ›er‹, keine ›sie‹.«

»Nein, ist es nicht. *Sie* lebt auf dem Orakelfels. Ich habe sie gestern in ihren riesigen Gummistiefeln dort herumstapfen sehen. Der Falkenmeister ist nicht echt.«

Ratchet verdaute ihre Worte. »Hm, hm. Ich habe mir ja gleich gedacht, dass da etwas nicht stimmt.«

Hast du nicht, dachte Zerra. Doch sie hütete sich, es laut auszusprechen.

»Gute Arbeit, Dark.« Ratchet sprach Zerra mit dem traditionellen Titel des Falkenreiters an. Alle Falkenreiter bekamen den Nachnamen Dark, der besagte, dass sie für Magie absolut unempfänglich waren. Diese Gabe war eine grundlegende Voraussetzung, um Falkenreiter zu werden, denn die Aufgabe des Reiters war es, den Falken zu seiner Beute zu führen und jeden Zauber zu durchschauen, den das Opfer zur Flucht gebrauchte. Ratchet seufzte. Er musste dringend einen Magie-Unempfänglichkeits-Test durchführen, bevor Bartlett zurückkam, sonst würde sie garantiert Ärger machen. »Apropos Dark«, brummte er. »Du brauchst ein Zertifikat.«

»Was?«, fragte Zerra verwirrt.

»Ein Zertifikat. Um zu beweisen, dass du für Magie unempfänglich bist – oder für Blenderei, wie wir hier in Rekadom sagen. Wir müssen nur ein paar kleine Tests machen, um zu beweisen, dass du Zauberei durchschaust. In Ordnung?«

Das war absolut nicht in Ordnung. Zerra wusste, dass sie ganz bestimmt keine Dark war. Erst wenige Tage zuvor war sie dabei gewesen, als Alex ihren gruseligen Verschwinde-Trick gemacht hatte, und sosehr sie sich auch konzentriert hatte – sie hatte wirklich *alles* gegeben –, sie hatte sie einfach nicht sehen können. Zerra überlegte fieberhaft. Sie hatte bemerkt, wie sehr Ratchet seine Vögel liebte und wie vorsichtig er mit den Eiern umging, deshalb sagte sie: »Den albernen Test kann ich jederzeit machen, aber ist das Falkenei nicht wichtiger? Sollten wir nicht aufpassen, dass dem Ei nichts geschieht? Vielleicht kann ich es bewachen oder so?«

Ratchet musterte seine neue Fliegerin wohlwollend. Es gefiel ihm, dass sie so umsichtig war. »Gute Idee, Dark.« Er stand auf und zog seinen Stuhl über den Schieferboden. »Aber um den Inneren Stern zu betreten, brauchst du einen Passierschein. An diesem gottverlassenen Ort kommst du ohne Passierschein nirgendwohin.« Er stand auf und ging zur Tür. »Komm mit, Dark. Du musst unterschreiben. Vermutlich dreifach. Du kannst doch schreiben, oder?«

»Natürlich kann ich schreiben«, sagte Zerra verächtlich und eilte Ratchet nach.

Zerra wusste bereits, dass Rekadom in zwei Teile geteilt war. Als sie auf dem Falken hier angekommen war, war ihr die effektvolle

Schlichtheit der Anlage aufgefallen: die innere Stadtmauer in Form eines fünfzackigen Sterns, der innerhalb der kreisrunden äußeren Stadtmauer lag. Der Stern grenzte mit jeder Zacke an die äußere Mauer, sodass er fünf dreieckige äußere Höfe bildete. Der Stallhof war der Hof, in dem die Falknerei lag. Im Inneren des Sterns war Zerra noch nicht gewesen – es schien nicht leicht zu sein, dort hineinzukommen –, und als sie Ratchet folgte, war sie überrascht, dass er auf etwas zusteuerte, das sie bisher für eine alte Holzplanke in einer Nische der Mauer gehalten hatte. Ratchet zog ein Gerät aus der Tasche, das wie ein übergroßer Korkenzieher aussah, und steckte es in ein Loch in der Mitte der Planke. Er drehte den Korkenzieher und lehnte sich dabei mit der Schulter gegen die Planke. Die Planke schwang auf, und Ratchet quetschte sich durch die schmale Öffnung und verschwand in der Dunkelheit.

Zerra folgte ihm hastig. Er schob die Tür wieder zu, die sich mit einem Klicken schloss. »Zurück kommst du, indem du hier ziehst«, erklärte Ratchet und legte die Finger um einen Kupferhebel in einer Nische neben der Tür. »Aber um vom Stallhof hereinzukommen, brauchst du den Drehschlüssel. Wir haben nur einen in der Falknerei, also musst du fragen. Höflich. Kapiert?«

»Jep. Kapiert.« Zerra grinste. Sie mochte Ratchets klare Ansagen. Von dem Tyrannen, den sie bei ihrer ersten Begegnung gewittert hatte, war nichts mehr zu spüren. Doch das liegt wohl daran, dachte Zerra, dass ich nach meinem Flug auf dem Falken vor Selbstvertrauen nur so gestrotzt habe und deshalb so mutig gewesen bin, ihm Widerworte zu geben.

Der unscheinbare Eingang hatte sie in ein schmales Gässchen – einen Mauersteig, wie man in Rekadom sagte – zwischen zwei hohen Gebäuden geführt, die sich dicht an die Sternmauer drängten.

Sie kamen in eine staubige Straße, und Zerra war entsetzt, als sie die verrammelten Fenster sah, die welligen Streifen weißer Farbe, die sich von den leer stehenden Geschäften schälte, und die verwitterten Schilder, die traurig im Wind schaukelten. Zwischen den Pflastersteinen wuchs hohes Gras, und Kaninchen hoppelten umher und knabberten Unkraut. Keine Menschenseele war zu sehen, obwohl Zerra das mulmige Gefühl hatte, aus einem der schmutzigen Fenster hoch über ihnen beobachtet zu werden.

Ratchet ging so schnell, dass Zerra beinahe rennen musste, um mitzuhalten. »Schrecklich hier, seit es so leer ist«, brummte er. »Nur noch Zwielicht und Garstigkeit.« Er sah Zerra an. »Aber du wirst dich schon durchbeißen. Damit kennst du dich aus.«

Zerra war nicht sicher, wie sie das verstehen sollte.

Vor einem verrammelten Laden mit dem Schild *Alte Uhrmacherei* über der verwitterten Tür blieb Ratchet stehen. Er hämmerte einen komplizierten Rhythmus an die Tür und wartete, wobei er ungeduldig mit der Stiefelspitze auf den Boden trommelte. Endlich öffnete sich die Tür knarzend, und eine Frau spähte mit besorgter Miene heraus. »Ach, du bist es«, sagte sie erleichtert. Dann fügte sie mit seltsam feierlicher Stimme hinzu: »Der Ozean bringt heute laue Winde.«

»Ja, es riecht nach Darmluft«, erwiderte Ratchet ebenso feierlich.

»Wie bitte?«, fragte die Frau.

»*Warm*luft! Es riecht nach *Warm*luft!«, korrigierte Ratchet sich hastig. »Ach, das ist doch lächerlich, Vera. Du weißt genau, wer ich bin. Komm schon, lass uns rein.«

Vera Watchet, die letzte Überlebende des Königlichen Spionage- und Geheimdiensts, tat, worum Ratchet sie bat, und führte sie über eine beängstigend wacklige Treppe ins Dachgeschoss. Dort musste

Zerra König Belamus ewige Treue schwören und erhielt zu ihrer Freude nicht nur einen Passierschein für den Inneren Stern, sondern wurde auch zur Königlichen Spionin ernannt. »Wir haben sonst keine mehr«, erklärte Vera. »Warum also nicht?«

Als sie gehen wollten, fragte Vera Ratchet: »Bist du eigentlich noch ein KB?«

»Ein *was*?«

Vera schnalzte ungeduldig mit der Zunge und sagte langsam: »Bist du noch ein Königlicher Botschafter?«

»*Der* Königliche Botschafter«, erwiderte Ratchet. »Ich bin der letzte.«

»Nun, dein BBP ist abgelaufen.«

»Mein *was*?«

»Dein Botschafts-Beglaubigungs-Passwort«, sagte Vera. »Bist du sicher, dass du noch ein KB bist?«

»Natürlich! Und mein kleiner Merlin ist immer noch ein Königlicher Botschafterfalke.«

»Dann musst du mir ein neues Passwort nennen. Schreib es hier auf. Mindestens zehn Buchstaben. Und bitte kein Schimpfwort!«

Ratchet nahm Stift und Papier und dachte scharf nach. Passwörter fand er schwierig. Doch dann hatte er eine Idee, und er grinste. Von rechts nach links schrieb er ENANABTSITTELTRAB. Er wusste, dass es kindisch war, trotzdem fühlte er sich besser. Und wenigstens würde er es nicht vergessen.

Vera nahm das Papier und warf einen flüchtigen Blick darauf. »Gut«, sagte sie und knallte die Tür zu.

Zerra und Ratchet kletterten die wacklige Treppe hinunter, verließen das Haus und gingen die Straße entlang. Beide grinsten. Ratchet, weil er sich über sein neues Passwort freute, und Zerra, weil sie sich wieder einmal wichtig fühlte. Sie liebte ihren Spionageausweis – die schwarz-goldene Kordel an ihrem Handgelenk, an der das geheime Durchgangszeichen für die Königliche Schakalerie befestigt war, das ihr Zutritt zum Goldenen Turm gewährte. Und in der Tasche ihrer Fliegerjacke steckten die Werkzeuge ihres neuen Berufs: ein kleines Fernglas aus Messing, ein Stadtplan von Rekadom und ein Korkenzieherschlüssel. Sie fühlte sich fast so gut wie an dem Tag, als sie in ihrer Heimatstadt Luma zur Nachwuchs-Schildwache ernannt worden war. Sie hoffte, in ihrem neuen Job würde sie erfolgreicher sein.

»Königliche Spionin, hm?«, brummte Ratchet. »Sehr beeindruckend.«

»Kleinigkeit«, erwiderte Zerra.

»Aber vergiss nicht, dass du zuallererst Falkenreiterin bist«, sagte Ratchet. »Und deine wichtigste Aufgabe ist es, das Ei zu beschützen.«

»Na logo«, sagte Zerra. »Der Falke gehört doch sowieso dem König.«

»Aber es ist *mein* Ei«, sagte Ratchet. »Also pass ja auf, dass der alte Magier und dieser komische Falkenmeister es nicht kaputt machen. Und sorg dafür, dass du spätestens um sechs aus dem Sternenhof raus bist, wenn die Häcksler kommen.«

»Häcksler? Was denn für Häcksler?«

Ratchet schauderte. »Das willst du gar nicht wissen. Los jetzt. Ich will heute Abend einen Bericht beim Vogelzählen.«

»Vogelquälen?«, fragte Zerra.

»Vogel*zählen*. Einmal die Woche kommen die Vögel zum Zählen in den Stall. Sechs Uhr heute Abend. Die Falkenreiterin ist zur Teilnahme verpflichtet.«

»Alles klar. Bis später.«

Zerra blickte Ratchet nach, der durch den Mauersteig verschwand. Sie stand auf der verlassenen Straße und atmete die staubige Wärme der alten Gemäuer ein. Einen Augenblick lang musste sie an das denken, was sie ihr »altes Leben« nannte, als sie noch mit ihrer Mutter, ihrer großen Schwester Francina, ihrem kleinen Bruder Louie und ihrer blöden Pflegeschwester Alex in der Klippenstadt Luma gewohnt hatte. Zerra hatte schon immer gerne beobachtet, was andere Leute machten. Francina hatte es »Herumschnüffeln« genannt, aber Zerra fand, dass es eine wichtige Fähigkeit war. Sie verdrängte den unangenehmen Gedanken, dass es vielleicht besser gewesen wäre, wenn sie ihre Mutter nicht wegen »Beherbergung einer Täuscherin« angezeigt hätte – die Täuscherin war Alex, deren Zauberkarten Zerra entdeckt hatte, als sie in ihrem Zimmer »herumgeschnüffelt« hatte. Zerra beschloss, nicht darüber nachzudenken, dass es möglicherweise netter wäre, immer noch mit ihrer Familie in Luma zu leben, das nicht mal annähernd so ein miefiges Loch war wie Rekadom. Entschieden schob sie den beunruhigenden Gedanken von sich, dass, wenn sie Alex nicht hinterherspioniert hätte, ihrer Mutter, Louie und Francina nichts Schlimmes zugestoßen wäre. Und dass niemand – nicht mal Alex – sie hassen würde.

Fest entschlossen, ihr neues Leben und ihren neuen Job als Königliche Spionin zu genießen, marschierte Zerra los. Sie würde ihre Arbeit gut machen. Richtig gut.

Kapitel 7

ABSCHIED VOM ORAKELFELS

Während Zerra durch die leeren Straßen von Rekadom strich, schöpften Alex und Benn die letzten Wasserreste aus Molly. Das kleine Boot schwamm wieder an der Oberfläche, und sie waren bereit zur Abreise. Nervös musterte Alex das Meer hinter dem schützenden Arm der Hafenmauer. Die Wellen waren »forsch«, wie Benn es ausdrückte, wenn auch längst nicht mehr so wild wie zuvor. Trotzdem sahen sie ziemlich Respekt einflößend aus.

Doch Benn war zuversichtlich. »Molly schafft das«, versicherte er. »Der Wind wird uns direkt an die Küste der Netzlegerbucht treiben. Dort können wir im Hafen die Nacht verbringen, und morgen sind wir wieder im Zitronental und in Sicherheit.«

Alex wollte Benn nicht die Begeisterung nehmen und verkniff sich die Bemerkung, dass *sie* im Zitronental nicht in Sicherheit sein würde, solange die Jäger der Dämmerung dort herumgeisterten und Magier und deren Kinder angriffen, doch Benn erriet ihren Gedanken. »Ich weiß, dass es für dich nicht sicher ist«, sagte er schnell. »Aber bald wird es sicher sein. Irgendwie werden wir uns das Tau zurückholen. Und dann kannst du diesen Zauberkram mit dem Codex und deinen Karten machen und die ganzen Dämmerungsviecher vertreiben.«

Alex sah Benn an. »*Wir* holen uns das Tau zurück?«, fragte sie.

»Klar doch! Du, ich und Molly.«

Benn kontrollierte die Leinen. Alex wollte gerade ins Boot springen, als sie merkte, dass etwas fehlte. »Wo sind die Ruder?«, fragte sie.

»Mist«, sagte Benn. »Die sind noch oben an der Hafenmauer.«

»Ich hole sie«, sagte Alex und rannte die Treppe hoch. Benn hatte die Ruder an einem Ring an der Mauer festgebunden. Durch den Regen hatte sich das Seil zusammengezogen, und der Knoten wollte sich nicht lösen. Während Alex daran herumfummelte, hörte sie Benn ungeduldig rufen. »Ist ja gut!«, rief sie zurück. »Ich komme gleich.«

»Alex! Alex!«, schrie er wieder, und diesmal hörte sie die Panik in seiner Stimme. Ängstlich wirbelte sie herum – und dann sah sie sie: Vier weißköpfige, spitznasige, rotbemäntelte Schakale kamen auf sie zugerannt, die Lefzen zurückgezogen, die messerscharfen Reißzähne gebleckt.

»Alex, lauf!«, schrie Benn verzweifelt. Doch es war zu spät. Schon hatte die Schakalerie sie umzingelt, einer warf ein Lasso über sie, und ein anderer zog es stramm um ihre Taille, sodass ihre Arme eng an ihrem Körper lagen.

Während Alex erfolglos hin und her zappelte, um die Fesseln loszuwerden, sah sie Benn zur Hafenmauer stürmen. »Nein!«, schrie sie. »Geh weg! Geh!«

Doch Benn hörte nicht auf sie. Sekunden später war er auch schon bei ihr und warf sich mit ganzer Kraft gegen die Schakale. Zwei von ihnen konnte er kurz aus dem Gleichgewicht bringen, bevor auch er mit einem Lasso gefesselt wurde.

Hoch oben hinter Deelas Wohnzimmerfenster, zwischen ihren Fingern hindurch, die sie entsetzt vors Gesicht geschlagen hatte, sah Palla, wie die beiden kleinen Gestalten von den Schakalen über den Dammweg getrieben wurden. Sie zwang sich, hinzusehen, bis sie in dem dunklen Loch unter den Klippen verschwunden waren. Nun war sie der letzte Mensch auf dem Orakelfels.

8. Kapitel

EINE DUNKLE STUNDE

Zerra hatte kein Glück. Auf Zehenspitzen schlich sie sich zu Hagos' Gemächern, doch der Schakal vor seiner Tür knurrte sie an, obwohl sie ihm ihr Königliches Spioninnen-Armband vor die Nase hielt. Sie hatte sich eine Ewigkeit vor dem Silbernen Turm herumgedrückt und gewartet, dass jemand herauskam, den sie verfolgen konnte, aber es war niemand erschienen. Wie, bitte, sollte sie also den alten Magier und den angeblichen Falkenmeister ausspionieren?

Aus Langeweile hatte Zerra beschlossen, den Rest des Inneren Sterns zu erkunden. Sie hatte auf einer Schaukel auf einem verlassenen, grasüberwucherten Spielplatz geschaukelt, was keinen Spaß machte, weil keine Kinder da waren, denen man die Schaukel wegnehmen konnte. Sie war durch eine leere Bibliothek geschlendert, wo Fledermäuse in den oberen Regalbrettern hausten und Vogeldreck unter ihren Füßen knirschte. Sie hatte sogar ein paar Bücher hervorgezogen, um darin zu blättern, doch die Seiten waren vor Feuchtigkeit aufgequollen und klebten aneinander. Der Höhepunkt ihres Erkundungsgangs war ein heruntergekommener Laden gewesen, in dem drei schrumpelige Kohlköpfe, ein Sack Äpfel und ein paar verschimmelt aussehende Kekspackungen angeboten wurden. Außerdem gab es noch ein Glas mit Orangenkaramell, der in Klumpen aneinanderklebte. Sie hatte dem Ladenbesitzer – einem alten Mann, der, wie Zerra meinte, mindestens hundertfünfzig Jahre alt sein musste – ihr Armband unter die Nase gehalten, und er hatte ein ängstliches Gesicht gemacht, was nett war. Er hatte einen Klumpen Karamell aus dem Glas gezogen und mit einem Hammer zerhauen, die Teile in ein Papiertütchen gesteckt und es Zerra überreicht. Dann hatte er höflich gesagt: »Und jetzt geh bitte weg.« Was Zerra getan hatte. Der Karamell schmeckte alt und klebte an den Zähnen.

Zerra kaute energisch auf einem großen Stück Karamell herum, als sie etwas entdeckte – eine Treppe mit einem Tor, das auf den Wehrgang der inneren Sternenmauer führte. Sie öffnete das Tor mit ihrem Korkenzieherschlüssel und stieg die Treppe hinauf bis zu dem schmalen Weg, der ganz oben auf der Mauer entlangführte. Von ihrem Aussichtspunkt konnte Zerra den Stallhof gut überblicken. Zu ihrer Linken lag das lang gestreckte Dach der Falknerei, an dessen Ende sich die große Falkenhütte erhob, wo der Riesenfalke gehaust hatte. Vor ihr lag die Stadtmauer, und unten warteten zwei Wächter vor einer kleinen roten Pforte. Warum sie dort warteten, wusste Zerra nicht. Doch während sie sie beobachtete, traten die Wachen plötzlich in Aktion. Sie klirrten mit den Schlüsseln, schlossen die Tür auf und sprangen eilig zur Seite. Schon trat ein

Schakal mit einem Seil in der Klaue durch die Tür, und dann kam, zu Zerras großem Erstaunen, Alex, mit dem Seil um den Leib, dicht gefolgt von weiteren Schakalen und Alex' *Verliebtem,* wie Zerra Benn insgeheim nannte – mit einem kleinen, nagenden Gefühl der Eifersucht.

Die Wachen salutierten vor der Schakalerie, verschlossen die Pforte und marschierten davon. Zerra beobachtete, wie Alex und Benn über den Stallhof gezerrt wurden. Als sie näher kamen, sah Zerra die Angst in Alex' Augen, und sie spürte einen Funken Mitleid – doch sie schob ihn schnell beiseite. Das alles ist ganz allein Alex' Schuld, dachte Zerra. Wenn Alex nicht ihre Familie in Gefahr gebracht hätte, indem sie auf dem Marktplatz von Luma mit ihren Zauberkarten herumgespielt hatte, wo doch jeder wusste, dass Zauberei verboten war, dann hätte sie, Zerra, noch immer ihr Zuhause bei Ma, Francina und Louie. Zerra wurde auf einmal klar, dass sie nicht die leiseste Ahnung hatte, was mit ihrer Schwester Francina und ihrem kleinen Bruder Louie passiert war. Das war kein gutes Gefühl.

Um es loszuwerden, beugte Zerra sich über die Zinnen und rief nach unten: »He, Alex! Jetzt haben sie dich – dich und deinen *Verliebten*!«

Zerra sah zufrieden, dass Alex zusammenzuckte. Weniger zufrieden war sie über den Ausdruck in Alex' Augen, als sie zu ihr aufblickte. Das war nicht die alte Alex, die immer versuchte, freundlich zu sein. Das war eine neue, wütende Alex, und Zerra wurde es unbehaglich zumute.

»Er ist nicht mein Verliebter!«, schrie Alex zu ihr hoch. »Und du bist nicht meine Schwester! Du bist eine Lügnerin, eine Schleicherin und eine miese kleine –«

Alex' Tirade wurde von der Hand eines Schakals erstickt, die sich – menschlich, aber mit rauem Fell bedeckt und mit langen, gebogenen Krallen – grob über ihren Mund legte.

»Richtig so, stopft ihr das Maul!«, rief Zerra nach unten. »Blenderbalg!« Plötzlich bemerkte sie aus dem Augenwinkel eine Gestalt in leuchtenden Seidengewändern, die sich über den Wehrgang näherte, und drehte sich schuldbewusst um. Die Seide erinnerte Zerra an ihre Mutter, und Ma konnte Geschrei nicht ausstehen. Aber natürlich war es nicht ihre Mutter. Es war König Belamus. Er sah Zerra mit gequälter Miene an, und Zerra wusste sofort, dass auch der König kein Geschrei mochte. Sie schlug die Hand vor den Mund. »Upsi! 'tschuldigung«, sagte sie.

»Was machst du auf meinem Königlichen Wehrgang, Falkenreiterin?«, bellte der König.

Zerra wedelte mit ihrem schwarz-goldenen Armband. »Ich bin Eure Spionin«, erklärte sie unbekümmert. Da das nicht allzu gut anzukommen schien, fügte sie schnell hinzu: »Hoher Herr.«

König Belamus gab ein missbilligendes Knurren von sich und wandte sich ab, um die Szene sechs Meter unter ihnen zu beobachten. »Ah!«, sagte er zufrieden. »Die Blenderbälger vom Orakelfels. Wir haben sie!« Er beugte sich über die Zinnen und rief: »Schakalerie! Bringt sie in den Kerker!« Alle vier Schakale standen stramm, salutierten – und ließen die Lassos los.

Alex ließ sich die Chance nicht entgehen.

Sie wand sich aus dem Seil, sprang zu Benn und stieß ihn vor lauter Schwung versehentlich um.

»Haltet sie!«, brüllte der König.

Die Schakale wollten Alex nachsetzen, doch die wirbelte herum, landete einen gut gezielten Treffer auf einer spitzen Nase und trat einem anderen Schakal die zierlichen Beine weg. Die riesigen Geschöpfe fielen auf ihre beiden Gefährten und bildeten einen Haufen aus verhedderten weißen Beinen und rotem Stoff. Während die Schakale sich zappelnd zu befreien versuchten, kreischte Belamus von oben: »Ihr Idioten! Fasst sie! Fasst die Bälger!«

Das Geschrei des Königs in den Ohren, zog Alex Benn auf die Füße, hielt seine Hand fest und duckte sich in einen schattigen Winkel neben der Falknerei. Sie bemerkte nicht, dass Ratchet herauskam, um zu sehen, was das Geschrei zu bedeuten hatte, oder dass eine Gruppe Wachen herbeirannte – sie sah nur den Boden unter ihren Füßen, und sie dachte nur daran, eins mit der Erde zu werden, eins mit allem, was sie umgab. Während sie alles um sich herum ausblendete, spürte sie, wie das warme Summen von Magie sie durchströmte, als ihr Verschwindezauber seine Wirkung tat, und sie wusste, dass sie jetzt unsichtbar war. Sie blickte an sich herab und sah ihre und Benns Hände schimmern. »Wir sind jetzt unsichtbar«, flüsterte sie Benn zu. »Lass meine Hand nicht los, ja?«

Benn wagte nichts zu sagen, er nickte nur. Es fühlt sich komisch an, dachte er, in einen Zauber eingeschlossen zu sein. Er war nicht sicher, ob es ihm gefiel. Es fühlte sich so an wie damals, als sein Bruder Jay ihn die Wasserrutsche hinuntergeschubst hatte, die er am Fluss gebaut hatte – es war aufregend, aber auch seltsam, keine Kontrolle zu haben.

Oben auf dem Wehrgang geriet König Belamus in Panik. »Täuschung! Hexenwerk! Blenderei! Sie sind verschwunden! Verschwunden!«

»Schnell, lass uns verduften«, murmelte Alex. »Bevor sie das Stadttor schließen.«

Als hätte er sie gehört, schrie der König auf seiner Mauer: »Schließt das Tor! Schließt das Tor!«

So schnell sie konnten, rannten Alex und Benn in den nächsten Hof, den Torhof, und zum Stadttor von Rekadom. Noch war es offen.

Der König drehte sich hastig zu Zerra um. »Du, Mädchen!«, brüllte er. »Sag mir, wo sie sind!«

Zerra gefiel überhaupt nicht, dass der König sie »Mädchen« nannte. Es war schlichtweg unhöflich. »Woher soll ich das wissen?«, gab sie schnippisch zurück.

König Belamus starrte Zerra sprachlos an. *Niemand redete so mit ihm – niemand!* Normalerweise hätte er diese dreiste Person unverzüglich in den Kerker bringen lassen und den Schlüssel in den Eisernen Turm geworfen. Doch leider – denn nichts hätte ihm im Augenblick mehr Freude bereitet – besaß sie Kräfte, die er brauchte. Also schrie er Zerra an, wobei seine schrille Stimme durch den leeren Hof hallte: »Du bist eine *Dark*, du Idiotin! Alle Flieger können Verschwindezauber durchschauen. Also sag mir, wo sie sind!«

König Belamus' Gesicht war rot vor Zorn, und Zerra sah, dass er den Griff eines silbernen Dolchs umklammerte, den er an seinem schmalen goldenen Gürtel trug. Sie musste schnell etwas sagen – und am besten das Richtige. »Ich verfolge sie, hoher Herr«, sagte sie. »Und bringe sie Euch. Versprochen.«

König Belamus musterte Zerra durch halb geschlossene Lider. »Das will ich dir auch raten, *Dark.*« Dann beugte er sich über die Zinnen und begann, wie eine Schlange zu zischen. Es war das gruseligste Geräusch, das Zerra je gehört hatte. Wie gebannt beobachtete sie, wie sich die Schakale – die sich gerade hektisch aufrappelten – flach auf den Boden warfen und winselten. »Ihr Hundesöhne!«, schrie Belamus. »Heute Abend bekommt ihr kein Fleisch. Los doch! Versperrt alle Wege in den Inneren Stern. Ich will, dass jede Tür, jede Klappe, jede Luke und jede Ritze, jedes garstige Gässchen und jeder diebische Durchgang versperrt, verriegelt und verrammelt wird! Diese Täuschergören dürfen den Inneren Stern nicht betreten! Ich will, dass sie da draußen festsitzen!« Bei diesen letzten Worten brach der König in heftiges Gelächter aus.

Als er sich, immer noch lachend, abwandte, bemerkte er Zerra, die ihn mit offenem Mund anstarrte. »Was machst du denn noch hier?«, knurrte er. »Fang die Bälger ein!« Der König gluckste. »Und bring sie in den Stallhof. Wir werden dafür sorgen, dass die Rokadile heute Abend gut zu fressen bekommen.«

»Ja, hoher Herr!« Zerra eilte die schmale Treppe hinunter. Sie wollte möglichst schnell vom König weg. Sie beschloss, sich in die alte Bibliothek zu verziehen und ein lesbares Buch aufzutreiben. Nach Alex und ihrem komischen *Freund* würde sie jedenfalls nicht suchen. Ganz bestimmt nicht.

9. Kapitel

BIBBERNDE BLENDER

Alex und Benn hörten, wie das Stadttor von Rekadom geschlossen wurde. Sie schlüpften durch das Sternengässchen – dort, wo die sternförmige innere Mauer den Kreis der äußeren Mauer berührte. Es war ein schmaler Durchgang mit einer hohen Stufe in Form eines kunstvoll aus Stein gehauenen Krokodils. Sie vergewisserten sich, dass sie einander fest bei den Händen hielten, dann sprangen sie in den Torhof und rannten über den offenen Platz. Zwei Wächter mit langen, spitzen Speeren schoben die schweren hölzernen Torflügel zu, aber das Tor war schwer, und sie kamen nur langsam voran. Alex und Benn rannten auf den schmaler werdenden Spalt zwischen den Torflügeln zu, doch im Näherkommen rutschte Benn auf einem losen Steinchen aus. Der Kiesel schlitterte über den Boden und landete zu Füßen eines Wächters.

Beide Wächter sprangen in Habachtstellung und hielten ihre Speere vor sich. »Halt! Wer ist da?«, riefen sie einstimmig.

Alex und Benn erstarrten.

Die beiden Wachen – eine ältere, stämmige Frau und ein sehr junger, pickliger Mann – erstarrten ebenfalls. Stocksteif standen sie da und suchten den Hof ab, ließen die Blicke blind über Alex und Benn hinweggleiten. Sie schwiegen angespannt, dann flüsterte der Jüngere: »Da ist nichts, Tantchen. Das war nur der Wind.«

»Wie oft habe ich dir gesagt, dass du mich im Dienst nicht ›Tantchen‹ nennen sollst?«, erwiderte die Frau. »Das ist unprofessionell!«

Der Neffe errötete. »Entschuldige, Tantchen«, murmelte er.

Die Tante verdrehte die Augen und ging langsam vorwärts. Die messerscharfe Spitze ihres Speers zeigte genau auf Benn. Alex zog ihn behutsam ein paar Schritte zur Seite.

Benn sah Alex mit hochgezogenen Augenbrauen an. »Wegrennen?«, fragte er tonlos.

Alex schüttelte den Kopf. Ihre einzige Hoffnung war es, aus der Stadt zu kommen, und der einzige Weg führte durch diese schrecklich schmale Öffnung zwischen den Torflügeln. Nervös blickte sie zu der großen silbernen Glocke empor, die an einer zierlichen Eisenvorrichtung über dem Tor hing. Das musste die berühmte Blenderglocke sein, die jedes Mal klingelte, wenn ein Mensch mit Zauberkräften darunter hindurchging. Wenn das stimmt, dachte Alex, werden die Wachen, selbst wenn wir es durch das Tor schaffen, uns nachsetzen. Aber wenn es ihnen gelang, unsichtbar zu bleiben, hatten sie vielleicht eine Chance, zu entkommen. Sie mussten vorsichtig sein – die Speere waren gefährlich spitz, und die Wachen waren hibbelig. Äußerst hibbelig.

»Pst«, sagte die Tante plötzlich. »Hier ist jemand. Ich höre ihn atmen.«

»Atmen?«, flüsterte der Neffe verschreckt. Alex sah, dass sein Speer zitterte.

»Beginn die Blender-Entdeckungs-Prozedur!«, befahl die Tante. Entsetzt sah der Neffe sie an. Diese Prozedur hatte er noch nicht gelernt, und so schaute er seiner Tante nun dabei zu, wie sie mit großen Sätzen nach vorn sprang wie ein ungestümes Pony. In einer komplizierten Abfolge schwang sie ihren spitzen Speer durch die Luft, um auf diese Weise alles Unsichtbare aufzuspüren, was vor ihr lag. Unbeholfen ahmte er sie nach, von einer Seite zur anderen tänzelnd wie eine Ziege in Gummistiefeln.

Benn konnte nicht anders. Etwas so Komisches hatte er noch nie im Leben gesehen. Im nächsten – katastrophalen – Moment stieß er auch schon ein Lachen aus und schlug sogleich die Hand vor den Mund. Dabei ließ er Alex los – und war augenblicklich sichtbar.

Der picklige Wächter schrie auf. Seine Tante sprang geistesgegenwärtig mit gestrecktem Speer in die Ritze zwischen den halb geschlossenen Torflügeln. Ein Tumult brach aus, und weitere Wachen erschienen im Durchgang, der in den nächsten Hof führte. Sie hatten keine andere Wahl, als den einzigen verbleibenden Fluchtweg zu nehmen – das Sternengässchen, durch das sie gerade gekommen waren. Gemeinsam sprangen Alex und Benn über das steinerne Krokodil und rannten in einen großen, offenen Unterstand neben den Ställen. Dort warfen sie sich in der hintersten Ecke auf den Boden und vergruben sich unter einem Haufen piksenden Strohs.

Alex holte tief Luft, und es gelang ihr, genug Energie zu sammeln, um Benn wieder in ihren Verschwindezauber einzuschließen.

Diesmal war es gar nicht so leicht. Benn hatte ihre Flucht vermasselt, und sie war deswegen so wütend auf ihn, dass sie gegen einen großen Widerstand ankämpfen musste, damit der Zauber wirkte. Doch schließlich klappte es. Alex sah ein verschwommenes Schimmern an den Umrissen von Benns Hand. Es wanderte seinen Arm hinauf und waberte immer weiter, als tauche er nach und nach unter Wasser. Sie hatte es geschafft. Plötzlich war sie unglaublich erschöpft. Kraftlos ließ sie sich gegen die grobe Holzwand sinken.

»Es tut mir leid«, flüsterte Benn und drückte Alex' schlaffe Hand. »Es tut mir so leid.«

Alex hatte nicht die Kraft, ihm zu antworten.

10. Kapitel

ROKADIL

Aus dem Schutz ihres Verstecks – Alex vermutete, dass es der Schlafplatz des Falken gewesen war – beobachteten sie die Suchaktion, die sich über den Stallhof ausbreitete. Eine ganze Reihe mit Speeren bewaffneter Wachen erschien, ein paar bleichgesichtige Kerkerwächter, die froh waren, mal an die frische Luft zu kommen, und eine Gruppe ängstlicher junger Stallhelfer, die nur einen kurzen Blick in den Falkenstall warfen und weitergingen.

Dann jedoch kamen drei Schakale durch das Sternengässchen, und Alex und Benn spürten die Angst in sich aufsteigen. Jetzt wurde es ernst. Sie sahen, wie die Schakale auf allen vieren herumkrochen, die Nasen am Boden, ihre roten Umhänge über das staubige Pflaster schleifend – und geradewegs auf ihr Versteck zukamen. Langsam, sehr langsam, rutschten Alex und Benn tiefer unter das Stroh und pressten sich mit hämmernden Herzen an den

Boden. Das Schnüffeln der Schakale und das Scharren ihrer Klauen wurden lauter. Sie kamen näher. Alex musste gegen den Drang ankämpfen, den Zauber zu brechen – einfach aus dem stinkenden Stroh zu springen und loszurennen. Aber sie wusste, dass sie nirgendwo hinkonnten. Sie wusste auch, dass Benn wieder sichtbar werden würde, wenn sie ihn losließ, und keine Chance hätte. Also blieb sie reglos liegen, während die Schakalerie näher und näher kam.

Plötzlich stieß der Schakal, der ihnen am nächsten war, ein gewaltiges Niesen aus. Es nieste so heftig, dass er zurücktaumelte und gegen seine Kollegen prallte. Die bäumten sich auf, knurrten und schnappten nach dem vermeintlichen Angreifer. Der wehrte sich, und die Kämpfenden rollten vom Unterstand weg und über den Hof, während die übrigen Suchtrupps sich in sichere Entfernung brachten. Niemand in Rekadom hätte es gewagt, sich in einen Schakalkampf einzumischen.

Als der Kampf vorbei war, war die Luft raus. Die Leute zerstreuten sich, und die Schakale hoppelten, noch immer schnappend und knurrend, davon, um anderswo zu suchen. Alex und Benn warteten, bis der Hof leer war, dann wagten sie sich vorsichtig aus dem Falkenstall. Die Schatten fielen schon lang über den Boden, die Sonne war hinter die Stadtmauern gesunken, und über ihnen lichtete sich der Himmel. Benn seufzte. Es wäre ein großartiger Nachmittag gewesen, um mit Molly zu segeln.

Alex hatte einen anderen, beunruhigenderen Gedanken. »He, Benn«, flüsterte sie. »Ich muss kurz was nachschauen. Kannst du dich an meinem Arm festhalten?«

»Klar.« Sorgsam darauf achtend, nicht den Kontakt mit Alex zu verlieren, schob Benn die Hand an Alex' Ellbogen. Er sah sie den

Codex aus ihrer grünen Schärpe nehmen und vorsichtig in den hauchdünnen Seiten blättern, die von einer kleinen, spinnenartigen Schrift bedeckt waren. Obwohl Benn nicht verstand, was sie las, konnte er doch an ihrer plötzlichen Anspannung erkennen, dass es nichts Gutes war. Nach ein paar Minuten schlug Alex den Codex zu und steckte ihn zurück in ihre Schärpe.

»Was ist?«, fragte Benn.

»Ich hatte es mir schon gedacht. Es gibt Dämmerungsgeschöpfe im Äußeren Stern«, flüsterte Alex. »Rokadile.«

»Uff«, stöhnte Benn. »Uns bleibt aber auch gar nichts erspart.«

»*Mir* bleibt nichts erspart«, stellte Alex klar. »*Du* hast nichts zu befürchten.«

»Wenn dich ein Dämmerungsgeschöpf holt, habe ich sehr wohl etwas zu befürchten«, sagte Benn. »Sind im Inneren Stern auch welche?«

»Nein. Ist ja auch logisch, wenn man darüber nachdenkt. Mein Vater hat dort gelebt, als er die Geschöpfe erschaffen hat. Wenn er eins für den Inneren Stern erschaffen hätte, hätte es ihn geholt.«

»Stimmt. Also ist es ganz einfach, oder? Wir müssen vor Sonnenuntergang in den Inneren Stern kommen. Ein Kinderspiel.«

Alex erwiderte Benns schiefes Lächeln. »Genau. Ein Kinderspiel.«

»Na ja, warum nicht?«, fragte Benn. »Wir müssen nur einen Durchgang finden. Irgendeine Tür, die nicht verschlossen ist.«

»Du hast doch gehört, was der König gebrüllt hat – dass alle Türen verschlossen werden sollen«, wandte Alex ein.

»Ja, ich hab's gehört. Aber er brüllt eine ganze Menge. Und wenn Leute so viel brüllen, hört irgendwann keiner mehr auf sie.«

»Aber er ist der König«, sagte Alex.

»Und er brüllt«, erwiderte Benn. »Komm, lass uns eine Tür finden, die niemand verschlossen hat.«

Alex ließ sich von Benn auf die Füße ziehen. Sie war nicht besonders hoffnungsvoll, aber es war besser, als hier herumzusitzen und herauszufinden, was ein Rokadil war.

Hand in Hand liefen sie langsam am Fuß der hohen Mauer entlang, die den Stallhof vom Inneren Stern trennte, und suchten nach irgendeinem Hinweis auf einen Durchgang. Sie versuchten es an drei kleinen Türen, doch keine rührte sich auch nur ein Stück. Sie blickten zu einem erschreckend hohen Fenster hinauf, das offen stand, aber es gab keine Möglichkeit, dorthin zu gelangen. Dann erreichten sie die allerletzte Tür – eine breite Holzplanke in einer schmalen Nische hinter der Falknerei – und drückten mit Kraft dagegen. Sie bewegte sich nicht.

»Abgeschlossen«, murmelte Benn wütend. Er musste sich sehr beherrschen, um nicht dagegenzutreten.

»Das war's dann«, sagte Alex tonlos. »Wir sitzen in der Falle.« Ein wohlbekanntes Gefühl überkam sie. Alex wusste, was es war. Benns Großmutter Nella hatte es den Schrecken der Dämmerung genannt – ein Gefühl absoluter Verzweiflung, das bei Sonnenuntergang diejenigen überkam, die magische Kräfte besaßen. Überwältigt ließ sie Benns Hand los.

Die Wärme des Zaubers schwand aus Benns Körper, und er schauderte, wegen der Abendkälte und der Gewissheit, dass er jetzt sichtbar war. Er blickte an die Stelle, wo Alex war, und sah nichts. Er streckte den Arm aus und berührte sie, um sich zu vergewissern, dass sie noch da war, doch sie reagierte nicht. Plötzlich ertönten von der Uhr auf dem Dach der Falknerei sechs kurze Schläge, und Benn hörte schwere Schritte aus dem Stall auf den Hof eilen. Der

Ruf »Dark! Dark!«, gefolgt von wütendem Knurren: »Wo steckt die verflixte Göre?« Und dann ein noch gereizterer Ruf: »Dark! Dark!«

»Vielleicht können wir uns im Stall verstecken«, flüsterte Benn. »Ich schaue mal nach. Du bleibst hier, ja?«

»Ja«, tönte es schwach aus dem Schatten.

Benn schlich sich an der Wand der Stallungen entlang und lugte um die Ecke. Ein rotgesichtiger, stämmiger Mann in einer abgewetzten Lederweste lief wütend auf und ab, doch hinter ihm stand die Tür zur Falknerei offen. Wenn wir unbemerkt dort hineinkommen, dachte Benn, können Alex und ich uns dort die Nacht über verstecken. Er wollte gerade zu Alex zurückhuschen, als eine Bewegung im Sternengässchen seinen Blick auf sich zog. Das steinerne Krokodil, das die Stufe gebildet hatte, lag nicht länger auf dem Boden – es erhob sich auf seine vier kurzen Beine, und es war auch nicht mehr aus Stein. Es glänzte tief dunkelgrün, seine Augen leuchteten rot, seine Reißzähne strahlend weiß. Benn wusste sofort, dass dies ein Rokadil sein musste. Er sah, wie es sich in Bewegung setzte, anfangs steif, als hätte es Steinstaub in den Gelenken, dann, witternd die Nase reckend, immer schneller in die Richtung, in der Alex war. Der rotgesichtige Mann im Lederwams hielt mit seinem Auf-und-Ab-Laufen inne und warf dem Geschöpf einen Blick zu. Anscheinend beeindruckte es ihn nicht sonderlich, denn als es an ihm vorbeitrottete, verpasste er ihm einen Fußtritt, und dann rief er wieder: »Dark! Dark! Letzte Warnung, Dark!«

Benn eilte zurück zu Alex. Sie war wieder sichtbar und sah unglaublich mutlos aus. »Rokadil!«, zischte er und warf sich in seiner Verzweiflung gegen die Tür in der Wand. Sie rührte sich nicht. In der Hoffnung, Alex irgendwie vor dem Dämmerungsgeschöpf beschützen zu können, stellte er sich vor sie. Sie wollte ihn beiseiteschieben. »Nein, Benn. Sei nicht albern.«

Doch Benn blieb stehen. Über seine Schulter sah Alex das Rokadil auf seinen kräftigen Stummelbeinen auf sie zukommen. Sein riesiger Kiefer war leicht geöffnet und entblößte seine langen, gebogenen Zähne, von denen Geifer troff, und seine leuchtend roten Augen mit den tiefblauen vertikalen Schlitzen hatten ein festes Ziel – Alex RavenStarr, das Magierkind.

11. Kapitel

IM INNEREN DES STERNS

Zerra schlenderte durch die leeren Straßen und pulte sich das letzte Stück Orangenkaramell von den Zähnen, als sie sechs leise Schläge von der Uhr der Falknerei hörte.

Da sie Ratchet nicht verärgern wollte, indem sie das Vogelzählen verpasste, lief sie schneller. Eine bedrohlich aussehende Metallwanze auf Rädern kam aus dem Eingang eines Ladens, in dem sie gelauert hatte, auf sie zugekrochen, doch Zerra war schneller, und sie rannte, geleitet von Ratchets Gebrüll, durch den Mauersteig zu der Tür, die zum Stallhof führte. Atemlos griff sie nach dem großen Hebel in der Wand, die Tür sprang auf – und plötzlich wurde Zerra gegen die Wand gepresst wie eine Fliege zwischen zwei zusammenklatschenden Händen.

Durch die Tür schossen Alex und Benn.

»He!«, schrie Zerra.

Benn und Alex blieben wie angewurzelt stehen und starrten Zerra fassungslos an. Dann, mit einer blitzschnellen Bewegung, schubste Alex Zerra durch die Tür hinaus in den Äußeren Stern, knallte die Tür zu und lehnte sich von der anderen Seite dagegen. Zerras heftiges Hämmern störte die schwere Planke nicht im Geringsten.

Einen Moment lang sahen Alex und Benn sich schweigend an, so verblüfft waren sie darüber, was gerade passiert war. Vor lauter Erleichterung begann Alex zu kichern, und im nächsten Moment lehnten sie sich auch schon gegen die Tür und lachten hysterisch.

»Du warst so schnell!«, gluckste Benn. »Zack, und raus! Die hatte keine Chance.«

»Oh, war … das … lustig«, kicherte Alex und versuchte, wieder zu Atem zu kommen.

Plötzlich ertönte auf der anderen Seite der Tür ein markerschütternder Schrei voller Angst und Schrecken. Gleich danach waren eine tiefere Stimme und ein schwerer, unheilverkündender Schlag zu hören.

»Himmel! Was war das denn?«, flüsterte Benn.

Alex hatte heftige Gewissensbisse. »Zerra«, sagte sie. »Ganz bestimmt.«

Benn hielt sie vorsichtshalber fest. »Du willst ihr doch nicht etwa helfen?«

Alex schüttelte den Kopf. »Wir können nichts tun. Komm, lass uns verschwinden, bevor sie hier rüberkommen.«

Auf der anderen Seite der Tür blickte Ratchet auf das benommene Rokadil. Hinter ihm kauerte Zerra mit weit aufgerissenen Augen und hielt sich den blutenden Arm. Es knackste befriedigend, als

Ratchet einen letzten Schlag auf den breiten Schädel des Geschöpfs niedersausen ließ, dann nahm er Zerra sanft am Arm und führte sie in die Falknerei, wo er die Tür schloss und mit einem schweren Balken verrammelte.

Eine große junge Frau in einer Lederweste, staubigen Hosen und Wanderstiefeln war gerade dabei, Käfige voller Mäuse von einem kleinen Wagen zu laden. Beim Poltern der Tür drehte sie sich um und musterte Ratchet und Zerra missbilligend. »Was ist passiert?«, fragte sie Ratchet.

»Die neue Fliegerin ist gebissen worden«, knurrte Ratchet. »Dieses verflixte Rokadil. Fällt jetzt einfach jeden an. Der Zauber muss schlecht geworden sein.«

Die junge Frau musterte Zerra. »Schlecht geworden?«, fragte sie skeptisch. »Wirklich?«

»*Wirklich.* Verfluchte Dämmerviecher. Sie werden alt. Angeblich passiert das früher oder später. Irgendwann interessiert sie nicht mehr, wer ein Blender ist und wer nicht, sie fallen einfach jeden an.« Ratchet grinste. »Selbst dich, Bartlett.«

»Ich glaube kaum«, erwiderte Bartlett eisig, während sie scheppernd einen weiteren Käfig voller verängstigter Mäuse auf den Stapel knallte.

Ratchet achtete nicht darauf. Er nahm Zerra mit in sein Büro, drückte sie auf seinen Stuhl und setzte den Wasserkessel auf. Die noch immer verschreckte Zerra beäugte den Kessel ängstlich. Noch argwöhnischer beobachtete sie, wie Ratchet den Arm nach dem obersten Regalbrett ausstreckte und eine große, braune Flasche mit der Aufschrift *Gift* herunterholte. Sie sprang auf, und der Drehstuhl schoss hinter ihr auf seinen Rädern davon.

Ratchet drehte sich um. »Was machst du?«, fragte er. »Setz dich.«

»Nein! Sie dürfen mich nicht vergiften!«, schrie Zerra.

Ratchet seufzte. »Würd ich zugegeben nicht ungern«, sagte er und entkorkte die Flasche. »Aber das ist nur Jod. Für deine Verletzung. Die Rokos haben schmutzige Zähne. Du willst doch nicht, dass sich die Wunde entzündet und man dir den Arm abnehmen muss, oder?«

»Nein«, sagte Zerra widerstrebend und setzte sich wieder. Aber sie hasste Jod. Es brannte so. »Und warum haben Sie den Kessel aufgesetzt?«, fragte sie, immer noch misstrauisch.

»Na, ich dachte«, sagte Ratchet, »du hättest vielleicht gerne einen heißen Kakao. Nach dem Schock.«

Zerra sah wachsam zu, wie Ratchet einen sauberen Lappen auf die Flaschenöffnung legte, die Flasche umdrehte und der Stoff sich mit einer gelblichen Flüssigkeit vollsog.

Etwas nervös näherte Ratchet sich Zerras Arm und sagte: »Nicht erschrecken. Es könnte ein bisschen brennen.«

»Aaaaaah!«, kreischte Zerra.

»Ganz ruhig«, sagte Ratchet. »Und jetzt halt still, während ich den Verband anlege.« Überraschend sanft wickelte er einen sauberen weißen Verband um Zerras Unterarm und verknotete ihn über dem Daumen. Zufrieden begutachtete er sein Werk. »Du wirst es überleben«, sagte er.

Zerra starrte den Verband an, und der Schock über den Rokadil-Angriff legte sich langsam. Wenn Ratchet nicht genau im richtigen Moment mit einer schweren Holzlatte aus der Falknerei gekommen wäre und dem Viech so fest auf den Schwanz gehauen hätte, dass es ihren Arm schließlich losgelassen hatte, würde sie jetzt nicht hier sitzen, so viel stand fest. Vor nicht allzu langer Zeit hatte Zerra aus dem Lieblingskuscheltier ihres Bruders – einem Elefanten namens Peg – die Füllung herausgeholt. Jetzt fühlte sie sich so, wie Peg danach ausgesehen hatte – wie ein schlaffer Lumpen. Sie sackte auf dem Stuhl zusammen und schaute zu, wie Ratchet vorsichtig den Kakao vor sie auf den Tisch stellte. Mit der unverletzten Hand hob sie die Tasse an den Mund und schlürfte die heiße, schokoladige Flüssigkeit. Der Geschmack tat so gut, dass ihr Tränen in die Augen traten. Noch nie ist jemand so nett zu mir gewesen, dachte Zerra. Allerdings musste sie zugeben, dass Alex es manchmal versucht hatte – die dumme Alex, deren Schuld das alles war.

Die Bürotür flog auf, und Ratchet, der sich selbst gerade einen heißen Kakao machte, blickte auf. Es war Bartlett.

»Warum ist sie von einem Rokadil angefallen worden?«, fragte sie scharf.

»Hab ich doch schon gesagt. Die Viecher werden alt«, entgegnete Ratchet.

»Ach ja? Aber dich hat es nicht angefallen, stimmt's? Und mich auch nicht.«

»Weil ich ihm eine Latte über den Kopf gezogen hab. Und du warst hier drin bei den Mäusen.«

»Hm. Und wie heißt sie, die neue Dark?«

»Zerra.« Zerra antwortete selbst. Der Kakao hatte ihr neue Kraft gegeben, und die Schmerzen in ihrem Arm verringerten sich zu einem erträglichen Pochen. »Es ist unhöflich, über jemanden zu sprechen, als wäre er nicht da.«

Schnell schaltete Ratchet sich ein. »Mein Fehler«, sagte er hastig. »Ich habe euch noch nicht vorgestellt. Bartlett, das ist Zerra Dark, unsere neue Fliegerin. Zerra, das ist meine Stellvertreterin Bartlett.«

»Was ist mit Danny passiert?«, fragte Bartlett.

»Die kleine Kröte hat sich aus dem Staub gemacht. Wir haben immer noch nicht die Jacke zurück.«

Bartlett musterte erst Zerras Arm mit dem Verband, durch den es rot sickerte, dann ihr Gesicht. »Bist du eine Blenderin?«, fragte sie.

Zerra starrte sie nur schweigend an. Auf diese Frage würde sie ganz bestimmt nicht antworten.

»Lass das Mädchen in Ruhe«, sagte Ratchet.

Doch Bartlett hatte nicht vor, Zerra in Ruhe zu lassen. »Das ergibt keinen Sinn. Die Rokadile tun niemandem was. Danny hat ihnen immer Kekse zugeworfen.«

Ratchet lächelte bei der Erinnerung. Danny war ein lustiger Bursche gewesen. »Ich habe doch gesagt, der Zauber muss schlecht geworden sein«, wiederholte er und schob Zerra das Keksglas zu. »Hier, nimm dir einen. Auf den Schock.« Zerra schüttelte den Kopf. Sie fühlte sich schwummrig.

»Ich nehme gerne einen, danke«, sagte Bartlett. »Und einen Kakao, wo du schon dabei bist.«

Zerra sah Ratchet dabei zu, wie er den Kessel erneut aufs Feuer stellte. Sie wollte nichts anderes tun, als sich irgendwo in eine Ecke legen und den ganzen Tag vergessen. Aber Bartlett lehnte sich an die Tür, verschränkte die Arme und starrte sie an. »Wer sind deine Eltern, Mädchen?«, fragte sie.

»Das geht Sie nichts an«, knurrte Zerra.

Ratchet setzte sich neben sie. »Die Frage ist durchaus berechtigt, Falkenreiterin«, sagte er. Er musterte Bartlett stirnrunzelnd. »Auch wenn man sie freundlicher stellen könnte.«

Zerra hatte nichts dagegen, es Ratchet zu sagen, immerhin hatte er sie vor dem Rokadil gerettet. Und er hatte ihren Arm verbunden.

Es fühlte sich so an, als wäre er auf ihrer Seite. »Na gut. Als wir noch hier in Rekadom gewohnt haben, hat meine Ma die Seidengewänder des Königs genäht, und mein Pa war Würfelspieler und hat unser ganzes Geld verspielt. Vielleicht ist er immer noch hier. Keine Ahnung.« Sie lachte kurz auf. »Völlig unmöglich, dass einer der beiden Zauberkräfte besitzt.«

»Würfelspieler? Doch nicht etwa Jimmy D'Arbo?«, fragte Ratchet.

Zerra nickte.

»Du liebe Zeit, darauf wäre ich nie und nimmer gekommen. Du siehst dem alten Gauner gar nicht ähnlich. Er hat doch dieses flatterhafte Mädchen geheiratet – wie hieß die noch?«

»Mirram«, sagte Zerra säuerlich.

Ratchet hob den Blick zu Bartlett, die immer noch in der Tür stand. »Die beiden sind keine Blender, das steht fest. Also müssen die Rokos wirklich schlecht geworden sein.« Er grinste. »Heute Abend bleibst du besser drinnen, was, Bartlett?«

»Warum?«, fragte Bartlett.

»Na ja, es kommt vor, weißt du.« Ratchet schlürfte seinen Kakao. »Die Luftweber in der Hochebene sind schon vor ein paar Jahren durchgedreht und fallen seither jeden an, der in ihre Nähe kommt. Wegen ihnen haben wir einen unserer Flieger verloren. Und es heißt, dass die Xin über der Netzlegerbucht auch nicht mehr ganz richtig im Kopf sind und immer weiter die Klippen runterkriechen. Sie jagen meiner alten Ma ständig einen Schrecken ein. Wie gesagt, die Dämmerungsgeschöpfe werden alt. Schon bald werden sie hinter uns allen her sein, und dann können wir nirgends mehr hin.« Ratchet kicherte. »Also, ich hätte jedenfalls keine Lust, heute Nacht das Stadttor zu bewachen.«

»Du meinst, *sie* hätte keine Lust«, sagte Bartlett und musterte Zerra. »Könnte gut sein, dass das Blenderglöckchen klingeln würde.«

»Lass es gut sein, Bartlett«, sagte Ratchet. »Welche Laus ist dir eigentlich über die Leber gelaufen?«

»Sie«, knurrte Bartlett. »Als stellvertretende Falknerin hätte ich beim Auswahlprozess des neuen Falkenreiters dabei sein sollen. Aber ich komme zurück und finde irgendeine dahergelaufene Göre auf dem Posten. Wir wissen nicht mal, ob sie eine Dark ist, stimmt's?«

»Natürlich ist sie eine Dark!« Doch selbst in Ratchets Ohren klang sein Widerspruch hohl. Er hatte keine Ahnung, ob Zerra Zauberei durchschauen konnte oder nicht. Sie war aus heiterem Himmel auf dem Falken hier angekommen. Der Falke hatte sie akzeptiert, also musste auch er sie akzeptieren – was blieb ihm anderes übrig? Außerdem war Danny weg, und es gab keine anderen Darks in Rekadom, zumindest wusste er von keinem. Diese Stadt war eine Geisterstadt, und sie konnten froh sein, überhaupt eine Fliegerin zu haben. Ratchet entschied, dass es an der Zeit war, Zerra aus dem Gefecht zu ziehen. Vielleicht würde Bartlett dann aufhören, sich wegen ihr zu ereifern. »Komm«, sagte er zu Zerra. »Heute Abend streichen wir das Vogelzählen. Du musst dich ausruhen und deinen Arm schonen. Wenn du diese Weidenrinde kaust, lässt der Schmerz nach. Und du musst morgen früh auch nicht zum Falkenruf aufstehen.«

»Danke«, murmelte Zerra. Sie trank ihren Kakao aus, stand auf und trottete durch den langen, dunklen Flur. An dessen Ende führte eine Leiter zur Schlafstube des Falkenreiters hinauf, die über der kleinen Kammer lag, in der die stellvertretende Falknerin schlief.

Unbeholfen, da sie nur einen Arm benutzen konnte, kletterte sie nach oben. Dort ließ sie sich auf die Strohmatratze fallen und zog die grobe Decke über sich.

Während sie in den Schlaf sank, kam ihr der Gedanke, dass Ma ihr *kein einziges Mal* heißen Kakao gemacht hatte. Sie hatte ihr auch nie einen Verband gemacht, wenn sie verletzt gewesen war. Oder sie verteidigt, wie Ratchet sie gegen diese grässliche Bartlett verteidigt hatte. Hieß das, dass Ratchet netter war als Ma? Vielleicht. Allerdings hatte das nicht viel zu sagen, oder?

Im Büro am anderen Ende der Falknerei hatte sich verlegenes Schweigen breitgemacht. Ratchet spähte durch ein kleines Fenster in den dunkler werdenden Abendhimmel. »Er ist spät dran«, murmelte er unruhig.

Bartlett gab keine Antwort. Sie trommelte mit den Fingern auf dem Tisch und hatte die Augenbrauen tief über ihre eng zusammenstehenden, falkenhaften Augen gezogen. Bartlett dachte nach.

»Ah!«, rief Ratchet zufrieden und streckte den Arm aus dem Fenster. »Da ist er ja. Komm zu Papa, Merlin. Komm.« Das Fenster verdunkelte sich durch zwei weit ausgebreitete Schwingen – und etwas Dunkles, Kompaktes und Kraftvolles landete auf Ratchets breitem ledernem Armband. Vorsichtig zog er den Arm zurück.

Bartlett schniefte. »Ganz schön mickrig, dein Merlin.«

Ratchet ignorierte sie. Sanft strich er dem Vogel mit der Daumenspitze über den Kopf, während sich die scharfen Augen des Raubvogels misstrauisch auf Bartlett richteten.

»Du solltest einen Handschuh tragen«, bemerkte Bartlett. »Seine Klauen zerkratzen dir die Haut.«

Ratchet hob den Arm, bis er Auge in Auge mit seinem Schützling war. »Ach was. Er ist immer ganz vorsichtig, stimmt's, Merlin?«

Der kleine Raubvogel legte den Kopf schief.

»Wir sind ein Team«, erklärte Ratchet seiner Stellvertreterin. »Ich habe ihn von klein auf großgezogen, nachdem seine Mutter dem Falken zum Opfer gefallen ist. Merlin hat mich nicht ein einziges Mal gekratzt. Nie. So, wir gehen jetzt ins Bett. War ein langer Tag.«

Bartlett musterte ihn so bohrend, dass Ratchet an einen Raubvogel denken musste. »Danny«, sagte Bartlett. »Ist nicht tot.«

»Ach nein?«, sagte Ratchet, senkte den Arm und ließ den Zwergfalken absteigen.

»Ich bin mir sicher. Er hat die Fliegerjacke behalten und uns hängen lassen. Du solltest deinen Merlin losschicken, um ihn zu finden.«

Ratchet seufzte. »Nicht mal Merlin könnte Danny Dark finden, wenn er nicht gefunden werden will. Und ich vermute, er will nicht.«

12. Kapitel

DANNY

»Es ist da drin«, sagte Jay zu Danny. »In der grünen Kiste.« Er grinste. »Die, auf der *Sechskantschlüssel* steht.«

Danny war beeindruckt von Jays gut sortierter Werkstatt. Er reichte Jay den Schraubenschlüssel, um den er gebeten hatte, und sah zu, wie er geübt die letzte Mutter an der Brennkammer festschraubte. Danny setzte sich auf den Führersitz und versuchte, sich vorzustellen, wie es wohl war, wenn ein Feuer in der Brennkammer brannte und der Dampfdruck immer stärker wurde, und wie aufregend es sein musste, wenn sich das riesige Eisenmonster endlich in Bewegung setzte. »Wie schnell, hast du gesagt, kann er fahren?«, fragte er Jay.

Jay richtete sich auf und rieb sich mit dem öligen Handrücken über die Stirn. »Angeblich fünfundachtzig«, erwiderte er.

»Fünfundachtzig *was*?«, fragte Danny dümmlich.

»Meilen in der Stunde.«

Danny machte große Augen. »In einer Stunde fünfundachtzig Meilen?«, wiederholte er.

»Ja. Aber nur auf sicheren, gut gepflegten Schienen. Die haben wir nicht. Wir können froh sein, wenn wir zwanzig erreichen, bei dem Zustand, in dem die Gleise sind.«

Danny lächelte. »Dann müssen wir sie eben wieder instand setzen.«

Jay erwiderte sein Lächeln. »Ich habe die Strecke über die Brücke und am Salzeichenufer entlang bis zur Netzlegerbucht überprüft. Und danach, tja, keine Ahnung, ob da noch welche sind.«

Danny half, die Werkzeuge zu säubern, die sie an diesem Tag benutzt hatten, und sah zu, wie Jay sie sorgfältig über der Werkbank verstaute, die an der Höhlenwand befestigt war.

»Ich muss jetzt los«, sagte Jay. »Ich habe Großmutter versprochen, ihr mit Louie zu helfen. Und diesem idiotischen Pokkel, den der Kleine hat. Sie kann ihn nicht ausstehen, aber Louie liebt ihn.«

Danny musste an die gemütliche Küche denken, in der er erst vor wenigen Tagen hatte frühstücken dürfen. Der Gedanke ließ eine einsame Nacht in der feuchten, kalten Höhle noch trostloser erscheinen. »Kann ich irgendwas tun, während du weg bist?«, fragte er. »Für morgen etwas vorbereiten oder so?«

Jay musterte Danny nachdenklich. Seit seinem Tauchgang im Fluss wirkte seine Haut wie Papier, beinahe durchsichtig. Und der Zopf, den Danny sich geflochten hatte, damit seine langen Haare nicht in die Maschine gerieten, sah aus wie der Schwanz eines toten Tiers. Es widerstrebte ihm, ihn hier allein zu lassen. »Komm doch mit«, sagte er. »Bei Großmutter kannst du dich aufwärmen. Ab und zu zitterst du immer noch, weißt du.«

Es fiel Danny sehr schwer, abzulehnen. »Danke, aber … na ja, ich glaube, ich sollte hierbleiben, falls Meister RavenStarr zurückkommt«, sagte er zögernd.

Jay war beeindruckt von Dannys Pflichtbewusstsein. »Du könntest ihm eine Nachricht hinterlassen«, schlug er vor. »Schreib, dass du morgen wiederkommst. Nachts ist es saukalt hier. Ich glaube, dein Meister RavenStarr würde wollen, dass es dir gut geht, Danny.«

Danny überlegte. Er wäre wirklich gern mitgekommen, doch Hagos fehlte ihm mehr, als er erwartet hätte, und ihm gefiel die Vorstellung gar nicht, dass der launische alte Kerl hier ankam und er nicht da war. »Hm, ja. Aber … also … ähm, nein«, sagte er. »Danke für das Angebot. Ich weiß es zu schätzen.«

»Na schön. Dann sehen wir uns morgen«, sagte Jay.

Danny blickte ihm nach, während er durch den breiten Backsteintunnel ging, der nach draußen zu dem alten Steg führte. Er stellte sich vor, wie Jay durch die Abendsonne zu seinem Boot schlenderte, und er wäre ihm am liebsten hinterhergerannt. Kommt nicht infrage, ermahnte er sich streng. Stell dir vor, Meister RavenStarr kehrt heute Nacht zurück. Du musst für ihn da sein.

Eine Weile wanderte er durch die Höhle, dann kletterte er aufs Trittbrett des Großen Schnaufers und stellte sich vor, wie es wäre, ihn zu fahren. Doch nach einer Weile hatte er das Gefühl, als würde die Kälte aus dem dicken Eisen tief in seine Knochen sickern. Er lief in die Schlafbaracke, warf alle Decken auf sein Bett und vergrub sich darunter. Er hatte das Gefühl, dass ihm nie wieder warm sein würde.

13. Kapitel

UNTERM SILBERSTERN

Während Danny in der Höhle am Fluss einschlief, war Alex in Rekadom hellwach und lief mit Benn zur südöstlichsten Spitze des Inneren Sterns, noch immer voller Erleichterung über ihre geglückte Flucht vor dem Rokadil. Da sie nicht wussten, wohin sie gehen sollten, huschten sie an den dunklen Fenstern vorbei, die wie tote Augen in den Abend starrten, an verrammelten Geschäften und über das Unkraut zwischen den Pflastersteinen. Weil die Leere ihnen unheimlich war, bewegten sie sich sehr leise, und als sie an einer alten Uhrmacherei vorbeikamen, in der ein einzelnes Fenster erleuchtet war, hatte Alex das Gefühl, sie würden beobachtet.

Die Straße wurde breiter, je näher sie dem Zentrum des Sterns kamen, dem Sternenhof. Neben dem letzten Gebäude vor dem leeren, windgepeitschten Platz blieben sie stehen. Ein köstlicher Duft stieg ihnen in die Nasen. »Riecht genau wie Großmutters Hühnersuppe«, murmelte Benn. »Oh, riecht das gut. Ich habe so einen Hunger.«

Alex lief das Wasser im Mund zusammen. »Ich auch. Ich bin am Verhungern«, seufzte sie. »Wo bekommen wir hier was zu essen?«

Benn zuckte mit den Schultern. Er hatte keine Ahnung. In einem Hauseingang blieben sie stehen. Es wäre einfach zu schön gewesen, wenn jemand ihnen die Tür aufgemacht und sie zum Abendessen hereingebeten hätte, aber natürlich passierte das nicht.

»Wir müssen einen Schlafplatz finden«, sagte Alex.

»Hier stehen so viele Häuser leer«, sagte Benn. »Lass uns einfach irgendwo einsteigen. Und morgen verschwinden wir von diesem schrecklichen Ort und gehen nach Hause.«

»Du sagst das, als wäre es ganz einfach«, erwiderte Alex.

»Hast du eine bessere Idee?« Vor lauter Hunger war Benn inzwischen etwas gereizt.

»Nein. Aber …« Sie verstummte. Die Dunkelheit war noch dichter geworden, und über ihnen waren weitere vereinzelte Lichter aufgeflammt – in den Erdgeschossen schien dagegen niemand zu wohnen. Warum nicht? Ein ängstlicher Schauer lief ihr über den Rücken. Gab es hier auch Rokadile – oder noch Schlimmeres? »Ich glaube, wir sollten irgendwo *oben* schlafen.«

»Oben?«

»Na ja, wenigstens ein paar Stockwerke hoch«, sagte Alex. »Nur für den Fall.«

»Für welchen Fall?«

Die Antwort auf Benns Frage kam prompt – nur leider so, dass er dann doch lieber gar keine Antwort bekommen hätte.

Aus dem Schatten huschte nämlich etwas hervor, das auf den ersten Blick wie eine Schildkröte aussah – aber eine Schildkröte, die viel schneller und glänzender war als normale Schildkröten. Als es auf sie zukam, sah Benn glänzenden Stahl unter dem glatten Panzer hervorblitzen. Alex packte seine Hand und zog ihn gerade noch rechtzeitig auf die Türstufe. Die »Schildkröte« kam direkt auf sie zu und rammte ihren Panzer mit lautem Geschepper gegen die Stufe. Ein Sirren ertönte, und als das Ding sich umdrehte, sahen sie drei kleine scharfe Klingen unter ihm hervorschnellen.

»Du liebe Güte!«, sagte Benn. »Was ist das denn?«

»Der Grund, warum jetzt alle in den oberen Stockwerken sind«, flüsterte Alex.

»Das ist ja schrecklich. Stell dir mal vor, es erwischt deinen Fuß!«

»Knöchel«, korrigierte Alex ihn. »Die Messer sind auf Knöchelhöhe.«

Benn schauderte. »Darüber will ich gar nicht nachdenken.« Er blickte auf das wild herumkreiselnde Gerät hinab. »Ohne die Klingen wäre es ja ganz witzig. Schau mal, es will unbedingt hier hoch, kann aber nicht.«

»Und wir können nicht die ganze Nacht hierbleiben«, sagte Alex. »Irgendwann schlafen wir ein, fallen runter, und dann …«

Benn verzog das Gesicht. »Ich *hasse* diesen Ort«, sagte er entschieden. »Ich habe keinen Schimmer, warum irgendein Mensch hier lebt.«

»Die arbeiten vermutlich alle für den König«, erwiderte Alex.

»Und warum lässt der König dann dieses schreckliche Ding hier herumflitzen, das den Leuten die Füße absäbeln will?«

»Damit die Leute nachts im Haus bleiben. Wie bei einer Sperrstunde. Ich glaube, es heißt Häcksler. Ich erinnere mich, dass in Luma auch mal überlegt wurde, welche anzuschaffen.«

»Furchtbar«, murmelte Benn.

»Luma ist ja auch furchtbar«, gab Alex zurück. »Weißt du was, irgendwie kann ich mich an diesen Ort hier erinnern. Er fühlt sich vertraut an.«

»Du kannst dich erinnern?«

»Ich wurde in Rekadom geboren, schon vergessen? Natürlich war ich grad mal anderthalb Jahre alt, als ich aus der Stadt gebracht wurde. Aber dadurch, dass ich wieder hier bin, erinnere ich mich irgendwie an manche Dinge.« Sie zeigte über den Sternenhof auf den dunklen Eingang am Fuß des silbern glänzenden Turms. Plötzlich schlug sie die Hand vor den Mund. »Oh!«, sagte sie. »Schau mal, da!«

Benn, der den Häcksler beobachtet hatte, der wieder und wieder gegen die Stufe preschte, zuckte zusammen. »Was?«, fragte er.

Alex sah Benn mit großen, leuchtenden Augen an. »Dahinten haben wir gewohnt! Ich bin mir ganz sicher. Als ich ein Baby war. Ich kann mich erinnern, wie Papa mich durch den Torbogen getragen hat. Wenn man nach oben schaut, sieht man einen silbernen Stern, der in den Schlussstein eingraviert ist.«

»Wow. Da habt ihr gelebt?« Benn blickte am Turm hoch, dessen Fenster dunkel waren. Nur zwei dreieckige ganz oben waren erleuchtet. »Wer auch immer da oben wohnt, ist jedenfalls weit weg von diesem Ungeheuer hier.«

»Früher haben wir da oben gewohnt«, sagte Alex wehmütig. »Wer jetzt wohl dort lebt?« Sie sah Benn an, und ihre Augen begannen zu blitzen. »Ich habe eine Idee!«, murmelte sie.

Benn musterte sie argwöhnisch. »Ach ja?«

»Lass uns in den Silbernen Turm gehen. Die Treppe ist endlos. Ich erinnere mich, dass Papa mich immer nach oben getragen hat. Wir wären in Sicherheit vor dem Häcksler, könnten auf einem Treppenabsatz schlafen und wären von außen nicht zu sehen.«

Benn blickte wieder den bösartigen silbernen Häcksler an, der immer noch gegen ihre Stufe rumste. »Und was ist damit?«, fragte er und überlegte, ob der Häcksler sie wohl hören konnte.

Alex zeigte auf einen verwitterten Holzstapel vor dem gegenüberliegenden Schaufenster. Es sah aus, als hätte jemand vor langer Zeit vorgehabt, ein paar Reparaturen in Angriff zu nehmen, und es sich dann doch anders überlegt. »Wenn wir eine von den Latten nehmen – siehst du die langen, dünnen da? – können wir das Ding abwehren.« Sie grinste. »In Luma haben wir immer ein Spiel gespielt, bei dem wir mit Stöcken gegen einen Puck geschlagen haben.«

Benn nickte. »Sandhockey. Ich habe mal ein Turnier gesehen. Der Puck hatte aber keine rotierenden Klingen, oder?«

»Das spielt keine Rolle, solange wir einen Stock haben, mit dem wir das Viech auf Abstand halten können«, sagte Alex. Bevor Benn widersprechen – und sie zu lange nachdenken – konnte, sprang Alex von der Stufe über das Metallding und rannte zu dem Holzstapel. Der Häcksler sauste ihr nach, und seine Silberklingen blitzten im Licht, das aus den Fenstern über ihnen fiel. Benn sah, wie Alex sich mit dem Holz abmühte und hastig eine Latte suchte, die noch nicht verfault war, und rannte ihr nach. Der Häcksler drehte sich auf der Stelle und sauste auf ihn zu. Benn sprang mit einem Satz auf den Holzstapel, sodass mehrere Planken, Bretter und Latten hinunterfielen und den Häcksler ins Schleudern brachten. Alex hob zwei lange, stabile Latten auf und warf Benn eine davon zu. »Lauf!«, schrie sie.

Und sie liefen.

Der Häcksler folgte ihnen. Schnell.

Während sie über den leeren Sternenhof rannten, schlugen Alex und Benn abwechselnd den Häcksler zur Seite. Manchmal verfehlte Alex ihn und Benn traf, manchmal schlug Benn daneben und Alex landete einen Treffer. Als sie sich dem Schutz des Silbernen Turms näherten, zielte Benn sorgfältig, und eine der Klingen blieb im Holz stecken. Benn begann einen seltsamen Tanz mit dem wunderlichen Apparat und wusste nicht, wie er aus der Nummer wieder rauskommen sollte.

»Lass einfach los!«, rief Alex.

Natürlich, das war die Lösung! Während der Häcksler mit seinem neuen Anhängsel ziellos herumwirbelte, rannten sie auf den Torbogen des Silbernen Turms zu und sprangen hinein. Dort blieben sie schnaufend stehen, während der Häcksler vollends zum Stehen kam, weil sein neuer Arm gegen die Stufe gestoßen war. »Schlau ist das Ding ja«, sagte Benn. »Aber kein magisches Geschöpf, oder?«

Alex nickte. »Nein. Magische Geschöpfe sind lebendig, keine Maschinen.«

»Wenn es nicht diese grausigen Klingen hätte, wäre es beinahe nett, eins zu haben – so als Haustier. Wer es wohl gebaut hat?«, sinnierte Benn.

»Jemand mit einer üblen Gesinnung«, murmelte Alex und blickte zum Bogen hinauf. Dann drehte sie sich lächelnd zu Benn um. »Ich hab's gewusst! Da ist der Silberstern. Ich bin wieder zu Hause!«

Benn grinste. »Bekomme ich eine Führung?«

Dicht gefolgt von Benn stieg Alex langsam die Wendeltreppe hinauf. Die Treppe wurde nur vom Licht des Mondes erhellt, das bei jeder Windung durch die kleinen Fenster fiel. Auf halber Höhe blieben sie auf einem breiten Absatz mit einer kleinen Bank unter einem dreieckigen Fenster stehen. Benn ließ sich auf die Bank plumpsen, während Alex aus dem Fenster auf den darunterliegenden Obstgarten schaute.

»Oh!«, murmelte sie.

»Was?«

»Meine Mutter … Ich habe so oft versucht, mich an sie zu erinnern, aber ich habe es nie geschafft. Und jetzt … jetzt geht es plötzlich. Ich kann sie beinahe fühlen … wie sie mich hält. Sie trug Ringe. Viele Ringe. Ich erinnere mich an ihre Hände auf meinem Bauch. Wie sie mich gehalten hat, damit ich die Pferde im Obstgarten sehen konnte.«

»Du hast wirklich ein ziemlich gutes Gedächtnis«, stellte Benn fest.

»Ich musste wohl herkommen, um mich daran zu erinnern.« Alex lächelte. »Lass uns nach oben gehen. Ich will mir unsere alte Tür ansehen. Vielleicht kommen dann noch mehr Erinnerungen zurück.«

»Aber da wohnt jemand. Wir haben Licht gesehen«, wandte Benn ein.

»Na und? Der weiß doch nicht, dass wir da sind.« Alex setzte schon den Fuß auf die nächste Treppenstufe. »Du musst nicht mitkommen. Ich schaue mich nur mal kurz um.«

Benn stand auf. »Kommt nicht infrage. Wir bleiben zusammen.«

Sie kamen an weiteren verlassenen Treppenabsätzen vorbei, bis

Alex sicher war, dass sie bald da sein mussten. Bei der letzten Treppenwindung blieb sie so abrupt stehen, dass Benn gegen sie prallte. »Uff!«, schnaufte er.

Alex fuhr herum und legte den Finger an die Lippen. »Pst!«

Aber es war zu spät. Über sich vernahmen sie das wohlbekannte Scharren von Schakalklauen auf dem glatten Stein. Im nächsten Moment hörten sie ein Schnüffeln. Alex' Hand tastete nach Benns, und schon fühlte er das Kribbeln des Verschwindezaubers über sich kommen. Während sie sich mit den Rücken an die Wand pressten, sahen sie den weißköpfigen Schakal, die Nase witternd gereckt, die Ohren gespitzt, den langen roten Mantel über die Treppe schleifend, auf sie zukommen. Alex und Benn wechselten einen panischen Blick.

Langsam und lautlos wichen sie vor dem näher kommenden Schakal zurück, der beinahe die gesamte Breite der schmalen Treppe einnahm. Bei jedem Schritt, den die Kreatur machte – schnüffelnd, denn sie konnte sie riechen –, wichen Alex und Benn einen Schritt zurück, bis sie auf dem nächsten Treppenabsatz ankamen. Benn ahmte einen Boxhieb in Richtung des Schakals nach und sah Alex fragend an. Die nickte.

Der Schakal blieb auf dem Treppenabsatz stehen und schnüffelte wie ein Jagdhund, der seine Beute wittert. Benn machte einen Satz nach vorn und versetzte dem Schakal einen kurzen, kräftigen Hieb in den Magen. Der Schakal wankte rückwärts und sank röchelnd zu Boden.

Alex rannte die Treppe hinauf, instinktiv steuerte sie ihr altes Zuhause an. Benn – jetzt sichtbar – eilte ihr nach. Der Schakal kam wieder zu Atem und stieß ein wütendes Geheul aus. Dann rappelte er sich auf und setzte Benn nach.

Am oberen Treppenabsatz sah Alex einen Streifen Licht unter der schmerzlich vertrauten Tür. »Hilfe!«, schrie sie und hämmerte mit den Fäusten gegen die Tür. »Hilfe! Hilfe! Lasst uns rein!«

Die Tür ging auf.

Und hinter der Tür stand Papa.

Wie sollte es anders sein?

14. Kapitel

ZUHAUSE

Hagos sah nur einen völlig zerzausten Jungen durch die Tür stürmen. Dabei war er überzeugt, die Stimme seiner Tochter gehört zu haben. Verwirrt spähte er nach draußen, als auch schon die spitze Nase des Schakals um die Treppenwindung bog. Hastig knallte Hagos die Tür zu und schob beide Riegel vor. Er lehnte sich mit dem Rücken dagegen und musterte den Jungen – er kam ihm vage bekannt vor –, da erschien vor ihm plötzlich ein verschwommener Umriss. »Bubu!«, rief er und schloss Alex in die Arme.

»Papa, ich bin *Alex*«, sagte sie glücklich, halb erstickt in seinem roten Umhang – der genauso roch wie früher.

»Alex«, sagte Hagos und stellte sie lachend wieder auf die Füße. »*Alex.* Wie kommst du hierher? Ich kann es nicht glauben. Oh, wie ist das wunderbar ... wunderbar!«

Alex konnte nicht aufhören zu grinsen. »Oh, Papa! Ich hatte solche Angst, du wärst …«

»Tot?«, fragte Hagos.

Alex nickte, und Tränen traten ihr in die Augen.

»Noch nicht, Bubu … Alex. Noch nicht.«

»Hat der König dich freigelassen, Papa? Seid ihr wieder Freunde?«

Bevor Hagos antworten konnte, erinnerte ihn ein Kratzen an der Tür an die bittere Wirklichkeit. »Nein, ich bin immer noch ein Gefangener. Da draußen steht mein Wächter. Du bist hier nicht sicher, mein Liebling. Und er auch nicht …« Er sah Benn an und fragte sich, ob er seinen Namen kennen sollte.

»Das ist Benn«, sagte Alex.

»Hallo, Benn. Tja, auch Benn ist hier nicht sicher, fürchte ich. Deela …« Hagos drehte sich um, und verblüfft sahen Alex und Benn, wie Deela Ming in einem langen blauen Seidenumhang mit eingestickten Halbmonden ins Zimmer trat. Sie strahlte Alex und Benn an.

»Deela!«, rief Alex.

»Schhh!«, machten Hagos und Deela einstimmig, während ein hartnäckiges Kratzen von der anderen Seite der Tür ertönte.

»Ich muss wohl aufmachen«, sagte Hagos nervös. »Das gehört zu den Bedingungen, unter denen ich aus dem Kerker gelassen wurde. Die Schakalerie hat jederzeit Zutritt. Deela, bring Alex und Benn in mein Zimmer, ja?«

Aus ihrem Versteck hinter dem schweren Vorhang, der Hagos' kleinen Schlafbereich vom Rest des Raums trennte, sahen Alex, Benn und Deela, wie Hagos eilig an seinen Schreibtisch trat. Gerade holte er triumphierend ein kleines Metallröhrchen mit einem

Schraubverschluss hervor, da ertönte von der Treppe her ein ungeduldiges Bellen. Hagos eilte zur Tür, öffnete sie einen Spaltbreit und stellte den Fuß davor, damit sie nicht weiter aufging. Sie sahen, wie sich die spitze weiße Nase des Schakals durch die Öffnung schob, und hörten sein hastiges *Schniff-schniff-schniff*, als er etwas witterte. Dann sahen sie eins seiner rotbeärmelten Vorderbeine in der Öffnung zwischen Tür und Rahmen auftauchen. Die sonderbar menschliche Hand war von kurzem weißem Fell bedeckt, und die gekrümmten Finger endeten in scharfen, blitzenden, schwarzen Krallen, die sich vorstreckten, um Hagos das Gesicht zu zerkratzen. Hagos duckte sich flink darunter weg und leerte den glitzernden Inhalt der Metalltube in seine offene rechte Hand, die er der suchenden Schnauze des Schakals darbot. Der Schakal atmete tief ein, und ein Schwall glitzernden Staubs erhob sich von Hagos' Handfläche. Der Ausdruck des Schakals änderte sich. Er blickte zu Hagos auf wie ein dankbarer Hund zu seinem Herrchen, dann ließ er seine lange, schwarze Zunge vorschnellen und leckte das Puder von Hagos' Hand. Hagos stand still wie ein Stein und ließ sich die Finger abschlabbern, und selbst als der Schakal sich vorbeugte, um noch den letzten Rest von seinen Fingernägeln zu saugen, zuckte Hagos nicht mit der Wimper.

»Igitt«, flüsterte Benn.

»Bäh«, machte Alex.

»Pst!«, zischte Deela.

Als der Puder verschwunden war, wirkte der Schakal etwas benommen. Er blickte bittend zu Hagos auf, als wolle er mehr, doch der legte ihm die Hand auf die Nase und gab ihm einen festen Stoß. Widerstandslos wich der Schakal zurück, und Hagos knallte die Tür zu. Dann schob er schnell die Riegel vor und rannte zu dem kleinen Waschbecken in der Ecke, wo er sich inbrünstig die Hände schrubbte.

Alex, Benn und Deela traten hinter dem Vorhang hervor. »Hast du uns einen Schrecken eingejagt!«, sagte Deela. »Was war das für ein Zeug?«

Hagos drehte sich grinsend um. »Brause. Ich wusste doch, dass ich noch welche hatte. Ich habe sie vor Jahren hergestellt, kurz bevor Bubu ... ich meine, Alex ... geboren wurde, als Belamus noch mein guter Freund und ich noch sein Oberster Magier war. Ich hatte Angst um das Baby. Es gab Geschichten, dass Neugeborene in der Nacht von Schakalen geholt worden waren und dass die Eltern nichts dagegen tun konnten. Also habe ich etwas erfunden, was sie noch unwiderstehlicher finden als ein Baby – ungefähr so wie Katzenminze für Katzen. Es hat besser funktioniert als erwartet.« Hagos kicherte. »Der Schakal wird jetzt ein Schläfchen halten und mit Schaum vorm Mund verrückte Sachen träumen.«

»Wow«, sagte Benn. »Ziemlich cooler Blenderkram!«

Hagos warf Benn einen frostigen Blick zu. »Das ist *Magie*, eine alte und ehrenwerte Kunst. Die ich praktiziere.«

Benn sah beschämt zu Boden. »Verzeihung«, murmelte er. »Ich wollte nicht ...«

Hagos winkte ab. »Natürlich nicht«, sagte er friedfertig. »Hier in Rekadom nennen sie uns ›Blender‹, damit die Menschen glauben, unsere Kunst sei Betrug. Das stimmt aber nicht.«

Dass ihr Vater seine Kunst gebraucht hatte, um so viele Monster zu erschaffen, die Tod und Elend über zahllose unschuldige Menschen gebracht hatten, kam Alex nicht besonders ehrenwert vor, doch sie sagte nichts. Hagos dagegen freute sich über sein neues Publikum. »Der Schakal da draußen ist nicht mehr in der Lage, irgendjemandem zu berichten, dass wir Gäste haben. Wenn er auf einen seiner Kollegen trifft, sind seine Stunden gezählt. Sie wenden sich gegen ihre eigenen Brüder, sobald sie ein Zeichen von Schwäche erkennen. Deshalb gibt es ja auch nur noch fünf von ihnen. Als ich als kleiner Junge nach Rekadom kam, hatte Belamus' Vorgänger zweiunddreißig Schakale. Ein Albtraum!«

»Und wie viele waren es ganz am Anfang?«, wollte Benn wissen.

»Einhundertneunundsechzig. Eine magische Zahl.«

»Dreizehn mal dreizehn«, warf Alex ein.

Hagos strahlte sie an. »Sehr richtig, Bubu! Ähm, Alex. Die Schakale wurden vor etwa einhundert Jahren für die damalige Königin erschaffen. Ihr Oberster Magier nahm ein paar neugeborene Schakalwelpen und traktierte sie mit einem ziemlich grausigen Zauber.« Hagos gluckste. »Wenigstens wird der König keine weiteren dieser Kreaturen bekommen, dafür habe ich gesorgt. Das war der erste Zauber, den ich als Oberster Magier getan habe. Ich habe ihnen das Mittel in einer Wurst verfüttert – Würsten können sie nicht widerstehen. Haha. Aber genug von Schakalen. Deela und ich wollten gerade zu Abend essen. Ihr würdet doch sicher nicht Nein sagen, wenn wir euch bäten, mit uns zu essen?«

»Nein, würden wir nicht«, sagte Benn, dem schon der Magen knurrte. »Ich meine, wir würden nicht Nein sagen. Auf gar keinen Fall.«

»Das habe ich mir gedacht«, sagte Hagos.

Hagos und Deela machten sich in der kleinen Küche zu schaffen, und Benn warf sich mit einem zufriedenen Seufzer auf ein großes Kissen neben dem Kamin und blickte zur Decke, die mit silbernen Zaubersymbolen verziert war. Alex zog einen kleinen Schemel heran und wärmte sich am Feuer. Während sie in die Flammen starrte, merkte sie, dass sich ein seltsames Gefühl in ihr ausbreitete. Erst meinte sie, es wäre die Erleichterung, in Sicherheit zu sein – zumindest für eine Weile –, dann glaubte sie, es sei die Wärme des Feuers. Doch als sie den vertrauten Geruch nach staubigen alten Teppichen, duftendem Reis und uralter Magie einsog, begriff sie, dass es viel mehr war.

Es war das Gefühl, nach Hause zu kommen.

15. Kapitel

HEIMWEH

Später an diesem Abend lag Alex in ihrem alten Zimmer. Sie passte gerade noch so in ihr kleines Bett – das in ihrer Erinnerung riesig gewesen war – und blickte glücklich zur Decke mit den silbernen Sternen auf tiefblauem Untergrund empor. Die blaue Farbe war staubig und blätterte an einigen Stellen ab, und der Glanz der Sterne war verblasst, doch sie gaben ihr dasselbe Glücksgefühl wie früher.

Das Zimmer war nicht groß. Vor dem winzigen Fenster hing ein ausgeblichener roter Vorhang, in den kleine Wirbel eingestickt waren, die wie tanzende Drachen aussahen. Es gab eine kleine Kommode, einen Nachttisch, der mit Zaubersymbolen bemalt war, und einen alten, fleckigen Spiegel über dem Kamin, in dem ein kleines Feuer brannte. Hagos hatte das Feuer gemacht, um die Kälte fernzuhalten, die nachts durch die dicken Mauern des Silbernen

Turms sickerte und schwer auf dem Boden lag – wo Benn schlafen musste.

Er lag auf einem Haufen Kissen unter einem Daunendeckbett und einer bestickten Decke. Auch er blickte zu den silbernen Sternen hinauf, aber er fühlte sich nicht ganz so heimisch wie Alex. »Alex«, murmelte er. »Bist du noch wach?«

»Hm-hm«, murmelte sie zurück. »Ich kann nicht schlafen. Es ist so komisch … wieder zu Hause zu sein.«

Zu Hause. Benn wünschte so sehr, er wäre auch zu Hause, dass er an nichts anderes denken konnte. »So hast du dich wohl gefühlt, als du bei mir geschlafen hast«, sagte er. »Daran habe ich bis jetzt gar nicht gedacht. Es ist irgendwie komisch, bei jemand anderem zu Hause zu sein, oder?«

»Aber es ist nicht das erste Mal, dass du woanders schläfst. Wir haben doch auch auf dem Orakelfels übernachtet. In Deelas Haus.«

»Ja, stimmt. Und das war nicht komisch. Also, schon, aber nicht so wie jetzt.«

»Ich glaube«, sagte Alex nach einer Weile, »das liegt daran, dass wir auf dem Orakelfels *beide* nicht zu Hause waren.«

»Ja. Und hier ist nur einer nicht zu Hause. Ich.«

»Aber dein Zuhause fehlt mir auch«, sagte Alex. »Nella fehlt mir und Louie und das schöne Gefühl, dort zu sein.« Sie setzte sich auf und zog die Decke um sich, die Kälte der Mauern drang schon ins Zimmer. »He, Benn, wollen wir gucken, was sie gerade machen? Bei dir zu Hause? Was Nella macht? Und Jay und Louie?«

Benn rollte sich auf die Seite und stützte sich auf den Ellbogen. »Du meinst, mit deinen Karten?«

»Genau. Mit den Karten.«

Benns Augen glänzten. »Das wäre toll!«

Aus ihrem Nachttisch, der mit rotem Filz bezogen war, nahm Alex den Codex. Dann setzte sie sich neben Benn auf den Teppich vorm Kamin, und im flackernden Feuerschein öffnete sie das kleine blaue Buch und holte die Karten heraus.

»Es gefällt mir, dass sie da so gut reinpassen«, sagte Benn. »Es ist wirklich verrückt, dass Großmutter dieses Buch hatte, als hätte es nur auf deine Karten gewartet.«

»So vieles ist seltsam«, sagte Alex, »dass sich *das* noch ziemlich normal anfühlt.« Sie nahm die sieben Perlmuttkärtchen – dünn wie ein Flüstern und leicht wie Federn – aus ihrem blauen Etui und legte sechs davon zu einem Kreis auf den Teppich.

Mit einem eigenartigen Gefühl im Bauch sah Benn zu, wie Alex vorsichtig die siebte Karte in das sechseckige Loch in der Mitte legte. Plötzlich schienen die Karten miteinander zu verschmelzen, und ein Schimmern, das über die Oberfläche wirbelte wie Öl auf Wasser, breitete sich darauf aus. Alex' Finger flatterten über die Karten und erweckten sie zum Leben. Benn erinnerte sich noch gut an diese Bewegungen von dem Tag – es war gar nicht so lange her –, an dem er Alex auf dem Marktplatz der Klippenstadt Luma kennengelernt hatte. Der ölige Film begann unter der Bewegung ihrer Hände zu wirbeln, Farben leuchteten auf und drehten sich zu einer Spirale, in deren Mitte Benn einen wachsenden dunklen Punkt sah. Er beobachtete, wie Alex sich vorbeugte und aufmerksam in die Dunkelheit starrte, die Hände gegen den Boden gestützt, als müsste sie aufpassen, nicht in die Tiefe zu stürzen.

»Was siehst du?«, flüsterte er.

Alex sah, wie sich ein helles Bild formte. »Nella. In der Küche«, flüsterte sie.

»Geht es ihr gut? Ich wünschte, ich könnte sie sehen«, sagte Benn.

Alex wusste, dass Benn nicht die Dinge in den Karten sehen konnte, die sie sah. Und sie wusste auch, wie sehr er es sich wünschte. »Leg deine Hand auf meine«, sagte sie. »Dann geht es vielleicht.«

Benn legte seine Hand über Alex' Hand und blickte in das Loch. »Da ist Großmutter!«, keuchte er. »In der Küche. Und Louie. Schau, er sitzt auf ihrem Schoß. Und da ist ja auch Jay!«

Wehmütig betrachteten Alex und Benn die Szene.

»Sie sehen so traurig aus«, stellte Benn fest. »Sogar Jay.« Er wechselte einen Blick mit Alex. »Sie sind wegen uns traurig, oder? Weil wir weg sind und sie nicht wissen, wo wir sind.«

Wie gebannt beobachteten sie, wie die Menschen, die sie liebten, gemeinsam in der gemütlichen Küche saßen, eine brennende Kerze auf dem Tisch. Sie sahen, wie Benns Großmutter ein Taschentuch aus der Schürzentasche nahm und sich die Augen wischte, sie sahen Louies ernstes kleines Gesicht, und als auch er sich die Augen rieb, konnte Alex sich nicht mehr konzentrieren. Das Bild verdampfte wie Nebel über einem See.

»Das war schrecklich, sie so traurig zu sehen«, sagte Benn.

Alex nickte. »Louie sah so einsam aus«, murmelte sie.

»Und deine Pflegemutter war gar nicht da«, stellte Benn fest. »Ich hätte erwartet, dass sie da ist und sich um Louie kümmert.«

»Ach, Mirram«, sagte Alex verächtlich. »Die findet immer irgendwen, der auf Louie aufpasst.« Dann fügte sie schnell hinzu: »Ich meinte damit nicht, dass Nella *irgendwer* ist. Nella ist viel netter zu Louie als Mirram.«

»Der Flieger war auch nicht da«, bemerkte Benn.

»Und meine blöde Pflegeschwester auch nicht«, fügte Alex

hinzu, während sie gewissenhaft die Karten einsammelte. »Aber die beiden will ich auch gar nicht sehen.«

Benn antwortete nicht. Ein schrecklicher Gedanke war ihm gekommen. »Großmutter muss denken, dass ich ertrunken bin.«

Alex schob die Karten an ihren Platz im Codex zurück und schloss den Einband. »Wahrscheinlich schon«, sagte sie langsam.

»Sie glaubt es, ganz bestimmt. Ich habe es in ihren Augen gesehen«, sagte Benn. Er holte tief Luft. »Ich muss nach Hause. Zu Großmutter.«

Alex war nicht überrascht. »Du hast recht. Aber wie willst du zu ihr kommen?«

»Mit Molly.«

»Und wie willst du zu Molly kommen?«

»Darüber habe ich schon nachgedacht. Die Schakale haben uns doch über diese Treppe unter den Klippen gebracht …«

Alex verzog bei der Erinnerung das Gesicht.

»Und diese Treppe«, fuhr Benn fort, »hatte etwa auf halber Höhe eine Abzweigung. Ich bin mir sicher, dass die zur Orakelstation führt.«

»Orakelstation?«, fragte Alex.

»Die alte Eisenbahnhaltestelle oben auf den Klippen. Es war der letzte Halt vor Rekadom. Großmutter hat mir erzählt, dass es eine Treppe vom Kliff bis nach unten zum Strand gab.«

»Aber erst mal musst du aus Rekadom rauskommen«, erinnerte Alex ihn. »Die Torwächter haben dich gesehen, als die Schakale uns hergebracht haben.«

Darüber machte sich Benn keine Sorgen. »Die erinnern sich bestimmt nicht an mich. Ich bin nur irgendein ganz normales Kind – bei mir wird das Blenderglöckchen nicht klingeln, stimmt's?«

Wie schön wäre es, auch einfach »ein ganz normales Kind« zu sein! dachte Alex wehmütig. Sie legte den Codex in den Nachtschrank zurück und schloss die Tür mit einem leisen Klicken. Wenn sie doch nur alle Magie in ihrem Leben einfach in einen Schrank schließen und vergessen könnte! Aber das ging nicht. Die Magie gehörte zu ihr. Das wusste sie jetzt.

»Gute Nacht, Alex«, sagte Benn.

»Gute Nacht, Benn«, sagte Alex. Stille legte sich über das kleine Zimmer.

Auch im nächsten Raum war alles still. Deela und Hagos saßen zufrieden am Feuer. Deela ribbelte einen alten grünen Schal von Hagos auf, damit sie etwas stricken konnte. Sie überlegte, statt eines Oktopusses zur Abwechslung mal einen Tintenfisch zu stricken. Hagos tat nicht viel. Er blickte ins Feuer und erlaubte einem kleinen Fünkchen, das er als Glück identifizierte, in sein Herz zu kriechen. Hier war er, nach all den Jahren in der Wildnis, hatte sich mit seiner guten Freundin Deela versöhnt und die wunderbare Gewissheit – es war wirklich unglaublich –, dass seine kleine Bubu wieder zu Hause war und sicher in ihrem Bett schlief.

Das Leben, dachte Hagos, ist gut.

16. Kapitel

BITTERE WAHRHEITEN

Am nächsten Morgen erwachte Alex zum ersten Mal seit zehn Jahren in ihrem eigenen Zimmer. Sie lag ganz still in dem kleinen Bett unter der ausgeblichenen rosa Decke mit den aufgestickten Kaninchen und blickte sich in dem fremden – und doch so vertrauten – Zimmer um. Schlaftrunken versuchte sie, das schwer fassbare Wort für das unbekannte Gefühl zu finden, das sie umgab wie ein warmer Sommertag. Schließlich fiel es ihr ein: *Zugehörigkeit.* Hier war sie endlich: eine sichere Grundlage für alles. Alex wusste in diesem Augenblick ohne jeden Zweifel, was auch immer sie in Zukunft fühlen würde – wie ängstlich, unglücklich oder auch nur gelangweilt sie sein würde –, dieses gute Gefühl würde sie nie mehr verlassen. Sie hatte ihre Familie gefunden. Sie wusste, woher sie kam. Sie gehörte hierher. Alles andere war Nebensache.

Alex ließ Benn schlafen und ging nach nebenan in den großen Raum. Deela saß vor dem Feuer und strickte an etwas Grünem, und Hagos hatte sich über den Schreibtisch unter dem dreieckigen Fenster gebeugt, von dem aus man die beiden anderen Türme sehen konnte. Er drehte sich zu Alex um und lächelte. »Guten Morgen, Bubu. Ich schaue gerade nach dem Falkenei. Möchtest du es sehen?« Er zeigte Alex eine Schachtel, in der ein Nest aus sechs goldenen, ineinanderpassenden Schachteln lag wie die unteren Hälften einer Matroschka-Puppe. In der kleinsten, siebten Schachtel lag ein kleines, braun-weißes Ei auf einem Bett aus blauem Samt.

»Das Küken wird in der kleinsten Schachtel schlüpfen. Wenn es dort rauswächst, kommt es in die nächste Schachtel und dann wieder in die nächste. Nach der siebten Schachtel wird es vollständig verzaubert sein, dann zieht es in die Falknerei um, und Ratchet – der Oberste Falkner – wird sich darum kümmern.«

»Und dann braucht der König dich nicht mehr, Papa«, sagte Alex besorgt.

Hagos nickte. »Das stimmt. Aber ich habe einen Plan. Es gibt da etwas, was ich für deine Mama gemacht habe, um es zu ihr in den Kerker zu schmuggeln – ein kleines Taschentuch mit einem Zauberknoten. Man muss nur den Knoten lösen, und es bringt einen, wohin man will.«

»Oh, Papa, das ist ja wunderbar.« Dann wurde Alex' Gesicht düster. »Aber es hat nicht funktioniert?«

»Deine Mama hatte nicht mehr die Gelegenheit, es auszuprobieren«, sagte Hagos. »Sie … sie ist gestorben, bevor ich es zu ihr schmuggeln konnte.«

»Oh.« Alex konnte den Gedanken kaum ertragen, wie nah ihre Mutter der Rettung gewesen war.

»Dann wollte ich es selbst benutzen«, fuhr Hagos fort. »Aber ich konnte es nicht finden. Nirgends. Dabei weiß ich, dass es hier noch irgendwo sein muss. Ich weiß es einfach.« Er lächelte. »Mach dir keine Sorgen, es ist noch genug Zeit, um es zu finden. Alles wird gut. Und jetzt sag mir – fühlst du den Zauber in dieser kleinen Schachtel?«

Alex trennte sich nur zu gern von den traurigen Gedanken. Sie nickte. »Er ist stark«, sagte sie.

»Ich wusste doch, dass du ihn fühlen würdest! Du warst schon als kleines Kind so begabt.«

»Ach ja?«

Hagos gluckste. »Wenn du trotzig warst, hast du immer einen Verschwindezauber gemacht.«

»Einen *Verschwindezauber* – als kleines Kind?«

»Ja. Du warst wirklich frühreif. Deine Mutter, die ziemlich unempfänglich für Magie war, konnte dich gerade noch sehen, aber ich nicht. Rein gar nicht! Es hat mir schreckliche Angst gemacht. Deshalb habe ich auch nie deine Hand losgelassen, wenn wir zusammen unterwegs waren.« Hagos runzelte die Stirn. »Vielleicht hatte ich ja auch eine Vorahnung, dass ich dich niemals gehen lassen sollte.«

»Ach, Papa«, sagte Alex. »Du hast mich gerettet, indem du mich weggegeben hast. Das weißt du doch.«

»Wissen ist nicht das Gleiche wie fühlen. Es *hier* zu fühlen.« Hagos legte die geballte Faust über das Herz. Dann, um seine Rührung zu verbergen, zog er eilig eine Schublade seines Schreibtischs auf und nahm ein blaues Emaille-Kästchen heraus. Er öffnete den Deckel, sodass ein Stapel aus hauchdünnen Papierblättern zum Vorschein kam, aus dem er ein einzelnes Blatt zog, das eng mit

Formeln und Zeichen beschrieben war. »Das ist der neue, durch und durch gutmütige Falkenzauber«, sagte Hagos. »Möchtest du ihn dem Codex hinzufügen?«

»Ich hole ihn«, sagte Alex. »Er ist in meinem Nachttisch.«

Hagos lächelte. »Du musst ihn nicht holen. Soll ich dir zeigen, wie der Codex aus der Entfernung funktioniert?«

»Aus der Entfernung?«, wiederholte Alex verblüfft.

»In der Tat.« Hagos gab Alex das kleine Blatt Papier. »Leg es einfach auf deine Hand und sag ihm, dass es ›nach Hause gehen‹ soll«, wies er sie an.

Alex kam sich zwar etwas albern vor, einem Blatt Papier diese Anweisung zu geben, sie tat es aber trotzdem. Schon sah sie, wie das feine Papier sich in Dunstschwaden auflöste, spürte eine plötzliche Hitze in der Handfläche, und weg war es.

Hagos strahlte sie begeistert an. »Sehr gut! Und so schnell. Was glaubst du, wo es jetzt ist?«

»Im Codex! Ich hole ihn!«, rief Alex aufgeregt. Sie lief in ihr Zimmer und war einen Augenblick später mit dem kleinen blauen Buch zurück.

»Also«, sagte Hagos. »Wollen wir mal sehen …«

Alex legte den Codex auf den Schreibtisch und öffnete ihn vorsichtig. Wie von selbst fielen die Seiten bei dem neuen Falkenzauber auseinander.

»Gut gemacht, Bubu!«, lobte Hagos. »Das ist gar nicht so leicht. Hast du das gesehen, Deela?«, rief er stolz. »Schon beim ersten Mal perfekt!«

Deela blickte von ihrer Strickerei auf und lächelte. Es ist wunderbar zu sehen, dachte sie, wie Hagos seine Tochter in die Geheimnisse der Magie einweiht. »Sehr schön«, sagte sie.

Alex war wie elektrisiert vor Aufregung. »Das ist so schlau!«, sagte sie.

Hagos nickte. Ihm gefiel das System selbst ziemlich gut. »So sind auch die Geschöpfe der Dämmerung ursprünglich in den Codex gelangt, bevor ich sie daraus entlassen habe. Weißt du, damals, als ich sie erschaffen habe, hatte mein hoffnungsloser Gehilfe Sol Rekadom bereits verlassen und den Codex einfach so mitgenommen. Aber ich habe immer gehofft, den Codex einmal wiederzusehen.«

Alex blätterte eifrig durch die Seiten. »Papa«, sagte sie, als sie die gesuchte Stelle gefunden hatte. »Siehst du, hier steht: ›Eins ist Eins, Zwei ist Eins und Tau ist Drei‹.«

Hagos sah seine Tochter wachsam an. »Ja?«

»Und hier: ›Von einem erschaffen, von Dreien gebrochen.‹«

»Ja. So ist es.«

Alex fand, dass ihr Vater irgendwie unbehaglich dreinblickte, dennoch fuhr sie fort: »Das heißt, dass man drei Dinge braucht, um die Dämmerungsgeschöpfe zu entzaubern, richtig? Meine Hexkarten, den Codex und das Tau. Und sie müssen alle zur gleichen Zeit am gleichen Ort sein.«

»So ist es. Das ist die Triade. Dafür müssen sich das Tau und die Karten an ihrem Platz im Codex befinden«, erklärte Hagos steif. Ihm gefiel nicht, welche Wendung das Gespräch nahm.

»Und dann werden die versiegelten Seiten den Gegenzauber enthüllen, stimmt's?«

»Würden sie, ja.«

»Aber das heißt doch«, sagte Alex aufgeregt, »dass wir uns nur das Tau zurückholen müssen, um alle Geschöpfe der Dämmerung ein für alle Mal loszuwerden.«

Hagos seufzte. Er wusste, dass er seine Tochter enttäuschen musste, und es tat ihm leid, den schönen Moment zu verderben. »Unglücklicherweise fürchte ich«, sagte er, »dass das Tau nicht mehr existiert.«

Alex war fassungslos. »Wie kommst du darauf?«

Hagos zog sie ans Fenster. »Siehst du den Eisernen Turm?«

Alex nickte. Selbst im hellen Morgensonnenschein sah er dunkel und unheimlich aus. Mit seinen eisernen Fensterläden wirkte er blind, und seine Mauern aus grauem Granit schienen das Sonnenlicht regelrecht aufzusaugen.

»Das Tau ist da drin«, sagte Hagos. »Belamus hat mich zum Zuschauen gezwungen, als er es hineingeworfen hat. Seine Magie muss zerstört sein. Die Nachtalbe werden sie aufgezehrt haben.«

»Aber wie ist es in den Turm gekommen? Der ist doch ganz verrammelt«, fragte Alex.

»Über der Tür liegt eine verborgene Öffnung, durch die man verzauberte Dinge oder Wesen entsorgen kann. In alter Zeit haben alle Magier in Rekadom sie genutzt. Besonders nützlich war sie, als ich versucht habe, den Grauen Läufer zu erschaffen. Das war das Schwierigste überhaupt, weil er keine Substanz hat. Und ja, alle anderen Dämmerungsgeschöpfe, sogar die Xin, wurden aus irgendeinem Gegenstand erzeugt – die Xin aus kleinen Seidenfäden –, aber die komplizierteste und empfindlichste Magie braucht man, um eine Einheit zusammenzuhalten, die keine Substanz hat. Und wusstest du, dass man, wenn man einmal einen Nachtalb erschaffen hat, ihn nie wieder loswird? Mir sind so viele misslungen, und irgendwo mussten sie hin. Dafür war der Eiserne Turm.« Hagos lächelte. »Ich weiß noch, eines Morgens war ich besonders dankbar für den Turm, als Sol seine zahme Spinne zum Spaß in eine Zauberkiste gesetzt hatte und das dumme Ding einfach nicht aufhören wollte zu wachsen. Wir haben sie ratzfatz in den Eisernen Turm geworfen.«

Alex schauderte. »Ist die Spinne noch drin?«

»Das will ich doch hoffen«, erwiderte Hagos.

»Dann muss das Tau doch auch noch drin sein«, sagte Alex.

Hagos schüttelte den Kopf. »Das Tau hat eine sehr fein ausbalancierte Magie«, sagte er düster. »Es ist Teil der Triade, das macht es so empfindlich. Ich glaube nicht, dass es in Gesellschaft der groben Nachtalbe im Eisernen Turm überleben kann.«

»Aber du weißt es nicht mit Sicherheit«, bohrte Alex nach.

»Ich bin mir zu neunundneunzig Prozent sicher«, entgegnete Hagos.

»Aber nicht zu hundert Prozent? Papa, das Tau ist zu wichtig, um es einfach so aufzugeben!«, rief Alex. »Es ist unsere einzige Chance, die Geschöpfe der Dämmerung loszuwerden.«

Hagos versuchte, sie zu beruhigen. »Ach, mach dir keine Sorgen wegen der Dämmerungsgeschöpfe, Bubu. Wenn ich das Taschentuch erst wiedergefunden habe, beginnen wir ein neues Leben, weit fort von hier.«

Alex sah ihn entgeistert an. »Papa, das geht nicht! Du kannst nicht einfach weglaufen und die ganzen bösen Zauber hinter dir lassen! Du hast uns diesen Ärger eingebrockt. Also musst du dich auch darum kümmern!«

Hagos blickte etwas unbehaglich drein. »Was geschehen ist, ist geschehen. Bitte, mach dir keine Sorgen, Bubu –«

»Alex!«, sagte Alex wütend. »Ich bin *Alex.*«

»Alex. Entschuldige. Hör zu, Alex, es kommt alles wieder in Ordnung. Wir gehen an einen sicheren Ort.«

»Und was ist mit den anderen?«, fauchte Alex. »Kommen die auch mit an diesen sicheren Ort? Was ist mit all den Menschen, deren Leben du mit deinen schrecklichen Zaubern zerstört hast? Was ist, wenn die Dämmerungsgeschöpfe alt werden und anfangen, alle anzugreifen, ob sie nun Magier sind oder nicht? Ist dir das ganz egal?«

Hagos sprach mit einem besänftigenden Tonfall, der Alex nur noch wütender machte. »Natürlich ist es mir nicht egal. Aber ich kann nichts dagegen tun.«

Alex schwieg einen Moment. »Doch, kannst du«, sagte sie dann nachdrücklich. Sie legte ihrem Vater den Codex in die Hand. »Da hast du den Codex. Meine Karten sind drin. Und jetzt gehst du und holst das Tau. Mach die Triade wieder komplett.«

Hagos schüttelte langsam den Kopf. »Alex. Hör mir zu. Wenn ich die Tür des Eisernen Turms öffne, lasse ich alle Schrecken heraus, die darin sind – böse Zauber, die über die Jahre sicher noch böser geworden sind. Und, wie gesagt, ich glaube nicht, dass das Tau überlebt hat. Also wozu?«

»Um nicht aufzugeben.« Alex' Stimme wurde immer lauter. »Du musst es wenigstens versuchen. Du *musst.*«

Hagos schüttelte kläglich den Kopf.

Alex spürte eine gewaltige Welle der Wut. »Du musst das endlich wieder in Ordnung bringen, Papa!«, schrie sie, stürmte in ihr Zimmer und knallte die Tür zu.

Deela blickte von ihrem Strickzeug auf. »Sie hat nicht unrecht, weißt du«, sagte sie.

»Fang du nicht auch noch an«, knurrte Hagos. Düster starrte er aus dem Fenster auf die unerbittlichen Mauern des Eisernen Turms.

Das Knallen der Schlafzimmertür riss Benn aus dem Schlaf. »Was war das?«, fragte er und setzte sich verschlafen auf. »Stimmt was nicht?«

»Papa«, sagte Alex. »Mit dem stimmt was nicht. Aber mal gar nicht.«

17. Kapitel

DER BESUCH DES KÖNIGS

Etwa zehn Minuten später – Alex war noch dabei, Benn das mangelnde Verantwortungsbewusstsein ihres Vaters darzulegen – klopfte es entschuldigend an die Tür.

Weil er sich erinnerte, dass Danny immer bemüht gewesen war, einen Streit schnell beizulegen, hatte Hagos beschlossen, den ersten Schritt zu tun.

»Alex?«, sagte er.

Etwas verlegen machte Alex die Tür auf.

Hagos war die Erleichterung anzusehen. »Möchtet ihr zwei einen Kaffee? Oh, trinkt ihr überhaupt schon Kaffee? Vielleicht seid ihr noch ein bisschen jung. Ähm … was haben wir sonst noch?« Er sah Deela fragend an.

»Woher soll ich das wissen?«, gab Deela zurück. »Ich bin erst seit gestern hier.« Sie wandte sich an Alex. »Gestern Morgen hat dein Vater mich aus dem Kerker befreit. Er ist ein guter Mensch, Alex. Trotz seiner Fehler.«

»Welche Fehler?«, fragte Hagos beleidigt.

Deela ging nicht darauf ein. »Ich glaube, in dem Glasding über der Spüle ist noch Pfefferminztee.«

»Ich mache uns welchen«, sagte Alex, froh, etwas tun zu können. Sie ging in die kleine Küche, öffnete das Schränkchen über der Spüle und nahm die Teedose heraus.

Hagos trat zu ihr. »Es ist so lange her, und du warst noch so klein, und trotzdem erinnerst du dich an Pearls Teeschränkchen«, murmelte er.

Alex betrachtete die Teedose. Die kleinen Figuren, die Händchen haltend um das runde Blech tanzten, waren ihr schmerzlich vertraut.

Sie öffnete den Deckel, und der erinnerungsträchtige Duft getrockneter Minze stieg ihr in den Kopf. Plötzlich war sie wieder bei ihrer Mutter, hielt sich an ihrem langen bestickten Rock fest und lauschte ihrer leise trällernden Stimme, mit der sie mit ihrer »kleinen Bubu« sprach.

Ein paar Sekunden blieb Alex reglos stehen, dann drehte sie sich um und warf sich in die Arme ihres Vaters. »Papa!«, schluchzte sie, und Tränen liefen über ihr Gesicht. »Ich erinnere mich wirklich. Ich kann mich an so vieles erinnern. Oh, Papa!«

Hagos umarmte seine Tochter, erleichtert, dass sie nicht mehr wütend auf ihn war.

Während Alex und Benn am Feuer ihren Pfefferminztee tranken, machte Hagos sich an seinem Schreibtisch zu schaffen und blickte immer wieder nervös aus dem Fenster. Plötzlich rief er: »Oh nein! Weg mit euch. *Weg!*«

Deela, Alex und Benn sprangen auf, und Hagos wirbelte mit panischem Gesicht herum. »Es ist der König. Er kommt hierher!«

Deela schnappte sich ihren »Min-Umhang« und warf ihn über. »Ganz ruhig, Hagos«, sagte sie. »Nicht die Nerven verlieren.«

»Bubu. Benn. Ihr müsst euch verstecken. Aber wo nur … wo?« Hagos schaute sich erfolglos um.

Doch Deela zog Alex und Benn schon durch den Raum. »In deinem Zimmer ist ein Schrank. Da können sie sich verstecken.«

»Wird schon gut gehen, Papa«, sagte Alex, bevor sie durch den Türbogen mit dem Vorhang in den kleinen Raum mit dem Rollbett schlüpften, in dem Deela geschlafen hatte.

Deela öffnete eine versteckte Tür in der Wandvertäfelung, hinter der ein enger, von Spinnweben verhangener Schrank zum Vorschein kam. »Schön ist es nicht, aber hier könnt ihr euch beide reinquetschen«, sagte Deela. »Es wird bestimmt nicht lange dauern. Und die Tür ist so dick, dass die Schakalerie euch nicht riechen kann.«

Beim Gedanken an die Schakalerie lief Alex ein Schauer über den Rücken. Sie krabbelte in die dunkle Kammer und war verblüfft, wie tief sie war – sie ragte in die dicke Mauer des Turms. Benn folgte ihr. Kaum hatte er sich neben Alex zusammengerollt, war auch schon ein lautes Poltern an der Tür zu hören und eine Stimme rief: »Hagos, mach auf! Vor deiner Wohnung liegt ein toter Schakal. Was ist hier los?«

Deela schloss hastig die Schranktür, die mit einem leisen Klicken einrastete. Benn tippte vorsichtig dagegen, doch sie rührte sich nicht. Es war kein gutes Gefühl – sie waren hier eingesperrt, bis irgendjemand sie wieder herausließ. Er konnte nur hoffen, dass es Hagos oder Deela wären und nicht die Schakalerie.

Deela zog die Kapuze ihres Umhangs vors Gesicht und eilte nach draußen. Sie kam gerade rechtzeitig, um zu sehen, wie Hagos dem König die Tür aufmachte, der, in grellbunte Seidengewänder gekleidet, mit düsterer Miene davorstand. »Ach du liebe Zeit«, sagte Hagos. »Was ist denn mit der armen Kreatur passiert?«

»Arme Kreatur? Firlefanz!«, knurrte der König. »Das ist dein Werk, RavenStarr.«

»Belamus, ich schwöre, dass ich keinen Fuß über die Schwelle gesetzt habe!«

»Hm. Das ist wirklich äußerst ungünstig. Das heißt, dass ich jetzt nur noch vier Schakale habe. Und jetzt lass mich rein. Ich wünsche, das Falkenei zu sehen. Sofort!«

Hagos warf vorsichtig einen Blick über die Schulter, und Deela nickte kaum merklich, zum Zeichen, dass die Luft rein war. Hagos machte die Tür weit auf, und der König trat ein, gefolgt von seinen vier verbliebenen Schakalen. Während Hagos den König an seinen Schreibtisch führte, um ihm die Zauberkisten mit dem Falkenei zu zeigen, ließ sich einer der Schakale auf alle viere nieder und begann, am Boden herumzuschnüffeln. Aus dem Schatten ihrer Kapuze beobachtete Deela ihn ängstlich.

Im Schrank saß Alex mit den Knien am Kinn und fühlte sich, als wäre sie in ein Einmachglas gequetscht worden. Benn zappelte herum, um eine bequemere Position zu finden, und stieß ihr dabei versehentlich den Ellbogen gegen das Ohr. Alex schob sich noch weiter nach hinten und merkte, dass sie auf einem kleinen Klumpen saß. Es war ein zusammengeknülltes Stück Stoff – feine, weiche Baumwolle mit gewelltem Saum –, das sie durch die Finger gleiten ließ, um sich zu beruhigen. Sie hasste enge Räume.

Alex merkte, dass Benns Atem vor Nervosität immer schneller wurde. Die Atmosphäre war beklemmend, und es schien überhaupt keine Luft zu ihnen hereinzudringen. Um ihre eigene aufsteigende Panik zu bekämpfen, versuchte Alex, an das Tau zu denken, daran, wie geborgen sie sich gefühlt hatte, als sie es am Orakelfels in den Händen gehalten hatte. Wie sehr sie sich wünschte, dass sie es jetzt bei sich hätte …

Plötzlich merkte sie, dass sich etwas veränderte. In der Hoffnung auf mehr Platz lehnte sie sich zurück und spürte unvermittelt den Rand eines tiefen Abgrunds. Schwindlig von dem Gefühl großer Höhe und atemlos vor Angst schnappte sie nach Luft.

»Alles in Ordnung?«, flüsterte Benn.

Keine Antwort.

Benn war mit einem Mal allein im Schrank. Panisch flüsterte er: »Alex! Alex!«

Doch Alex war verschwunden.

Alex stürzte in einen Abgrund. Sie wirbelte durch einen Sturm aus Gekreisch und Geschrei und wurde von eisigem Wind hin- und hergestoßen. Sie rollte sich zu einem Ball zusammen und schlug die Hände vors Gesicht, um sich vor den dicken Staubflocken zu schützen, die ihr in Augen und Ohren drangen. Hals über Kopf stürzte sie durch die Dunkelheit und hörte ferne Stimmen Bruchstücke einer Art Melodie singen, durchdringendes Schreckensgeschrei, einen plötzlichen Wasserschwall, Donnergrollen, Grabgesänge, einsam und tief, und das verlorene Kläffen eines ausgesetzten Hundes. Während sie fiel, streifte sie einen ganzen Wald aus klebrigen Fäden, die an ihren Kleidern hängen blieben, und ein Geruch wie von übel riechendem Atem brachte sie zum Würgen. Sie fiel durch das Blinken Tausender gelber Augen, das Zischen von Schlangen und das Zucken blauer Blitze und landete schließlich auf etwas Weichem, das sie ganz umfing. Sie rollte sich zusammen wie eine Kellerassel, und so blieb sie liegen, hin und her schaukelnd in einer Art riesiger klebriger Hängematte.

Noch immer das kleine Tuch in den Händen, lag Alex in dem bläulichen Schimmer und lauschte den Geräuschen um sie herum – einem Durcheinander aus Rascheln, Klappern, Schwirren, Klingeln und schwerem, keuchendem Schnaufen. Vorsichtig rollte sie sich ein bisschen auseinander, und ein Zittern ging durch die Hängematte. In der Dunkelheit sah sie acht winzige rote Lichtpunkte. Die Lichter pulsierten langsam wie ein Herzschlag, und Alex erstarrte.

Sie zwang sich zu denken. Ihre Finger tasteten nach den Fäden der Hängematte, die an ihr klebten wie Kleister. Als sie die Hand hob, blieben die Fäden daran hängen. Ein weiteres Zittern ging durch die Matte, und die acht Augen rückten ein Stück näher. Alex wusste, dass sie ganz still halten musste. Sie erinnerte sich, wie sie einmal einen schönen, zarten Falter gesehen hatte, der in einem Spinnennetz gefangen gewesen war. Da sie das Geschöpf nicht hatte befreien können, ohne es zu verletzen, hatte sie mitansehen müssen, wie sein Zappeln die Spinne immer näher gelockt hatte, bis die Spinne einen Satz gemacht hatte und der Falter zusammengefaltet worden war wie eine Papiertüte.

Alex wusste jetzt, was los war. Die acht Augen gehörten einer riesigen Spinne, die Hängematte war ihr Netz.

Und ich bin der Falter.

18. Kapitel

ENTDECKT

Kritsch-kratsch … Kritsch-kratsch …

Benn hörte die Krallen des Schakals über die Schranktür kratzen, dann ein tiefes, heiseres Schnüffeln. Er machte sich ganz klein und wartete.

Schon ertönte die näselnde Stimme des Königs. »Da ist doch was in der Wandvertäfelung. Eine Tür! Ich sehe eine Tür!« Das schwache Klappern eines spitzen Absatzes vor der Tür ließ Benn noch kleiner werden. »Aufmachen!«, hörte er den König zetern. »Sofort aufmachen!«

Hagos' tiefe, ruhige Stimme antwortete ihm. »Aber Majestät, das ist doch nur ein alter Wandschrank.«

»Täuschung!«, kreischte der König. »Was verbirgst du vor mir?«

»Nichts, Majestät«, beteuerte Hagos. Benn wünschte, er würde es lassen. Er wollte es einfach hinter sich bringen. Aus diesem grässlichen Schrank rauskommen und den Tatsachen ins Auge sehen.

Doch Hagos gab nicht auf. »Majestät«, sagte er. »In dem Schrank befinden sich die Zauberwerkzeuge des Falkenmeisters. Sie brauchen Ruhe und Dunkelheit. Damit sie nicht verunreinigt werden, müssen sie von anderen verzauberten Geschöpfen ferngehalten werden – auch von Euren Schakalen. Wenn Ihr die Tür öffnet, wird Euer Falke nie die Größe erreichen, die Ihr Euch wünscht.«

Aber der König nahm ihm das nicht ab. »Du hältst mich zum Narren, RavenStarr!«, brüllte er.

Benn schlang die Arme um den Kopf und verkroch sich darin wie eine Schnecke in ihrem Haus.

Wieder ertönte die Stimme des Königs, nicht mehr gekränkt, sondern nur noch herrisch. »Mach die Tür auf, RavenStarr. *Mach sie auf.*«

»Das werde ich nicht tun«, sagte Hagos stur.

»Dann werde ich dich töten«, sagte der König so langsam und entschieden, dass sich Benns Nackenhaare sträubten. »Den Falkenmeister lasse ich leben, bis er seine Arbeit getan hat. Aber du, RavenStarr, bist erledigt. Wenn du diese Tür nicht *sofort aufmachst.*«

Benn hielt es nicht länger aus. Er würde es nicht ertragen, wenn Alex – wo auch immer sie gerade war – ihren Vater jetzt verlor. Er holte tief Luft, hämmerte an die Tür und brüllte: »Lasst mich raus! Ich bin's nur, Benn Markham. Sonst ist hier niemand. Niemand! Lasst mich raus!«

Irgendwer fummelte am Schloss herum, und die Tür schwang auf. Benn kullerte auf den Teppich und landete auf den Spitzen der blau-seidenen königlichen Schnabelschuhe.

Der König schrie empört auf und machte einen Satz rückwärts. »Blenderbalg! Es ist das Blenderbalg!«

Ohne auf Benn zu achten, der immer noch zusammengerollt auf dem Teppich lag und vom Schakal beschnüffelt wurde, starrte Hagos in den dunklen Schrank. Nur langsam begriff er, dass seine Tochter wirklich nicht da war. Er konnte ihre Anwesenheit nicht fühlen. Sie war fort. Die Hand des Königs legte sich schwer auf seine Schulter, und mit rasenden Gedanken drehte er sich zu ihm um.

»Du bist tot, RavenStarr, hörst du?«, knurrte König Belamus. »Tot!«

Hagos starrte Belamus an und sah die Bosheit in seinen Augen blitzen. Wie nur, fragte Hagos sich zum x-ten Mal, hatte dieser Mann je sein Freund sein können?

»Verschwörung gegen mich, etwas anderes hast du nie getan!«, zeterte der König, und die Flügel seiner Krone bebten. »Und jetzt versteckst du direkt vor meiner Nase ein Blenderbalg!«

Plötzlich durchbrach Deelas Stimme den Tumult. »Blender? Das ist doch kein Blender!«

Der König wirbelte herum und starrte Deela mit zusammengekniffenen Augen an. Deela erwiderte seinen Blick gelassen. Belamus wandte sich vorwurfsvoll an Hagos: »Du hast gesagt, RavenStarr, dass dieser Min nur die Sprache der Falken spricht.«

Hagos überlegte schnell. »Aber Majestät, Ihr habt doch sicher nicht gedacht, dass so ein großer Könner wie Meister Min länger als vierundzwanzig Stunden brauchen würde, sich unserer bescheidenen Zunge zu ermächtigen.«

»Wie?«, fragte Belamus.

Erst kürzlich hatte Hagos gelernt, seine Äußerungen für Danny zu übersetzen, der sich dem Leben in einfacheren Worten näherte, und davon machte er nun Gebrauch. »Min hat gestern Abend gelernt, unsere Sprache zu sprechen. Sie ist ja nicht schwer. Nicht wahr, Min?«

»Sie ist sehr einfach«, erwiderte Deela herablassend. »Ich verlange, dass der König seine weißen Hunde von meinem Gehilfen fernhält.«

»Gehilfe?«, fragten Hagos und Belamus gleichzeitig.

»Gehilfe«, wiederholte Deela fest.

Belamus starrte Benn an, der noch immer zusammengerollt zu seinen Füßen lag. »Das ist das Blenderbalg, das ich gestern gesehen habe.«

Eilig schaltete sich Hagos ein. »Aber Majestät, es ist doch bekannt, dass« – er hielt inne und musste tief Luft holen, um das verhasste Wort auszusprechen – »Blenderbälger so tückisch sind, die Gestalt unschuldiger Gehilfen anzunehmen.«

»Wie?«, fragte Belamus.

»Blenderbälger«, wiederholte Deela. »Jeder weiß doch, dass sie sich als ganz normale Kinder ausgeben.« Ohne seine Antwort abzuwarten, zog sie Benn auf die Füße. »Mins Gehilfe muss allezeit bei Min sein. Er sitzt im Schrank und bewacht dort Tag und Nacht Mins Zauberwerkzeug«, sagte sie. »Daher schlägt Min vor, dass der König, wenn er den mächtigsten und schönsten Falken besitzen will, den er je gesehen hat, seine weißen Hunde von Mins Gehilfen zurückruft. Sofort.«

Der König gab nach. Er scheuchte die Schakalerie weg und erlaubte, dass Deela den klebrigen Geifer von Benns Händen und Gesicht wischte.

»Wo ist Alex?«, flüsterte Hagos Benn zu.

Benn schüttelte den Kopf. Er wünschte, er wüsste es.

Alex lag in der klebrigen Hängematte eines riesigen Spinnennetzes und blickte in zwei Reihen glühend roter Augen. Sie sah, wie sich der Umriss der Spinne langsam vor ihr aufbäumte, und presste sich mit dem Gesicht nach unten auf die klebrigen Seile. Das Netz bebte, und Alex konnte die rauen Schuppen der Spinnenbeine an ihrem Körper spüren. Verzweifelt zog und zerrte sie an den Seilen. Ein kleines Loch tat sich auf, durch das – zur Verblüffung von Alex wie auch der Spinne – ein gleißend blauer Lichtstrahl drang. Die Spinne wich zurück, und Alex schöpfte neue Hoffnung. Ein Stück unter sich sah sie ein kleines, pulsierendes T. *Das Tau.*

Die Hoffnung gab Alex neue Kraft. Sie zerrte die klebrigen Seile auseinander, zwängte sich durch das Loch und schwang sich auf die Wendeltreppe, die an der Innenmauer des Eisernen Turms entlangführte. Geleitet vom Licht des Taus kämpfte sie sich durch die missratenen Zauber nach unten, und je weiter sie kam, desto heller wurde das blaue Licht, bis sie endlich in einem solchen Strahlen stand, dass sie sich schützend eine Hand vor die Augen legen musste.

Das Tau lag genau vor der großen Eisentür. Alex bückte sich und schloss vorsichtig die Finger darum. Es fühlte sich kühl und glatt an. Die blaue Emaille glänzte durchsetzt von Gold- und Silberfäden, und sie fühlte seine Kraft. Eine leise Stimme ertönte in ihrem Kopf. *Ich bin Tau.*

»Ich bin Alex RavenStarr«, flüsterte sie zurück.

Ich bin bei dir, du bist bei mir. Wir sind Zwei mit der Kraft von Drei. Bitte, bring mich fort von hier, raunte die Stimme in ihren Gedanken.

»Das will ich ja«, flüsterte Alex. Sie sprang auf, ihr Herz hämmerte vor Aufregung. Jetzt musste sie nur noch hier raus. Aber wie?

Mit mir. Ich bin der Schlüssel, kam die Antwort auf ihre Frage.

Alex blickte die Tür an, die vor ihr aufragte, dunkel und düster, flach und formlos wie ein riesiger Grabstein. Sie sah kein Schlüsselloch. »Wo?«, flüsterte sie.

Unten.

Alex kniete sich auf den Boden, und im blauen Licht sah sie ganz unten in der Ecke der Tür einen angelaufenen Silberring.

Da, sagte die Stimme.

Mit dem Ärmel rieb Alex das Silber blank, bis es im Licht des Taus glänzte. Dann hielt sie mit zitternden Fingern das Tau an das Silber. Sie spürte ein magisches Summen in den Fingerspitzen und hörte, wie sich der komplizierte Mechanismus des Schlosses in Bewegung setzte. Es machte *krrr-plick,* als die Federn an ihren Platz glitten und den Riegel zurückschoben. Alex stand auf und drückte gegen die Tür. Die rührte sich nicht. Sie lehnte sich mit der Schulter dagegen und drückte mit aller Kraft. Die Tür wich nicht von der Stelle. Während die Nachtalbe, die ihre Verzweiflung witterten, immer näher heranwirbelten, verließ Alex jegliche Hoffnung.

Da hörte sie das Tau: *Diese Tür*, raunte es, *kommt dir immer entgegen.*

19. Kapitel

AUF DER LAUER

Zerra lag auf der Lauer. Nicht, dachte Zerra, dass es dafür irgendeinen Anlass gäbe – Rekadom musste der langweiligste Ort der Welt sein, wo niemals irgendwas passierte –, doch sie nahm ihren Job als Königliche Spionin ernst und hoffte, dass sie irgendwann etwas entdecken würde, was das Lauern lohnte.

Zerra saß am Fuß des Eisernen Turms, den sie irgendwie gut fand. Seine rostige Eisentür mit den roten Adern im körnigen Metall und die winzigen Fenster mit den dicken Eisenläden fühlten sich kraftvoll und zuverlässig an. Und was darin war, faszinierte Zerra. Sie konnte spüren, wie seine Kraft nach draußen drang, ganz gleich, wie viele Nieten die Fensterläden sicherten und wie dick die eiserne Tür war.

In der staubigen Wärme der Nachmittagssonne schnippte Zerra kleine Steinchen durch die Luft, die sich um die ungepflegten Ecken des Turms gesammelt hatten, und zupfte am Unkraut, das die Kaninchen und Ziegen verschmähten. Im Schatten des tiefen Torbogens sah sie träge zu, wie eine kleine Herde junger Kaninchen sorglos auf das verlockende Grün zuhoppelte. Kichernd beobachtete sie, wie die Kaninchen den Schatten des Eisernen Turms erreichten, wie vom Stromschlag getroffen zurückzuckten und mit hüpfenden Schwänzchen davonhoppelten.

Gut versteckt im Dunkel des Torbogens bemerkte Zerra plötzlich einen Wirbel von Aktivität vor dem Silbernen Turm. Vier Schakale traten heraus, dicht gefolgt von keinem Geringeren als König Belamus. Och nö, dachte Zerra, der schon wieder. Sie zog sich tiefer in den Schatten zurück und musterte den König beim Vorüberschreiten – seine geflügelte Krone, die in der Sonne blinkte, seine leuchtenden Seidengewänder, die hinter ihm herwallten, und das leise Klackern seiner Pfennigabsätze auf dem Pflaster. Sie fragte sich, wie es sein musste, niemand anderen als diese schaurigen Schakale zur Gesellschaft zu haben. *Mit wem redet er? Hat er überhaupt irgendwelche Freunde?* Vermutlich nicht. Schnell schob sie den unangenehmen Gedanken weg, dass es ihr nicht anders ging. *Ich bin eine wichtige Spionin, also wozu brauche ich Freunde?*

Zerra lehnte sich an die Eisentür und bewunderte wieder einmal ihr neues Armband, als die Tür plötzlich nicht mehr da war. Etwas prallte gegen ihren Rücken, und sie flog von der Stufe und landete auf dem Pflaster. Dort blieb sie einen Moment atemlos liegen, und in ihrem verbundenen Arm pochte der neu entfachte Schmerz. Langsam rappelte sie sich auf und drehte sich um.

»Alex!«, japste sie.

Die Tür des Eisernen Turms fiel dröhnend ins Schloss, und Alex stand blinzelnd im Sonnenlicht und blickte einem rauchigen Alb nach, der mit ihr entkommen war, sich wie eine kleine schwarze Schlange zusammenrollte und im Schatten am Fuß des Turms verkroch. Plötzlich sprang etwas auf sie zu.

»Zerra!« Während sie sich fragte, wie ihre Stiefschwester es fertigbrachte, hinter wirklich jeder Tür von Rekadom herumzulungern, trat sie einen Schritt zur Seite, und Zerra stieß gegen die Wand, prallte zurück und griff wieder nach Alex.

Mit ganzer Kraft schubste Alex sie weg, sodass sie hart auf dem Boden landete. Hastig schob sie das Tau in die Geheimtasche ihrer Schärpe und rannte los.

Alex wollte nichts sehnlicher, als in den Silbernen Turm zu rennen und das Tau endlich an seinen Platz im Codex zurückzubringen, doch sie wagte es nicht. König Belamus war vermutlich immer noch drinnen, und selbst wenn nicht, würde Zerra ihr folgen und alles verraten. Alex wusste, wenn sie sicher nach Hause zurückkehren wollte – sie liebte die neue Bedeutung des Wortes »Zuhause« –, musste sie Zerra loswerden.

Sie nahm den einzigen Weg, den sie kannte – den Weg, über den Benn und sie in den Inneren Stern gelangt waren –, und rannte über den Sternenhof, dicht gefolgt von Zerra. Kaninchen flitzten links und rechts aus dem Weg, während Alex durch die verlassene Straße bis zum Ende lief, wo sie sich verengte, und in den Mauersteig bog, der in den Stallhof führte. Hinter sich hörte sie Zerras Schritte über das Pflaster hallen – schnell, aber nicht schnell genug.

Alex zog den kleinen Hebel in der Wand nach unten, die Tür in den Äußeren Stern öffnete sich, und sie eilte hindurch und knallte sie hinter sich zu. Draußen im Stallhof rannte Alex an der Falknerei vorbei und quer über den Hof zum Sternengässchen. Wenn sie es dorthin schaffte, bevor Zerra um die Ecke der Falknerei bog und sie sah, hätte sie es geschafft. Sie sprang durch das Gässchen in den Torhof, verbarg sich im Schatten und verschnaufte kurz, um einen Verschwindezauber zu beginnen.

Aus dem Stallhof hörte sie Zerra schreien: »Blender! Blender!« Während sie sich noch weiter in den Schatten zurückzog, hörte sie, wie sich Zerras Geschrei plötzlich änderte: »He, loslassen! Lassen Sie mich los!« Alex konnte dem Drang nicht widerstehen, um die Ecke zu spähen und zu sehen, was dort geschah. Sie schob den Kopf gerade rechtzeitig vor, um zu sehen, wie Zerra von einer jungen Frau mit Lederwams und eiserner Miene in die Falknerei gezerrt wurde. Beinahe hätte Alex vor Erleichterung aufgelacht – jetzt konnte sie den Rückweg zum Silbernen Turm antreten.

Problemlos glückte ihr der Verschwindezauber, und sie machte sich auf den Rückweg in den Stallhof, vorbei an der Falknerei – wo es mit einem Mal seltsam still war – zu der Tür in den Inneren Stern. Als Alex die Tür erreichte, drückte sie fest dagegen, doch sie rührte sich nicht. Natürlich nicht, dachte sie. Sie hatte die Tür hinter sich zugeknallt, als sie in den Äußeren Stern gerannt war, und Zerra hatte garantiert das Gleiche getan, nachdem sie die Tür wieder aufgerissen hatte und ihr gefolgt war. Sie würde einen anderen Weg zurück finden müssen. Alex beschloss, es in dem Hof mit dem Obstgarten zu versuchen, den sie gestern vom Fenster des Silbernen Turms aus gesehen hatte. Sie huschte zurück in den Torhof und auf das Stadttor von Rekadom zu, wo die beiden Wächter vom Vortag, Tante und Neffe, gerade ihren Dienst angetreten hatten. Ein Krähenschwarm saß auf dem eisernen Bogen über den Torflügeln, an dem die große Blenderglocke hing. Alex wusste, dass die Glocke verzaubert war – was sie keinem anderen als ihrem Vater zu verdanken hatte – und immer dann läutete, wenn ein Mensch mit magischen Kräften darunter hindurchging. Wieder flammte die Wut auf ihren Vater in ihr auf, der all diese Dinge erschaffen hatte, die ihr das Leben so schwer machten. In diesem Moment fühlte es sich so an, als hätte er es absichtlich getan. Wenn sie ihm das Tau jetzt brachte, würde er es wirklich benutzen, um all die üblen Dinge zu entzaubern, die er in die Welt gesetzt hatte? Oder würde er nur auf seine unerschütterliche Art lächeln und gar nichts tun?

Auf der anderen Seite des Torhofs blitzte etwas Rotes auf und zog Alex' Blick an – der Mantel eines Schakals. Immer im Schatten der Stadtmauer, den Blick fest auf den Schakal gerichtet, der jetzt an einem der Karren herumschnüffelte, schlich Alex langsam auf das Stadttor zu. Sie musste am Tor vorbeikommen, um zum nächsten Durchgang zu gelangen, doch als sie sich um die mächtige Säule neben dem Tor schob, stieg der Krähenschwarm mit lauten Warnrufen in die Luft. Da sie fürchtete, dass sie versehentlich ein Geräusch gemacht hatte, das sie gewarnt hatte, blieb sie stehen und wartete, bis sie sich wieder beruhigt hatten. Alex wusste nicht, dass die Krähen Angst vor Magie hatten und dass ihr Verschwindezauber eine Art unhörbares Summen verströmte, bei dem den Vögeln die Schnäbel klapperten. Plötzlich kamen zwei Krähen auf sie zugeschossen und bogen erst kurz vor ihr scharf nach oben. Alex duckte sich und warf die Hände über den Kopf, um sich zu schützen. Schon stürzten weitere Krähen auf sie zu, kreisten sie ein und krächzten drohend. Es war ein laut widerhallendes Spektakel.

Der Schakal hielt in seinem Geschnüffel inne und beobachtete die Krähen neugierig. Die nächste Torwache – die Tante – hob ihren Speer und ging langsam auf die Krähen zu. Alex fühlte sich so sichtbar, als wäre sie leuchtend orange. Plötzlich ließ sich auch noch der Schakal auf alle viere nieder und rannte los, direkt auf Alex und die Krähen zu. Alex traf eine Entscheidung. Da sie wusste, dass die Schakalerie die Grenzen der Stadt nicht ohne Erlaubnis des Königs verlassen durfte, wich sie der herbeieilenden Tante aus, rannte am Schakal vorbei und bog scharf nach rechts in Richtung des offenen Tors. Augenblicklich richteten die Krähen ihre Aufmerksamkeit auf eine andere unliebsame Quelle der Magie – den unglückseligen Schakal, der sich nun unter einer Decke wild auf ihn einhackender Vögel über das Pflaster rollte.

Als Alex unter der Blenderglocke hindurchschoss, läutete sie einmal laut und durchdringend. Wachsam sprang der Neffe mit ausgestrecktem Speer nach vorn und blickte über die flache, offene Fläche hinter dem Tor. Er meinte, kleine Abdrücke auf dem trockenen Sandboden zu sehen, und warf seinen Speer in die Richtung. Die Spitze bohrte sich nur wenige Zentimeter hinter Alex in den Boden, woraufhin sie schneller rannte, als sie es je für möglich gehalten hätte.

Verlegen über den Misserfolg eilte der Neffe los, um seinen Speer zurückzuholen, und dann befolgten seine Tante und er die Blenderglockenprozedur – sie verschlossen das Stadttor und schoben den Riegel vor.

Alex, ausgesperrt aus Rekadom, ließ die Stadtmauer hinter sich und machte sich auf den Weg in Richtung der Klippen und der Freiheit des Ozeans.

20. Kapitel

ALLEIN

Zerra stand in Ratchets Büro. Ihr gegenüber war Bartlett, die den Drehstuhl hinter Ratchets Schreibtisch in Beschlag genommen hatte. »Ich bin kein Blenderbalg.« Zerra sprach mit ruhigem, kaltem Zorn. »Aber indem Sie mich festgehalten haben, haben sie das echte Blenderbalg entkommen lassen. Das werde ich dem König berichten.«

Doch diesmal zeigte Zerras Trick, ihrem Gegenüber in die Augen zu starren und sehr langsam zu sprechen, keine Wirkung. Bartlett sprang auf und packte sie am Kragen. »Das wirst du nicht tun, du widerliches kleines Stück Eulendreck! Du kannst vielleicht Ratchet mit deinen Lügen zum Narren halten, mich aber nicht. Blenderbalg oder nicht, eins weiß ich sicher: Du bist keine Dark.«

Zerra wusste, dass es für sie brenzlig wurde. Sie hatte schon zweimal erlebt, wie Alex vor ihren Augen unsichtbar geworden war, und wusste genau, dass sie tatsächlich keine Dark war. Aber das würde sie Bartlet bestimmt unter die Nase reiben. »Ich bin die Falkenreiterin«, sagte Zerra mit drohender Stimme. »Und das sollten Sie lieber nicht vergessen, Bartlett.« Damit drehte sie sich um und wollte aus dem Büro marschieren. Doch sie kam nicht weit.

»Oh nein, du bleibst hier.« Wieder packte Bartlett sie am Kragen.

Wütend wirbelte Zerra herum und griff nach Bartletts sehniger Hand. »Lassen Sie mich los!«, zischte sie. »Sie haben kein Recht, mich festzuhalten.«

Bartlett lächelte. »Oh, da liegst du leider falsch. Als stellvertretende Oberste Falknerin habe ich alle möglichen Rechte über die Falkenreiter – insbesondere über Falkenreiter in der Ausbildung. Wenn du nicht möchtest, dass ich von ihnen Gebrauch mache, solltest du dein Benehmen sofort ändern. Verstanden?«

Bartletts stählerne Stimme durchdrang Zerras Wut. Langsam löste sie die Hand von Bartletts Klaue. »So ist es schon besser«, sagte Bartlett.

Doch Zerra, wenn sie sich auch zurückhielt, kochte immer noch vor Wut. »Wo ist Ratchet?«, knurrte sie.

»Für dich ist er immer noch ›der Oberste Falkner‹.«

Zerra schluckte ihre Wut hinunter. »Der Oberste Falkner. Wo ist er?«

»Du bist ganz schön neugierig, was? Na, da du so besorgt um ihn bist, freut es dich sicher zu hören, dass der Oberste Falkner seine Mutter in der Netzlegerbucht besucht. Er hat heute Morgen ein Pferd genommen und wird in drei Tagen wiederkommen.«

Zerra fühlte sich vor den Kopf gestoßen. Warum hatte Ratchet ihr nicht gesagt, dass er für ein paar Tage verreiste? Der Gedanke an drei Tage allein mit Bartlett gefiel ihr gar nicht.

»Hör zu, Mädchen«, fuhr Bartlett fort. »So sieht unser Tagesablauf aus, während der Oberste Falkner weg ist: vier Uhr früh – Falkenruf. Vier Uhr dreißig – Ställe ausmisten. Die Falknerei ist furchtbar dreckig. Ich will, dass jedes bisschen Vogelkacke aus den Ritzen zwischen den Steinen verschwindet! Mittags – fünfzehn Minuten Mittagspause. Die kannst du mit den Vögeln verbringen. Nachmittags – weiter ausmisten. Halb sieben – Brot und Käse mit den Vögeln. Sieben Uhr – Schlafenszeit.«

»Aber ich bin auch Königliche Spionin!«, protestierte Zerra. »Ich muss spionieren.«

»Das kannst du mit dem Obersten Falkner besprechen«, erwiderte Bartlett.

»Aber er ist nicht da!«, gab Zerra zurück.

»Ganz genau«, sagte Bartlett. Sie drückte Zerra eine winzige Bürste, einen Kratzer und einen Eimer in die Hand. »Du kannst mit den Steinen unter den Nistkästen beginnen. Die sind völlig verklebt. Bis zum Abendessen glänzen die, sonst geht es ohne Essen ins Bett. Verstanden?«

Zerra verstand vor allem eins: Bartlett musste weg. Auf keinen Fall würde sie sich drei Tage lang mit ihr herumschlagen. Mürrisch griff sie nach dem Putzzeug und starrte auf den schmutzigen Boden der Falknerei. Was, dachte sie, haben diese Vögel nur gefressen?

Alex erklomm die oberste Klippe und kletterte auf den alten Bahnsteig. Unter dem rostigen Schild mit der Aufschrift *Orakelstation* blieb sie stehen und blickte hinunter nach Rekadom, auf die hohen Mauern und spitzen Zinnen der drei Türme, die in der Mitte der Stadt aufragten. Mit zusammengekniffenen Augen betrachtete sie das winzige dreieckige Fenster an der Spitze des Silbernen Turms und fragte sich, ob ihr Vater schon wusste, dass sie weg war. Oder lag Benn immer noch allein in dem gruseligen Schrank? Vielleicht war der König mittlerweile wieder gegangen, und Benn war draußen und erzählte ihrem Vater, dass sie plötzlich verschwunden war. Was auch immer da drüben geschah, sie wusste, dass es nicht gut sein konnte.

Alex wandte sich von der Stadt ab, beschirmte die Augen mit der flachen Hand und ließ den Blick über die unruhige graublaue See schweifen, dann weiter nach links über die Klippen zum Festland. Alles, was sie sah, war eine schier endlose sandige Weite mit kleinen Felsen und Gestrüpp, die sich bis zu einer verschwommenen Linie erstreckte, wo der blasse, staubige Horizont auf den blassen, staubigen Himmel traf. Dies, das wusste Alex, war das Reich einer besonders fürchterlichen Art Dämmerungsgeschöpfe, die ihr Vater erschaffen hatte – der Skorpas. Am Abend zuvor hatte Hagos ihr erzählt, dass er für jeden von ihnen einen lebendigen Skorpion genommen, in eine Zauberschachtel gesteckt und im Wüstensand vergraben hatte. Innerhalb der nächsten vierundzwanzig Stunden waren die Skorpione unwahrscheinlich schnell gewachsen, bis sie in der Größe eines kleinen Hauses aus dem Sand geplatzt waren – und eine beträchtliche Menge Gift besaßen. Der Stachel am Schwanz beinhaltete genug Gift, hatte Hagos stolz verkündet, um zehn Pferde auf einmal zu töten.

Alex wusste, dass die Skorpas bei Tag schlafend unter Sandhügeln lagen. Sie blickte zur Sonne empor. Sie stand noch hoch am Himmel, war aber schon auf dem Weg zum fernen Horizont. Sie musste die Wüste hinter sich lassen, bevor die Sonne unterging. Plötzlich fiel ihr ein, dass Benn gesagt hatte, in der Nähe der Orakelstation führe eine Treppe durch die Klippen zum Strand. Aber wo? Wie sehr sie sich wünschte, Benn wäre bei ihr. Was sich jetzt gruselig anfühlte, würde dann Spaß machen. Sie würden zusammen nach der Treppe suchen, und sie war sicher, dass sie sie finden würden. Alex seufzte. Beim Gedanken an Benn fühlte sie sich noch einsamer.

Beim Gedanken an Alex fühlte auch Benn sich schrecklich einsam. Wo war sie? Hagos starrte kummervoll aus dem Fenster. »Sehen Sie Alex?«, fragte Benn.

Hagos schüttelte den Kopf und rückte ein Stück zur Seite, um Benn Platz zu machen. Benn stellte sich neben ihn, in der Hoffnung, irgendwo Alex' unverkennbare grüne Schärpe zu entdecken, auch wenn er keinen blassen Schimmer hatte, wie sie aus dem Schrank gekommen war und jetzt irgendwo ganz anders sein sollte.

Deela trat zu ihnen. »Alex kommt zurück«, sagte sie. »Das ist bestimmt irgendein dummer Zauber, der schiefgegangen ist. Es geht ihr gut, ihr werdet sehen.«

Doch Benn spürte, dass Hagos nicht daran glaubte. Unvermittelt wandte sich der Magier vom Fenster ab und ging in das kleine Zimmer, vermutlich um noch einmal jeden Winkel des Schranks zu durchsuchen, als könnte er sie dort doch noch finden.

Allein am Fenster überkam Benn wieder überwältigendes Heimweh. »Ich muss nach Hause«, sagte er zu Deela.

Deela musterte ihn besorgt. »Aber Benn, hier bist du in Sicherheit. Alex würde wollen, dass du bei uns bleibst, da bin ich mir sicher.« Sie lachte. »Vielleicht führt sie uns alle an der Nase herum. Macht zum Spaß einen kleinen Verschwindezauber.«

Benn schnaubte verächtlich. »Das würde Alex nie tun!«, sagte er. »Sie würde nie zulassen, dass wir uns solche Sorgen um sie machen, nur zum Spaß. Niemals!«

»Nein, das würde sie nicht«, stimmte Hagos ihm zu, der von seiner erfolglosen Wandschrankdurchsuchung zurückkam. »Benn, wenn du nach Hause möchtest, kann ich dir helfen.«

»Aber Hagos!«, protestierte Deela. »Du weißt nicht, was du sagst. Vor der Tür steht schon der nächste Schakal.« Sie senkte die Stimme. »Du kannst doch nicht noch einen töten.«

»Ich habe den vorigen Schakal nicht getötet«, entgegnete Hagos gereizt. »Einer seiner Kollegen muss ihn überwältigt haben, als er schwach war. Damit habe ich nichts zu tun.« Er drehte sich zu Benn. »Ich kann dich aus der Stadt bringen, aber von dort an bist du auf dich gestellt. Willst du wirklich nach Hause?«

»Ja«, sagte Benn. »Danke. Vielen Dank.«

»Deela, bevor du fragst – ich werde ihn aus der Stadt bringen, wie ich dich aus dem Kerker geholt habe«, sagte Hagos. »Ich werde der König sein.«

Benn und Deela sahen staunend zu, wie Hagos die Hände an die Schläfen legte und die Finger spreizte, sodass sie, wie Benn fand, an die silbernen Flügel der Königskrone erinnerten. Sie schienen sogar metallisch zu glänzen. Und plötzlich war da ein seltsames silbriges Licht um Hagos' Kopf. Hagos senkte die Hände und bewegte sie langsam abwärts, den Oberkörper entlang, und sein Umhang begann seidig zu schimmern. Dann machte Hagos eine plötzliche Abwärtsbewegung, das Schimmern überzog ihn, und vor ihnen stand eine etwas kraftlose Version von König Belamus dem Großen. »Nun komm, Junge, lass mich nicht warten«, sagte Hagos in einer verblüffenden Nachahmung von König Belamus' majestätischem Gequengel.

Deela umarmte Benn fest. »Gute Reise«, sagte sie.

Benn nickte. »Danke.«

»Bereit, Junge?«, fragte Hagos königlich.

Benn grinste. »Bereit, Majestät!«

»Sehr schön. Gehen wir.« Hagos holte tief Luft und stieß die Tür zur Treppe auf. Der Schakal stand stramm, dann jaulte er verwirrt. Sein Herr roch nicht richtig.

Hagos musste gegen die Mischung aus Abscheu und Angst ankämpfen, die ihn immer in der Nähe eines Schakals überkam. »Zur Seite«, befahl er drohend.

Der Schakal zögerte.

Hagos wusste, dass er schnell sein musste. Er hob die Stimme und ahmte täuschend echt das schrille Keifen des Königs nach: »Mach Platz, du Köter!«

Zu Hagos' Erleichterung ging der Schakal zu Boden. Der Schakal wusste, dass er seinem Herrn immer gehorchen musste – selbst wenn sein Herr nach Furcht und Weihrauch roch. Aus seinen kleinen Augen blickte er seinem schimmernden Herrn nach, der mit seinem Gefangenen die Treppe hinuntereilte. Dann stellte er sich auf die Hinterbeine und hielt Wache, wie es sein Herr befohlen hatte.

Alex saß mutlos auf dem Rand des kleinen Bahnsteigs der Orakelstation. Sie hatte erfolglos nach der Treppe gesucht, während die Sonne unerbittlich über den Himmel wanderte und die Schatten immer länger wurden. Sie blickte zum Orakelfels hinüber, der ruhig und wie verlassen dalag, eine glockenförmige Insel aus Granit voller verschlungener Pfade und Steige und gekrönt mit dem komischen Häuschen, in dem sie und Benn sich für kurze Zeit in Sicherheit gewähnt hatten. Alex starrte es eine ganze Weile an und hoffte, einen Blick auf Palla zu erhaschen und sie durch laute Hilferufe auf sich aufmerksam zu machen, aber es war keine Regung zu sehen bis auf die kreisenden Möwen, kein Laut zu hören außer ihrem unheimlichen Kreischen und dem Rauschen der Wellen. Trotzig wischte Alex eine Träne weg, die sich aus ihrem Auge gestohlen hatte und ihr über die Wange rann. Du bist jetzt auf dich gestellt, sagte sie sich. Gewöhn dich besser dran.

Die Sonne verschwand hinter einer großen, grauen Wolke, und Alex schauderte. Sie musste die Wüste vor Sonnenuntergang verlassen, und der einzige Ort, den sie bis dahin erreichen konnte, war die Netzlegerbucht, das kleine Fischerdorf, wo sie vor ein paar Tagen auf Benn und Molly gestoßen war. Doch die Netzlegerbucht war so weit entfernt, dass sie die Landzunge, auf der sie lag – den Dreizehnten Titan – gerade so am dunstigen Horizont ausmachen konnte. Sie musste sich beeilen.

Alex sprang auf, lief am Rand der Klippen entlang und entdeckte bald unter einer dünnen Sandschicht die alten Bahngleise. Sie war überrascht – in der Schule hatten sie gelernt, dass der König die Strecke hatte abreißen lassen. Ihre Stimmung hob sich ein bisschen. Sie erinnerte sich, dass Benn gesagt hatte, in der Netzlegerbucht habe es eine Haltestelle gegeben, und sie nahm an, dass die Gleise sie dorthin führen würden. Die Strecke, die so viele andere vor ihr genommen hatten, gab Alex das Gefühl, in Gesellschaft zu sein. Als sie weitereilte, fühlte sie sich nicht mehr ganz so allein.

21. Kapitel

RACHE

Bartlett genoss es, das Büro für sich zu haben. Sie genoss auch die Kratzgeräusche in der Falknerei, wo die neue Falkenreiterin zur Abwechslung endlich einmal arbeitete. Sie trat ans Fenster und schraubte gerade den Deckel des Keksglases ab – Schokotropfenplätzchen waren ihre Lieblingskekse –, als ihr etwas Sonderbares ins Auge stach. Stirnrunzelnd beobachtete sie, wie der König mit einem ziemlich zerzausten Jungen über den Hof marschierte. Bartlett wischte über das schmierige Glas, um besser sehen zu können – irgendetwas stimmte da nicht. Besser gesagt, mehrere Dinge. Erstens: Der König war ohne seine Schakalerie unterwegs, dabei verließ er sonst nie den Inneren Stern ohne mindestens einen seiner Schakale. Zweitens: Er schimmerte so komisch, und das lag nicht nur an seinen geschmacklosen Seidengewändern. Drittens: Der König hatte einen verlotterten Bengel bei sich, und jeder wusste, dass der König Kinder hasste. Bartlett rieb sich die Augen und starrte noch einmal konzentriert aus dem Fenster.

Glücklicherweise wusste Hagos nichts von Bartletts misstrauischer Beobachtung seines Zaubers – oder *Personation*, wie diese Art von Magie genannt wurde. Wenn er es gewusst hätte, hätte er es mit der Angst bekommen. Die Tatsache, dass die Personation sich bewegte, mitteilte und zeigte, bedeutete einen erheblichen Kraftakt und so hing sie davon ab, dass die Menschen sahen, was sie zu sehen erwarteten. Sie hatte keinen Bestand, wenn jemand – so wie Bartlett – allzu genau hinschaute.

Zerra kratzte gerade an einem besonders widerständigen Klecks Vogelkacke herum, als Bartlett die Bürotür aufstieß und an ihr vorbeieilte, wobei ihr Stiefelabsatz um Haaresbreite Zerras Hand verfehlte. Mit steinerner Miene blickte Zerra ihrer Peinigerin nach. Sie lauschte ihren forschen Schritten, und als sie sicher war, dass Bartlett nicht zurückkommen würde, stand sie auf und trug den Eimer Vogelkacke ins Büro, wo sie einen Hauch Vogelmist in das offene Keksglas auf der Fensterbank streute und den Deckel wieder zuschraubte. Den restlichen Inhalt leerte sie in Bartletts Umhängetasche. Hastig pflückte sie ihre Lichtlanze vom Haken an der Tür und zwei Lichtpfeile aus der Munitionsschachtel. Sie lud die Lanze, steckte sie ins Holster und schnallte es sich um.

Zerra marschierte durch die dämmrige Falknerei, ihre polternden Schritte ließen die nistenden Vögel erschrocken aufflattern. An der Tür spähte sie nach draußen und stellte zufrieden fest, dass der Hof leer war. Fröhlich spazierte sie in den Sonnenschein. Der Stallhof war leer, doch Zerra konnte Bartletts herrische Stimme aus dem Torhof nebenan hören. Neugierig schlich sie durchs Sternengässchen und schob sich in den Schatten des benachbarten Torhofs.

Vor dem verschlossenen Stadttor sah Zerra Bartlett, flankiert von den beiden Torwächtern. Alle drei wandten Zerra den Rücken zu, und vor ihnen stand zu Zerras Überraschung der König. Obwohl Zerra nicht hören konnte, was Bartlett sagte, war ihr Tonfall unmissverständlich – Bartlett legte sich mit dem König an. Zerra war beeindruckt. Das musste sie hören. Sie hoffte darauf, dass der König zu sehr mit Bartlett beschäftigt war, um sie zu bemerken, und schlich an der Wand entlang, bis sie einen breiten Steinpfeiler erreichte, hinter dem sie hervorspähen konnte. Nun entdeckte sie ein weiteres Mitglied der Gruppe. Zu Zerras Erstaunen war es der Junge, mit dem Alex unterwegs gewesen war. Zerra lächelte – Alex' kleiner Freund war jetzt also ein Gefangener des Königs? Geschah ihm ganz recht!

Als Bartletts erbitterte Worte zu Zerra herüberwehten, wurde sie noch neugieriger. Bartlett nannte den König einen Blender! Zerra gluckste. Das war gut! Bartlett war reif für den Kerker, so viel stand fest. Wirklich schade, dass sie nicht mehr würde sehen können, wie Bartlett einen Keks aus dem Keksglas aß, aber das hier war besser.

Dann ging zu Zerras Freude auch noch ein Kampf los. Bartlett packte den Jungen am Kragen, woraufhin der König sie grob von dem Jungen wegzog. Nun stürzte sie sich auf den König, der sie wegschubste, die kleine Pforte im Tor aufstieß und dem Jungen zurief: »Lauf! Lauf nach Hause!« Seine Stimme war erstaunlich kräftig und klang überhaupt nicht nach dem König.

Und schon war der Junge auf und davon.

Zerra merkte, dass sie ihn beneidete. Er war frei, konnte dieses Drecksloch von einer Stadt verlassen und war auf dem Weg nach Hause. Beim Gedanken an zu Hause spürte Zerra ein unangenehmes Ziehen im Bauch. Der Junge hatte Glück – er besaß ein Zuhause. Sie nicht. Sie saß hier fest, ohne Freunde, ohne Familie. Den ganzen Tag hatte sie nur einen Haufen blöder Vögel und einen Eimer Vogelkacke zur Gesellschaft gehabt. Ein nagender kleiner Gedanke – *und wessen Schuld ist das?* – drohte sich an die Oberfläche zu drängen, doch Zerra wurde durch den Anblick von Bartlett davor bewahrt, die den König über den Hof jagte. Sie rannten direkt an ihr vorbei, doch keiner der beiden bemerkte sie. Der König hastete wütend voran, und Bartlett folgte ihm auf dem Fuße zum Sternengässchen Richtung Stallhof. Neugierig huschte Zerra ihnen im Schutz der Mauer nach. Sie sah, wie der König mit einem erstaunlich sportlichen Satz auf die Rokadilstufe sprang und sich zu Bartlett umdrehte, die nun ein ganzes Stück unter ihm stand. Er hob dramatisch die Arme und … *verschwand.*

Bartlett stieß ein triumphierendes Geheul aus und sprang nach vorne, doch ihre Hände griffen ins Leere, und zu Zerras Vergnügen landete sie höchst unelegant bäuchlings auf dem Boden.

Während Bartlett sich aufrappelte und in den Stallhof lief, grübelte Zerra über das nach, was sie gesehen hatte. Ihre Hand tastete nach der schwarz-goldenen Kordel mit dem dicken silbernen Abzeichen an ihrem Handgelenk, und sie hätte vor Aufregung beinahe laut gelacht. Sie konnte ihr Glück kaum fassen. Sie war erst seit einem Tag Königliche Spionin, und schon hatte sie etwas Aufregendes zu berichten.

Aber vielleicht, dachte Zerra, kann ich sogar noch etwas Besseres machen.

Wenn sie den Jungen einfing und dem König zurückbrachte – wie gut wäre das denn? Vielleicht würde er sie sogar zu Alex führen, und sie könnte die auch noch fangen und *beide* dem König ausliefern. Zerra grinste. Das würde ein Spaß, Alex im Kerker zu besuchen und ihr beim Verschimmeln zuzuschauen. Nach einer Weile würde es natürlich langweilig werden, dann würde sie sie einfach vergessen. Und die neunmalkluge Alex wäre ein für alle Mal erledigt, denn im Kerker überlebte niemand lange.

In Träumen von Ruhm und Rache schwelgend, beschloss Zerra, den Jungen zu verfolgen. Sie lief zum Stadttor und hielt den Torwächtern ihr Königliches Spionage-Armband unter die Nase, die daraufhin respektvoll die Pforte im Tor für sie öffneten.

Hoch erhobenen Hauptes stolzierte Zerra unter den Krähen hindurch, die neben der Blenderglocke hockten. Die Glocke schlug an, und der junge Wachmann schaute verwirrt aus dem Tor.

»Die blöden Krähen haben die Glocke geläutet«, sagte Zerra. »Das sollten Sie mal reparieren lassen.«

Der Wächter zuckte mit den Schultern und schloss die Pforte.

Zerra eilte davon. Als sie außer Sichtweite der Stadt war, holte sie ihr Fernglas hervor und suchte die Wüste ab, die sich vor ihr erstreckte. Alles war reglos, bis auf eine schmale Spur aufgewirbelten Staubs hinter der fernen Figur des rennenden Jungen. Lächelnd zog Zerra ihre Lichtlanze aus dem Holster und verfiel in Laufschritt. Sie war eine gute Spionin. Nein, sie war mehr als gut – sie war unglaublich und über die Maßen *brillant.*

22. Kapitel

KNAPP DANEBEN

»Alex!«, rief Benn. »He, Alex!« Voller Freude und Erleichterung rannte er auf die Gestalt zu, die aus der Richtung von Rekadom auf ihn zukam. Dann sah er das Blitzen von Stahl und blieb abrupt stehen. *Warum richtet Alex eine Lichtlanze auf mich?* Es dauerte eine lange Sekunde, bis Benn begriff, dass die Figur, die sich genauso bewegte wie Alex, gar nicht Alex war.

Es war Zerra.

Benns Freude wandelte sich in Entsetzen – er hatte mit eigenen Augen gesehen, welchen Schaden Zerra mit der Lichtlanze anrichten konnte. Er drehte sich um und rannte auf den Klippenrand zu, wo er schlitternd zum Stehen kam. Tief unter sich sah er den sandigen Streifen Strand und das klare grüne Wasser, das sich langsam vom Dammweg zurückzog, der den Orakelfels mit dem Festland verband. Am Ende des Dammwegs zeichnete sich die vertraute

Glockenform des Orakelfelsens vor dem Himmel ab. Benns Herz machte einen wehmütigen Hopser, als sein Blick auf sein kleines, weißes Boot fiel; Molly, die sanft im Hafen auf und ab schaukelte. Oh, wie er sich wünschte, er wäre jetzt dort unten bei Molly und segelte fort von diesem schrecklichen Ort.

Du bist aber nicht bei Molly, ermahnte er sich. Hastig drehte er sich um und sah Zerra schnell näher kommen, sah die Sonne auf ihrer Lanze blitzen, als sie diese hob und entschlossen auf ihn richtete.

Benn sprang beiseite, um aus der Schusslinie zu kommen, und als er landete, ertönte ein dumpfes Geräusch, als befände sich unter ihm ein Hohlraum. Er hob die Hände und schrie: »Nicht schießen! Bitte! Nicht schießen!«, während er hektisch den Fuß über den Boden bewegte, um zu ergründen, was darunter lag. Es musste irgendeine Abdeckung sein. Dann stieß seine Schuhspitze gegen einen Metallring. Benns Gedanken überschlugen sich. Das musste die Falltür zu der Tunneltreppe runter zum Strand sein, er war sich ganz sicher. Aber das half ihm nichts, wenn Zerra sah, wie er hinunterstieg. Er wollte sich gar nicht vorstellen, was die Lichtlanze in einem engen Tunnel anrichten konnte. Irgendwie musste er da runterkommen, ohne dass Zerra es merkte.

Benn holte tief Luft. Dann schrie er, so panisch er konnte: »Zerra! Hinter dir! Skorpas!« Er warf sich zu Boden, wo er nach dem Ring tastete, während er schützend die andere Hand vor den Kopf hielt. Zerra blieb unsicher stehen. Benn zog versuchsweise am Griff und fühlte, dass er sich bewegte. Da Zerra immer noch die Lichtlanze auf ihn gerichtet hielt, erhob er sich so, dass er neben dem Griff kniete, und schrie theatralisch: »Oh nein! Nein! Lauf, Zerra, lauf!«

Zerra starrte Benn an. Sie hatte noch nie im Leben ein so angsterfülltes Gesicht gesehen. Ihre Nackenhaare begannen zu kribbeln, und als Benn zum dritten Mal »Skorpas! Lauf!« schrie, war sie überzeugt, dass etwas wahrhaft Schreckliches hinter ihr her war. Sie wirbelte herum – und merkte, dass sie auf den ältesten Trick der Welt reingefallen war. Schnell drehte sie sich zurück und schrie ein paar Schimpfwörter, die sie aufgeschnappt hatte, als sie eine Nacht im Waisenhaus von Luma hatte verbringen müssen. Doch er war nicht mehr da. Der Junge war *verschwunden.*

Er ist ein Blenderbalg. Er hat einen Verschwindezauber gemacht. Was hast du denn erwartet, du dumme Nuss? schalt sie sich, als sie auf die Stelle zurannte, an der Benn eben noch gewesen war. Dann blieb sie stehen. Das ist ein Trick, dachte sie. Er will mich an den Klippenrand locken, und dann will er mich schubsen. Aber so blöd bin ich nicht. Dem werd ich es zeigen!

Zerra hob die Lichtlanze, zielte sorgfältig und feuerte dorthin, wo sie Benn zuletzt gesehen hatte. Der Lichtstrahl schoss mit lautem Zischen durch die Luft und zog ein blau gleißendes Band hinter sich her. Zerra wartete darauf, dass er den unsichtbaren Jungen traf, doch der Strahl schoss weiter, über den Rand der Klippen und hinaus übers Meer. Wütend verfolgte Zerra seine Flugbahn, während ihr vergeudetes Geschoss einen anmutigen Abwärtsbogen vollführte und in einem Kreis aus zischendem, weißem Schaum ins Wasser sank.

Zerra brachte ein paar weitere neue Schimpfwörter zur Anwendung. »Ich weiß, dass du da bist, Blenderbalg!«, schrie sie dann. »Du kannst mich nicht täuschen!«

Doch die einzige Antwort waren das Rauschen der Wellen in der Tiefe und der Ruf einer Möwe, die sich – *sie wusste es* – über sie lustig machte.

Tief unter Zerras Füßen rannte Benn durchs Gestein, über die grob gehauene Treppe durch einen Tunnel aus Dunkelheit. Er war überzeugt, dass Zerra seinen Abstieg gesehen hatte und ihm dicht auf den Fersen war. Endlich erreichte er den Punkt, an dem die Treppe auf den Tunnel nach Rekadom stieß, durch den die Schakalerie Alex und ihn am Vortag gebracht hatte. Er schob den Gedanken an Alex weit weg, sprang mit großen Sätzen auf die breiteren Stufen hinunter und sah schon bald das Tageslicht vor sich.

Eine Minute später war er auf dem nassen Strand und stürmte auf den Dammweg zu. Das Wasser störte ihn nicht. Er rannte hinein und lief patschend über den weichen Sand.

In der Mitte des Dammwegs wurde das Wasser tiefer, doch Benn watete unbeirrt weiter, bis er endlich den festen Boden unterhalb des Orakelfelsens erreicht hatte. Klatschnass lief er die Treppe hoch und eilte zum Hafen hinüber. Er brauchte einen Moment, um die Ruder aus den Seilen zu lösen, dann rannte er die Stufen hinunter und sprang in sein kleines Boot, wo er sich hinsetzte, tief durchatmete und spürte, wie die Erleichterung ihn überkam.

Wenige Minuten später ruderte Benn Molly aus dem Hafenbecken. Ein Gefühl von Traurigkeit überkam ihn bei dem Gedanken, wie zuversichtlich Alex und er gewesen waren, als sie hier angekommen waren – und nun würde er sie vielleicht nie wiedersehen.

Langsam steuerte er Molly um die Hafenmauer herum, und als sie die lebhaften Wellen dahinter erreichten und der Wind Mollys rotes Segel füllte, hob sich seine Stimmung. Molly jagte drauflos wie ein vom Zügel gelassenes Pony, und Benn ließ sie nah am hohen Kliff entlangsegeln, damit ihn Zerra nicht so leicht sehen konnte, falls sie fernab der Küste auf dem weiten Meer nach ihm Ausschau hielt.

Zerra hielt in der Tat nach ihm Ausschau, aber nicht vom Klippenrand, sondern vom alten Bahnsteig aus. Noch immer überzeugt, dass ein unsichtbarer Junge versuchte, sie über die Klippen in den Abgrund zu schubsen, schwang sie ihre Lichtlanze hin und her und sagte laut – damit er wusste, dass sie keine Angst hatte, nicht das kleinste bisschen – »Ich sehe dich! Ich sehe dich! Gleich schieße ich! Gleich!«. Doch die Antwort war nur Stille, und sie kam sich so langsam etwas albern vor. Um so auszusehen, als wüsste sie, was sie tat, holte sie ihr Fernglas heraus, drehte sich in alle Richtungen und suchte den Horizont ab. Sie erwartete, nichts als die endlose, leere Wüste zu sehen, doch zu ihrer Überraschung entdeckte sie in der Ferne eine Gestalt, die sich von ihr wegbewegte. Sie kam ihr irgendwie bekannt vor. Sie sah aus wie … »Alex!«, jauchzte Zerra. »Haha! Alex!«

Diesmal würde sie es nicht vermasseln. Ganz bestimmt nicht.

Alex blieb stehen. Sie meinte, jemand hätte ihren Namen gerufen. Nervös wirbelte sie herum und sah eine kleine Gestalt auf dem alten Bahnsteig und ein grelles silbernes Blitzen.

Zerra ließ sich auf ein Knie sinken, um das Gleichgewicht besser zu halten. Sie blinzelte durch das Visier der Lichtlanze, bis sie in der Mitte des Fadenkreuzes den winzigen Punkt sah, der Alex war. Sehr vorsichtig zog sie den Abzug. Und schoss.

Alex sah einen blauen Blitz direkt auf sich zukommen. Sie warf sich hinter einen Sandhügel und landete bäuchlings auf dem Boden. Ein leises *Plupp* ertönte, als der Blitz in den Sand eindrang, und es zischte verdächtig.

Alex, die jeden Moment mit einer Explosion rechnete, rappelte sich auf und stürzte davon. Schlitternd rannte sie über den rutschigen Boden, bis sie völlig außer Atem war, und dann, als sie nicht mehr konnte und überzeugt war, dass der Schlag *sofort* kommen musste, warf sie sich auf den Boden, blieb dort mit den Armen über dem Kopf liegen und wartete ab. Nichts passierte. Vorsichtig blickte sie zum Sandhügel zurück. Eine Sekunde später war sie wieder auf den Beinen und rannte weiter. Diesmal floh sie jedoch nicht vor einer explodierenden Lichtlanze, sondern vor einem riesigen, gelben Skorpion, der sich aus dem Sandhügel erhoben hatte, den silbernen Stachel seines Schwanzes über den Kopf hob und direkt auf sie richtete.

Plötzlich hörte Alex ein gedämpftes *Pflompp,* und ein Regen aus Sand und Kies ging um sie herum nieder. Sie riskierte einen Blick über die Schulter und sah den Skorpas oben auf seinem Sandhügel auf dem Rücken liegen, die Beine in der Luft. Zerras Lichtpfeil war doch noch explodiert – und hatte ihn getötet.

Mit neuer Hoffnung lief Alex weiter. Fest entschlossen, vor Sonnenuntergang die Netzlegerbucht zu erreichen, verfiel sie in einen steten Laufschritt. Sie konnte es schaffen. Das wusste sie.

23. Kapitel

DIE SPIONIN DES KÖNIGS

Vor den Toren von Rekadom erschallte das durchdringende *Klong* der Blenderglocke.

»Aufmachen!«, schrie Zerra und hämmerte gegen die Pforte. »Ich bin es, die Königliche Spionin!«

Die kleine Pforte im Tor öffnete sich einen Spalt, und der pickelige junge Wächter spähte nervös heraus. »Oh«, sagte er. »Du bist's.«

»Ja, du Blödi, ich bin's. Und die blöden Krähen läuten schon wieder die blöde Glocke. Los, lass mich rein!« Zerra schwang ihr Armband, und der Wächter ließ sie herein, weil er wusste, dass der König unmöglich eine Spionin haben konnte, die eine Blenderin war.

Zerra eilte in ihrer wichtigen Mission über den Torhof – sie musste zum König, denn sie hatte ihm viel zu berichten. Da sie auf keinen Fall Bartlett über den Weg laufen wollte, zog sie ihren Spionage-Stadtplan hervor, um einen anderen Weg zum Goldenen Turm zu finden. Sie steuerte den Pferdehof an, wo die Pferde für den König und für die Wagen der Schakalerie gehalten wurden, und gelangte durch ein Gässchen in einen Obstgarten voller Apfel- und Kirschbäume. Ein paar Pferde und Schafe grasten friedlich.

Zerra, die Pferde irgendwie verdächtig fand, war froh, als sie das nächste Gässchen zum Landwirtschaftshof erreichte. Hier lagen die Gemüsegärten der wenigen verbliebenen Stadtbewohner. Die meisten waren von Unkraut überwuchert, doch an der gegenüberliegenden Mauer vor dem Durchgang in den nächsten Hof sah Zerra ein altes Ehepaar in einem Beet mit allerlei Grünzeug graben – sie hatte keine Ahnung, was da wuchs. Die Leute blickten auf und musterten Zerra mit großem Argwohn, und als klar wurde, dass sie den nächsten Hof ansteuerte, rief die Frau: »Weiter kannst du nicht gehen, Mädchen! Das ist der Königshof!«

Zerra achtete nicht auf sie. Sie war selbst nervös, aber das würde sie sich vor diesen Wichtigtuern bestimmt nicht anmerken lassen. Ohne ihren Schritt zu verlangsamen, marschierte sie auf den Schakal zu, der das Gässchen bewachte, und hielt selbstbewusst ihr seidenes Armband hoch, um das Königliche Spionagesiegel mit dem einfachen Durchgangszeichen vorzuzeigen, das der Schakal erkennen konnte: 

Zerra genoss die verblüfften Mienen der alten Leutchen, als der Schakal sich vor ihr verbeugte und zur Seite trat. Sie machte ein unhöfliches Fingerzeichen in ihre Richtung und verschwand durch das Gässchen.

Der Königshof war ein streng angelegter Garten, sah allerdings etwas verwahrlost aus. Die niedrigen Hecken mussten dringend gestutzt werden, auf den Kieswegen wuchs Unkraut, und die Laternen an den scheinbar willkürlich verteilten Pfählen waren angelaufen und wurden offenbar nie angezündet. Eine alte Gärtnerin stützte sich auf ihre Harke und beobachtete Zerra misstrauisch auf ihrem Weg zum Fuß des Goldenen Turms, der genau am Scheitelpunkt des dreieckigen Hofs stand.

Ein weiterer Schakal lehnte am Eingangstor und feilte sich die Krallen. Er warf Zerra einen trägen Blick zu, und ein tiefes, drohendes Knurren drang aus seiner Kehle. Wieder zeigte Zerra ihre Plakette vor, doch dieser Schakal war gründlicher. Er hob das Armband – mitsamt Zerras Arm – mit der Klaue hoch und prüfte es eingehend. Während seine Kralle das wellenförmige Durchgangszeichen nachfuhr, spürte Zerra die Wärme seines Atems auf der Haut. Nach einer gefühlten Ewigkeit ließ der Schakal ihren Arm sinken und trat beiseite. Erleichtert erklomm Zerra die steinerne Wendeltreppe, und ihre Füße tappten weich über den abgewetzten roten Teppich.

Sie erreichte den obersten Treppenabsatz, auf dem verblichene Teppiche lagen und eine Reihe goldener Stühle an der geschwungenen Wand standen. Ein weiterer rotbemäntelter Schakal bewachte die Tür aus glänzendem Ebenholz, in die eine goldene, geflügelte Krone eingraviert war. Zerra holte tief Luft und zeigte ihre Spionageplakette vor. Der Schakal nickte nur mit seinem riesigen Kopf und drückte die Tür auf, die sich lautlos öffnete. Mit klopfendem Herzen trat Zerra hindurch – und blieb verwirrt stehen.

Der Raum war vollgestopft mit goldenen Säulen und goldenen Bänken. Zwischen den Säulen stand eine Horde schmutziger

Kinder mit zerzausten Haaren und staubigen Westen. Zerra war entgeistert und blieb erstaunt stehen. Wer hätte gedacht, dass in den Gemächern des Königs eine Meute Kinder herumhing? Sie hob die Hand an den Kopf, um sich zu vergewissern, dass es um ihre eigenen Haare nicht ganz so schlecht bestellt war, und die Kinder ahmten sie nach. Als sie genervt die Hand sinken ließ, taten sie das Gleiche.

»He!«, schrie Zerra. »Lasst das! Das ist nicht witzig.« Ihre Stimme hallte in der Säulenhalle wider, und entsetzt erkannte sie ihren Fehler – *die Kinder waren ihr Spiegelbild.* Mit Schrecken starrte sie ihre zahlreichen Abbilder in den Spiegeln zwischen den Säulen an. Sie sah furchtbar aus. Die Kleider zerfetzt, die Knie ihrer Hose steif von Vogelkacke, die Haare struppig, das Gesicht schmutzverschmiert. Doch am meisten verstörte sie, dass sie sich selbst nicht erkannt hatte.

Zerra trat auf die verspiegelte Wand zu und starrte sich selbst in die Augen. Sie hatte das Gefühl, dass eine Fremde ihren Blick erwiderte. Das war nicht die alte Zerra, die mit ihrer Familie in Luma gelebt hatte, die jeden Tag zur Schule gegangen und ein ganz normales, übellauniges Kind gewesen war. Allerdings, fiel Zerra ein, hatte sie es gehasst, jeden Nachmittag nach Hause zu ihren nervigen Schwestern und ihrer trantütigen Mutter zu kommen, die alles ignorierte, vor allem Zerra. Niemand wird mich je wieder ignorieren. Niemand, dachte Zerra. Sie richtete sich kerzengerade auf, und als sich eine verborgene Spiegeltür hinter ihr öffnete, drehte sie sich um und lächelte den König mit seiner albernen Flügelkrone selbstbewusst an. »Hoher Herr«, sagte sie und dachte sogar daran, den Kopf zu neigen. »Ich bin Eure Spionin, und ich bin gekommen, um Euch meinen ersten Bericht zu erstatten.«

König Belamus musterte das verwahrloste Kind, das da vor ihm stand. Dem Spionenstandard entsprach es ganz sicher nicht. Aber es war lange her, dass er überhaupt den Bericht eines Spions erhalten hatte, und er konnte wohl nicht allzu wählerisch sein. Er seufzte. »Na schön, Spionin«, sagte er. »Erstatte deinen Bericht.«

»Ich habe drei Dinge zu berichten.«

»Drei!« Der König war etwas beunruhigt, dass so viel in Rekadom los war.

»Erstens: Euer Magier … äh, ich meine, der Blender, der Euer Gefangener im Silbernen Turm ist … hat so getan, als wäre er Ihr.«

»Als wäre er *ich*?«, quiekte Belamus.

»Ja, hoher Herr.«

»Aber da du eine Dark bist, hast du ihn durchschaut?«

Das kam Zerra gelegen. Bartlett würde schon sehen! »Genau, hoher Herr. Ich habe gesehen, wer er wirklich war.«

Belamus war fassungslos. »Dieser nichtsnutzige Trickser!«

»So ist es, hoher Herr«, sagte Zerra mit wachsendem Selbstvertrauen. Es lief besser, als sie gehofft hatte.

»Und was hat er gemacht, während er so getan hat, als wäre er ich?«, fragte Belamus und hoffte, dass es nichts Peinliches war.

»Das ist die zweite Sache, die ich zu berichten habe, hoher Herr. Der Blender hat einem anderen Blender zur Flucht verholfen.«

Belamus begann zu zittern. *»Einem anderen Blender?«*

»Einem Jungen, hoher Herr. Einem der beiden Kinder, die gestern Eurer Schakalerie entkommen sind. Ich glaube, dass der Blender im Turm dem anderen Blender Unterschlupf gewährt hat, hoher Herr. Und außerdem, hoher Herr, ist auch das Blendermädchen entkommen. Ich habe sie beide aus der Stadt verfolgt, aber sie …« Zerra suchte nach einer Möglichkeit, dem König zu sagen, dass sie ihr entkommen waren, ohne dass es so aussah, als wäre es ihre Schuld. »Sie haben sich mir entzogen. Durch Trug und Blenderei.«

Belamus gab ein tiefes Stöhnen von sich und sank auf eine goldene Bank. Der Raum war voller verzweifelter Könige, was Zerra ziemlich witzig fand. Beinahe flehend blickte der König zu Zerra auf. »Sag mir, Spionin, als Fliegerin hast du auf deiner ersten Mission schon so viele Blender gefangen. Glaubst du, dass immer noch viele von ihnen da draußen sind?«

Zerra war klar, was passieren würde, wenn sie bejahte: Sobald der neue Falke fertig war, würde sie diese angeblichen Blender jagen müssen. Und sie wollte absolut nichts mehr mit Vögeln zu schaffen haben, weder kleinen noch großen. Deshalb sagte sie nach einer Pause, die ihre Antwort wohlüberlegt wirken ließ: »Die beiden Kinder sind die letzten Blender außerhalb von Rekadom, hoher Herr. Wenn Ihr sie fangt, ist es vorbei.«

Belamus erhob sich und sah so aus, als wäre eine schwere Sorge von ihm genommen. »Dann werden wir sie fangen und es zu Ende bringen. Nun, Spionin, gibt es noch etwas zu berichten?«

Zerra lächelte. Es gab in der Tat noch etwas zu berichten. »Die stellvertretende Falknerin, hoher Herr. Sie war mit dem Blender beim Stadttor und hat dem Jungen bei der Flucht geholfen. Die Wachen können es bestätigen.«

Belamus nickte. »Ich danke dir, Spionin. Ich werde mich um Bartlett kümmern.«

Da sie glaubte, der König werde ihr jetzt sagen, was für eine großartige Spionin sie sei, blieb Zerra geduldig stehen, während sie sich bemühte, nicht ihre Spiegelbilder anzuschauen, die ihr immer noch einen Schrecken versetzten.

Irgendwann fragte Belamus gereizt: »Worauf wartest du noch? Marsch, an die Arbeit! Ich will, dass du jede Nacht den Sternenhof bewachst. Vor allem den Silbernen Turm.«

»Und was ist mit den Häckslern, hoher Herr?«

»Du bist jung. Du kannst springen, oder etwa nicht?«

24. Kapitel

BEI MAMA RATCHET

Es kam nicht oft vor, dass Mama Ratchet ihren Sohn bei sich zu Hause hatte, und darüber war sie heilfroh. Natürlich liebte Mama Ratchet ihren Sohn, aber er war nicht gerade der umgänglichste Zeitgenosse. Heute Abend war er sogar ausgesprochen reizbar. »Nun, für mich klingt das so, als wäre diese Bartlett eine ziemlich vernünftige junge Frau«, bemerkte sie, nachdem ihr Sohn sich lang und breit über seine Gehilfin ausgelassen hatte. »Und wenn du mit der neuen Falkenreiterin einen Fehler gemacht hast und sie wirklich keine Dark ist, solltest du anständig sein und dafür geradestehen. Wie oft habe ich dir das schon gesagt?«

»Du verstehst das nicht, Ma! Das Mädchen ist auf dem Falken zu uns gekommen, also habe ich zu dem Zeitpunkt natürlich angenommen, dass sie eine Dark ist. Sie hat dem König erzählt, sie hätte

›tonnenweise Blender‹ gefangen, und jetzt will der König nichts Schlechtes über sie hören. Zu allem Überfluss ist sie auch noch seine Spionin. Ich werde sie also nicht mehr los. Das Problem ist nur, dass Bartlett sie für eine Blenderin hält.«

Mama Ratchet rührte im Suppentopf. Fischkopfeintopf, die Leibspeise ihres Sohns. »Eine Blenderin. Soso. Wäre es nicht ziemlich ungünstig für dich, mein Lieber, wenn du einer Blenderin Unterschlupf gewährt hättest?«

Ratchet hätte am liebsten mit dem Fuß aufgestampft – er konnte sich nur ganz knapp zurückhalten. »Ich biete doch keiner Blenderin Unterschlupf, Ma! Fang du nicht auch noch damit an. Ein für alle Mal, die neue Falkenreiterin ist *keine* Blenderin. Das ist eine Verschwörung! Bartlett zieht über mich her, weil sie meinen Posten will. Ich darf mir nicht den kleinsten Fehler leisten.«

»Du hast doch gerade gesagt, dass du keinen Fehler gemacht hast«, erwiderte seine Mutter milde.

»Hab ich ja auch nicht!«, knurrte Ratchet.

»Dann verstehe ich nicht, warum du so aufgebracht bist«, sagte Mama Ratchet.

»Ich bin nicht aufgebracht!«, brüllte Ratchet.

Mama Ratchet seufzte. Sie nahm das Glas mit den Fischaugen, ging ins Esszimmer und stellte es auf den kleinen Tisch am Fenster, von dem aus man den Hafen überblicken konnte. Es sieht immer so hübsch aus, dachte sie, wenn man ein paar Fischaugen auf die Suppe streut.

Ratchet verließ ebenfalls die Küche und ging zu seinem Zwergfalken Merlin, der auf der Rückenlehne von Ma Ratchets Stuhl thronte und mit seinen hellen Augen um sich blickte. Aufmerksam sah er zu, wie sein Ersatzvater ein kleines Paket aus Wachspapier aus der Tasche zog und ihm den linken Arm anbot. Merlin kletterte behutsam auf das breite Lederarmband, das Ratchet ums Handgelenk trug, und ließ sich zum Tisch tragen.

Mama Ratchet seufzte erneut. »Nigel. Muss der Vogel wirklich mit am Tisch sitzen?«

Ratchet hasste es, beim Vornamen genannt zu werden. Es erinnerte ihn an die Hänseleien in der Schule. »Nenn mich nicht Nigel, Ma«, sagte er gereizt, während er sich an den Tisch setzte. »Ich heiße jetzt Ratchet. Und ja, er muss mit am Tisch sitzen.«

Merlin hüpfte von seinem Platz auf Ratchets Handgelenk und pflückte sich anmutig ein Fischauge aus dem Glas. Ma Ratchet schnalzte missbilligend mit der Zunge und ging in die Küche, um die Suppe holen.

Als die Suppe in die Teller geschöpft war, wo sie vor sich hin dampfte, und Ma Ratchet sich ihrem Sohn gegenübergesetzt hatte, schlug Ratchet das Wachspapier auseinander, und zum Vorschein kam eine ziemlich mickrige getrocknete Maus. Merlins erwartungsvolles Gurren wurde von Mama Ratchet übertönt.

»Nigel, nein! Ich dulde keine tote Maus an meinem Esstisch. Nein, nein, nein!«

»Gleich ist sie weg«, sagte Ratchet, während er Merlin die Maus anbot. Ein freudiger Schauer überlief den Vogel, er beugte sich vor, und eine Sekunde später war die Maus verschwunden. »Siehst du, Ma? Schon weg«, sagte Ratchet.

»Entweder verlässt der Vogel den Tisch oder ich«, drohte seine Mutter.

Ratchet beschloss, dass seine kleine Rebellion lange genug gedauert hatte. Er stand auf und brachte den müden Vogel an seinen Platz auf dem Regal über den Mänteln. Zufrieden machte Merlin es sich bequem und begann das ernsthafte Geschäft, eine ganze Maus zu verdauen.

Dann taten Ratchet und seine Mutter dasselbe mit der Fischkopfsuppe. Nur das gedämpfte Klirren der Löffel, das Knacken der Fischköpfe und das leise Ploppen von Fischaugen, die in gespitzte Lippen gesaugt wurden, waren zu hören. Als er den letzten Fischkopf hinuntergeschluckt und seinen Löffel abgeleckt hatte, wünschte Ratchet, er hätte nicht jedes Mal den Drang, sich wie ein aufmüpfiger Heranwachsender zu verhalten, wenn er nach Hause kam. Um seine Mutter zu besänftigen, räumte er die Suppenteller ab und holte den Früchtekuchen, den Ma Ratchet immer für ihn buk.

Sie nahm das Friedensangebot an und verkniff sich eine Bemerkung, als Merlin ein kompaktes Päckchen aus Fell und Knochen hervorwürgte. »Ich wünschte, du würdest dir einen netteren Job suchen, Nigel«, sagte sie nur.

Oben auf der Klippe, etwa hundert Meter über Ratchets streitlustigem Abendessen, erreichte Alex einen überwucherten Bahnsteig, auf dem sich ein verwittertes Türmchen mit einem spitzen Dach erhob. Auf dem Türmchen stand in verblichenen Buchstaben: Netzlegerstation.

Alex konnte kaum glauben, dass sie es rechtzeitig geschafft hatte. Am Himmel türmten sich dunkle Wolken auf, doch ein heller Streifen zeigte sich am Horizont, wo es so aussah, als würde die untergehende Sonne in den Ozean tauchen. Am Fuß der Klippen lag das kleine Fischerdorf in der Netzlegerbucht, wo Benn und sie vor wenigen Tagen übernachtet hatten. Alex wusste zwei beruhigende Tatsachen über den Ort: Es gab dort keine Xin, und die Einwohner wirkten freundlich. Sie wusste zwar noch nicht, wo sie schlafen sollte, aber das würde sich schon finden, wenn sie dort war.

Alex verließ den alten Bahnhof und lief über einen überwucherten Pfad zu einem Tor, von dem ein Weg hinunter zur Bucht führte. Sie wollte das Tor gerade öffnen, als das ohrenbetäubende Geräusch von zersplitterndem Glas ertönte. Unwillkürlich hielt sie sich die Ohren zu.

Es war ein Xin.

Alex stürzte durchs Tor, doch gleich dahinter versperrte ihr eine Wand aus nadelspitzen Lichtern den Weg. Sie zögerte kurz, dann rannte sie weiter, denn sie wusste, wenn sie in die sichere Bucht gelangen wollte, musste sie den Xin durchdringen. Sie wusste auch, dass der Xin – wie alle Dämmerungsgeschöpfe, abgesehen vom Falken – das war, was ihr Vater »gebunden« nannte: Er konnte sich nur innerhalb klar umrissener Grenzen bewegen. Die Hände über den Ohren, die Augen zusammengekniffen, drängte sie sich durch die stechenden, herumschwirrenden Lichter, die sich fadenartig zusammenschlossen, um das gefürchtete Netz des Xin zu bilden. Alex stolperte weiter. Sie musste um jeden Preis den Pfad zur Netzlegerbucht erreichen. Doch das Netz ließ sie nicht durch. Es legte sich um sie wie ein Lasso aus Glassplittern und zog sie zum Klippenrand. Verzweifelt kämpfte Alex dagegen an, doch der Xin schlang sich nur noch fester um sie und zog sie weiter. Stechende Schmerzen drangen in ihre Haut.

Schon stand Alex dicht vor dem Klippenrand und blickte auf das Wasser weit unter sich. Die dunkelgrüne Tiefe sah ruhig und einladend aus, und der Gedanke, sich dort hineinzustürzen, damit das unerträgliche Stechen endlich aufhörte, war unwiderstehlich. Während der schrille Gesang des Xin ihr ins Gehirn schnitt und die schmerzhaften Lichtsplitter sie weiter nach vorn stießen, breitete Alex die Arme aus wie ein Vogel.

Und flog.

Ein durchdringender Schrei gellte durch die Luft, gefolgt von einem lauten Platschen. Mama Ratchet sprang auf. »Ach du liebe Zeit, was war denn das?«

Ratchet spähte aus dem Fenster. »Keine Ahnung. Ist wohl irgendein Trottel ins Wasser gefallen.«

»Geh und schau mal nach, Nigel, sei ein guter Junge.«

Seufzend stand Ratchet auf. »Ich bin zweiundvierzig Jahre alt, Ma«, grummelte er vor sich hin, während er aus dem kleinen Häuschen trat, um nachzusehen, was passiert war.

Auf der Hafentreppe hatte sich bereits eine kleine Menschenmenge gebildet. Viele von ihnen zeigten zum Fuß der Klippen, die östlich des Dorfs schroff in die Höhe ragten. Zwei Männer und eine Frau mit einer Laterne ruderten bereits in die Richtung, in die die Finger zeigten. Ratchet beobachtete sie interessiert – es sah tatsächlich so aus, als wäre jemand von der Klippe gestürzt.

Das Licht aus dem Ruderboot durchschnitt die rasch einsetzende Dunkelheit und fiel auf ein kleines, weißes Segelboot am Fuß der Klippen. Es schien leer zu sein. Doch jemand war im Wasser und kämpfte um sein Leben, und Ratchet hörte entfernte Hilferufe. Er sah das Ruderboot an das weiße Segelboot ranfahren, sah die Frau die Laterne dem ersten Ruderer übergeben, ein großes Korkfloß ins Wasser werfen und selbst über Bord springen, um der Person im Wasser zu helfen. Im Hafen war es ganz still, alle warteten ab. Ihr Ruf »Ranziehen!« wurde mit Erleichterung aufgenommen. Zu Ratchets Überraschung war es nicht eine Person, die aus dem Wasser gezogen wurde, sondern zwei. Noch Kinder, dachte er. Bestimmt waren sie als Mutprobe von den Klippen gesprungen. Todessprung, so nannte man das in der Netzlegerbucht – aus gutem Grund.

Ratchet wandte sich verärgert ab. Er war hergekommen, um dem Ärger zu entfliehen, den ein paar blöde Kinder ihm eingehandelt hatten, und jetzt störten ihn auch noch zwei halb ersoffene Quälgeister beim Abendessen. Mürrisch stapfte er zurück ins Haus und verzehrte schweigend den Rest seines Früchtekuchens. Alles, was Mama Ratchet aus ihm herausbekam, war: »Verflixte Rotznasen.« Also überließ sie Ratchet und Merlin ihrer Verdauung und ging selbst nachschauen.

Eine kleine Menschentraube stand oben an der Hafentreppe. Mithilfe ihrer Ellbogen drängte Mama Ratchet sich nach vorne, bis sie einen Rundumblick hatte. Sie sah ein etwa zwölfjähriges, völlig durchnässtes Mädchen, dem das Wasser auf ziemlich abstoßende Weise aus Ohren, Mund und Nase troff, auf dem Boden liegen. Ein Junge, größer und etwas älter, aber ähnlich durchnässt, kniete neben ihr. Ma glaubte, dass er weinte, aber es ließ sich schwer sagen, weil auch von ihm das Wasser troff. Dann setzte sich die neue Hafenwärterin, eine junge Frau namens Kirrin, rittlings auf das Mädchen. Mit jedem Druck auf ihre Brust schoss Wasser aus ihrem Mund, und jedes Mal japsten die Umstehenden auf. Aber es wird nichts helfen, dachte Ma Ratchet. Das hatten sie bei ihrem Mann auch versucht, und es hatte nichts gebracht.

Doch Kirrin gab nicht auf. Sie bewegte sich vor und zurück und drückte Wasser aus der Lunge des Mädchens, als wringe sie einen Schwamm aus. »Bitte … Bitte …«, murmelte der Junge.

Ma Ratchet begann, sich zu langweilen, und sie hatte gerade beschlossen, wieder ins Haus zu gehen und ihren Kuchen aufzuessen, als das ertrunkene Mädchen plötzlich einen ganzen Schwall Wasser aushustete. »Hilf mir, sie aufzusetzen«, sagte Kirrin zu dem Jungen. Aber sie hätte ihn nicht bitten müssen. Er hatte bereits den Arm um das Mädchen gelegt und hob sie sanft nach oben. Das Mädchen stieß einen tiefen Seufzer aus und schnappte nach Luft.

Ein Raunen der Erleichterung ging durch die Menge.

»Alles ist gut, Alex«, sagte der Junge. »Du musst atmen. Ganz langsam.«

»Lass sie husten«, sagte Kirrin zu ihm. »Sie muss das Zeug aus der Lunge kriegen.«

Ma Ratchet fühlte sich betrogen. Warum hatte ihr Albert nicht überlebt? Es war nicht fair.

Sie wollte gerade gehen, als Kirrin zu dem Jungen sagte: »Ich habe noch nie gesehen, dass so viel Wasser rausgekommen ist. Von wo ist sie gesprungen?«

»Sie ist nicht gesprungen. Sie wurde geschubst«, sagte der Junge.

Die Leute schnappten nach Luft.

»Geschubst?«, wiederholte Kirrin und schwang auf die Fersen zurück. »Wer würde so was tun?«

»Nicht *wer*«, sagte der Junge. »*Was.* Der Xin.«

Ein entsetzter Aufschrei ging durch die Menge und überall tuschelte es *Xin … Xin …*

Kirrin, die dem Mädchen den Rücken gerieben hatte, zog die Hände weg, als hätte sie sich verbrannt. Sie stand auf und wischte sich die Hände an der nassen Hose ab, als wären sie verunreinigt. »Ist sie … ein Blenderkind?«

Der Junge erhob sich ebenfalls und sah Kirrin in die Augen. Er wirkte wütend. »Sie – *Alex* – ist ein Mensch wie Sie und ich. Nur darauf kommt es an.«

»Das klingt nach einem Ja«, knurrte Kirrin. Sie richtete sich an die Dorfbewohner: »Wir können hier keine Blenderin gebrauchen. Sie wird den Xin runterlocken. Sie muss gehen.«

»Seien Sie nicht albern!«, rief der Junge aufgebracht. »Sie ist nicht in der Verfassung, irgendwo hinzugehen.«

Kirrin achtete nicht auf ihn. »Das Mädchen muss weg«, sagte sie zu der wachsenden Menge. »Seid ihr meiner Meinung?«

Sowohl beifälliges als auch ablehnendes Gemurmel erhob sich, doch Ma Ratchet hatte genug gesehen. Ihr kleines Häuschen stand mit dem Rücken zur Klippe, und sie wollte sicher dort drinnen sein, bevor der Xin noch näher kam. Sie marschierte ins Haus, knallte die Tür zu und schob die Riegel vor.

»Was ist los, Ma?«, fragte Ratchet.

»Verflixte Blenderkinder da draußen. Kirrin hat ihnen gesagt, dass sie hier verschwinden müssen. Und zwar sofort.« Ma Ratchet spähte aus dem Fenster. »Ich wünschte, sie würden in die Gänge kommen. Gleich haben wir den Xin hier unten.«

»Ach, Ma. Du weißt doch, dass die Xin an die Klippen gebunden sind. Die können nicht hier runter.«

»Komm mir nicht mit *Ach, Ma,* Nigel! In den letzten zwei Nächten sind die Xin näher gekommen. Ich hab sie die ganze Zeit singen und klingen und plingen gehört. Geht durch Mark und Bein, sag ich dir. Wir hatten erst heute Nachmittag eine Besprechung deswegen. Wir vermuten, dass irgendwas hier war, was sie angelockt hat.«

»Ach ja?«, sagte Ratchet.

»Ja. Vor ein paar Tagen waren zwei Kinder hier. Sind aus dem Nichts in einem kleinen weißen Boot aufgetaucht. Maddie von nebenan hat ihnen was zu essen verkauft, die alte Gans. Na, jedenfalls, wir vermuten, dass sie die Xin runtergelockt haben.«

»In einem weißen Boot?«, wiederholte Ratchet und dachte an das kleine Boot, das er am Fuß der Klippen gesehen hatte. »Zwei Kinder? Soso. Ich frage mich …«

»Ich frage mich überhaupt nichts, Nigel. Natürlich sind es Blenderkinder! Warum sollten die Xin sie sonst über die Klippen stoßen, hä?«

Ratchet sah seine Mutter nachdenklich an. »Ja, warum?«, murmelte er. Er stand auf, schob seinen Stuhl zurück und ging zur Tür. Merlin auf seinem Ausguck musterte ihn schläfrig mit einem Auge. Ratchet schob die Riegel an der Tür zurück.

»Nigel! Was machst du?«, rief Ma.

»Ich hole die beiden Blenderkinder und bringe sie hierher.«

»Das tust du nicht. Nigel, bleib stehen! Bleib stehen, sage ich!« Doch nicht einmal Ma Ratchets strengster Tonfall zeigte Wirkung. Ratchet zog die Tür auf und marschierte hinaus.

Ma Ratchet blickte ihm mit einer unguten Vorahnung nach. Jeder wusste, dass nichts Gutes dabei herauskam, wenn man sich mit Blendern abgab. Und auch diesmal würde nichts Gutes dabei herauskommen, da war sie sicher.

25. Kapitel

UNLIEBSAME GÄSTE

Benn hockte neben Alex inmitten eines Kreises feindselig dreinblickender Dorfbewohner.

Alex hustete und spuckte noch immer Wasser, was Benn als gutes Zeichen wertete – je weniger Wasser in ihrer Lunge war, desto besser. Sie hatte allerdings auch begonnen, unkontrolliert zu zittern, was Benn überhaupt nicht gefiel. Sie musste unbedingt an einen warmen Ort, hier draußen an der Hafenmauer, wo der Wind aufzufrischen begann, konnte sie nicht bleiben. Doch die junge Frau, die sie gerettet hatte – sie hieß wohl Kirrin – wollte, dass sie gingen. Und sie schien hier das Sagen zu haben.

Kirrin blickte Benn mit vor Misstrauen schmalen Augen an. »Die Ruderer holen euer Boot zurück. Und dann müsst ihr sofort von hier verschwinden.«

Benn stand auf. »Alex wäre beinahe ertrunken. Sie ist eiskalt. Sehen Sie doch, wie sie zittert! Sie muss sich dringend aufwärmen. Und abtrocknen. Sie können uns jetzt nicht aufs Meer schicken. Es ist zu kalt. Sie … sie würde es nicht überleben.« Benns Stimme zitterte, während ihm die Wahrheit seiner Worte so richtig klar wurde. Alex würde die Nacht in dem offenen Boot nicht überstehen.

Doch Kirrin ließ sich nicht erweichen. »Ihr seid hier nicht willkommen. Ihr lockt nur die Xin zu uns. Ihr beide müsst jetzt gehen. Entweder im Boot, oder wir stoßen euch von der Hafenmauer.«

»Aber sie sind doch noch Kinder! So alt wie meine Enkel«, protestierte ein alter Fischer.

Kirrin herrschte ihn an: »Gut. Dann nimm du sie bei dir auf. Wenn heute Nacht die Xin über die Netzlegerbucht herfallen, wissen wir ja, wer schuld ist.«

Der alte Fischer murmelte etwas in seinen Bart und blickte auf seine Stiefel. Doch nun meldeten sich andere in der Menge zu Wort. *Wir wären nicht besser als die Xin, wenn wir sie heute Nacht aufs Meer schickten! … Brr, es ist bitterkalt da draußen … Der Wind frischt auf … Wollen wir etwa, dass die Netzlegerbucht als Ort bekannt wird, an dem hilflose Kinder in einem löchrigen alten Kahn aufs Meer geschickt werden?*

Benn hätte am liebsten eingeworfen, dass Molly weder löchrig noch alt war, doch er verkniff es sich.

»Ihr bringt uns alle in Gefahr«, sagte Kirrin.

»Lasst uns abstimmen!«, rief jemand, und die anderen fielen ein. »Abstimmen! Abstimmen!«

»Na schön«, sagte Kirrin. »Als Hafenwärterin rufe ich eine sofortige Abstimmung aus. Diejenigen, die wollen, dass die Netzlegerbucht ein sicherer Ort bleibt –«

»Schämen Sie sich, Hafenwärterin!«, rief ein junger Mann dazwischen. »Das ist eine Fangfrage. Wir alle wollen, dass unser Dorf ein sicherer Ort bleibt. Aber nicht um den Preis des Lebens zweier unschuldiger Kinder.«

»Dann mach du es besser«, gab Kirrin verärgert zurück.

Alle Augen richteten sich auf den jungen Mann, dessen Gesicht rot anlief. Aber er machte keinen Rückzieher. »Alle, die dafür sind, dass die Kinder heute Nacht hierbleiben dürfen, heben die Hand.« Alle Hände hoben sich, nur Kirrins nicht.

»Und jetzt alle, die dagegen sind.«

Kirrin hob die Hand.

»Tut mir leid, Hafenwärterin«, sagte der junge Mann. »Die Kinder bleiben.«

»Und bei wem?«, fragte Kirrin. »Wer möchte, dass die Xin heute Nacht an sein Fenster klopfen?«

Benn sah die vielen Gesichter im Laternenlicht nachdenklich werden.

Da ertönte eine raue Stimme, die Benn irgendwie bekannt vorkam, aus den hinteren Reihen. »Ma kann sie aufnehmen. Sie hat ein Gästezimmer. Und Läden vor den Fenstern.«

»Nigel Ratchet?«, fragte Kirrin überrascht. »Bist du das?«

»Ja. Ich bin das. Wie gesagt. Ma kann sie heute Nacht bei sich aufnehmen.«

»Also gut.« Kirrin wandte sich an Benn und Alex. »Der Herr bringt euch zum Haus seiner Mutter. Und morgen bei Tagesanbruch reist ihr ab, verstanden?« Damit machte sie auf dem Absatz kehrt und marschierte davon.

Schweigend löste sich die Menschenmenge auf, bis nur noch Ratchet, Benn und Alex übrig waren. Ratchet musterte seine Gäste zufrieden. Es waren, wie er erwartet hatte, dieselben Blenderkinder, die von der Schakalerie nach Rekadom gebracht worden waren. Die Blenderkinder, die sich unsichtbar gemacht hatten und entkommen waren. Er grinste. Da hatte er ja einen schönen Fang gemacht. »Kommt«, sagte er. »Gehen wir zu meiner Ma.«

Benn wäre erleichtert gewesen, hätte er ihren Gastgeber nicht erkannt. Das war der Mann, der in Rekadom »Dark! Dark!« geschrien hatte, und Benn hegte großes Misstrauen gegen alle aus Rekadom. Aber was konnte er tun? Alex schlotterte am ganzen Körper – sie musste sich aufwärmen. Es würde schon gut gehen, sagte er sich. Sie mussten nur die Nacht überstehen.

Benn nahm Alex' Arm, und langsam folgten sie Ratchet durch den Hafen bis zum letzten Haus in einer Häuserreihe, die sich eng an die Felswand schmiegte. Ratchet stieß die Tür auf und rief: »Ma! Besuch für dich!«

Ma Ratchet musterte Benn und Alex voller Argwohn. »Das sehe ich, Nigel. Das sehe ich.«

Nigel verzog das Gesicht. Er wünschte, seine Mutter würde ihn vor Leuten aus Rekadom nicht »Nigel« nennen. »Also, Ma«, sagte er laut. »Kannst du ihnen das Hinterzimmer zurechtmachen? Und ein Feuer anzünden? Das Mädchen ist halb erfroren.«

»Wenn du meinst, Nigel«, sagte Ma Ratchet kühl. Sie wandte sich an Benn und Alex. »Kommt mit.«

»Danke«, flüsterte Benn.

Sie folgten Ma Ratchet durch die kleine Küche in eine enge Kammer an der Rückseite des Hauses. Dort waren zwei breite, niedrige Regale, ein Stapel alter, mit Seegras bedeckter Krebsreusen und ein kleiner, dickbäuchiger Ofen. Die Rückseite des Raums bildete die nackte Felswand, die mit einem feuchten Film überzogen war, und

Benn stellte fest, dass das einzige, kleine Fenster ziemlich weit oben war. Der ganze Raum war kalt, feucht und beklemmend. »Ihr könnt euch auf die Regale hier legen«, sagte Ma Ratchet. »Ich bringe euch Decken und Kissen. Und ihr braucht wohl auch trockene Sachen.«

»Danke«, sagte Benn wieder.

Ma Ratchet verließ den Raum, und er hörte sie rufen: »Nigel! Hol ein paar Holzscheite, ja?«

Zitternd vor Kälte ließ Alex sich auf das nächste Regal sinken. Benn setzte sich neben sie, legte den Arm um sie und rieb ihr die Schultern, um wenigstens ein bisschen Wärme in sie zu bringen. Sie war eiskalt. »Geht's?«, fragte er.

Da ihre Zähne so heftig klapperten, dass sie nicht sprechen konnte, nickte sie nur.

Ma Ratchet kam mit einem Stapel muffiger Decken und alter Kleider zurück. Wortlos half Benn ihr, die Kammer etwas wohnlicher zu machen. Er schichtete Holz in den Ofen und zündete ein Feuer an, er half, die Betten auf den Regalen zu machen, und dann ließ er sich für eine Weile in die Küche scheuchen, während Ma Ratchet Alex ein langes wollenes Nachthemd überzog, das ihr etwa zehn Nummern zu groß war. Ma Ratchet legte die nassen Sachen über eine Stange beim Ofen, bis auf die grüne Schärpe, von der Alex sich nicht trennen wollte.

In der Küche roch es, so wie überall im Haus, nach altem Fisch, doch Benn war zu erschöpft, um sich daran zu stören. Er saß auf einem Stuhl vor dem Herd und verdaute die Ereignisse des Tages. Das Entsetzen, das ihn gepackt hatte, als er Alex von der Klippe hatte stürzen sehen, steckte ihm noch in den Knochen, doch die Freude darüber, dass sie am Leben war – und dass er sie gefunden hatte, als er geglaubt hatte, sie nie wiederzusehen – überwog. Er war in Gedanken versunken, als sich die Tür aus der Wohnstube öffnete und der Mann aus Rekadom hereinkam. Er machte die Tür zu und lehnte sich dagegen, als wolle er Benn daran hindern, zu gehen. »Also«, sagte er und ließ das kleine Wort wie eine Anschuldigung klingen.

Benn schwieg.

»Also … deine Freundin ist von einem Xin angegriffen worden, ja?«

Benn schluckte. Er fühlte sich wie bei einem Verhör.

»Du weißt, dass die Xin nur Blender anfallen«, fuhr Ratchet fort. »*Normale* Menschen lassen sie in Ruhe.«

»Alex *ist* ein normaler Mensch«, sagte Benn wütend.

»Aha, *Alex* heißt sie also. Und wie lautet ihr Nachname, hm?«

Benn ging ihm nicht in die Falle. »Geht Sie nichts an«, knurrte er.

»Komischer Name – Alex Gehtsienichtsan«, sagte Ratchet. »Na dann. Schlaf schön.« Und damit verließ er die Küche und schloss die Tür hinter sich.

Ma Ratchet kam aus der Abstellkammer. »Deine Freundin schläft«, sagte sie. »Für dich ist es jetzt auch Zeit. Ihr müsst morgen früh abreisen.«

Benn nickte. »Ja. Werden wir.«

Ma Ratchet erwischte sich dabei, dass Benn ihr leidtat. Er sieht so erschöpft aus, dachte sie. Sie schnitt eine Scheibe Brot ab und strich dick Butter darauf. »Die kannst du mit ins Bett nehmen. Sieht so aus, als könntest du sie brauchen.«

Benn lächelte überrascht. »Oh! Danke!«

»Gern geschehen. Fahrt ihr morgen nach Hause?«

Benn nickte.

»Weite Reise?«, fragte Ma.

»Ins Zitronental. Den Fluss hoch bis zum Rundhaus.«

»Hui, das ist wirklich eine weite Reise. Na dann, gute Nacht.«

Benn ging in die Abstellkammer und machte leise die Tür hinter sich zu, um Alex nicht zu wecken. Bis auf den schmalen Lichtstreifen, der durch den Spalt unter der Tür fiel, war es komplett dunkel. Während er auf dem Regal saß und sein Butterbrot aß, hörte er das leise Scharren eines Schlüssels, der langsam im Schloss gedreht wurde. Er wartete einen Moment, dann stand er auf und schlich auf Zehenspitzen zur Tür. Es war, wie er vermutet hatte – die Tür war abgeschlossen. Leise ging er zu seinem Regal zurück, auf dem ein paar grobe Decken und ein altes – aber glücklicherweise sauberes – Nachthemd lagen. Er hängte seine Sachen über einen Stuhl neben dem Ofen, zog das Hemd über und vergrub sich, nun selbst völlig durchgefroren, unter den Decken. Dort lag er und lauschte.

Er hatte keinen Zweifel mehr, dass dieses Haus ein gefährlicher Ort war – der rotgesichtige Mann aus Rekadom hatte das nur allzu klargemacht. Benn hörte schwere Schritte in der Küche, kroch unter die Decken und tat so, als würde er schlafen. Er hörte, dass jemand an der Tür zog, und dann Ma Ratchets gereizte Stimme: »Ich habe doch gesagt, dass sie abgeschlossen ist, Nigel!«

»Ich schau ja nur«, ertönte die Antwort. »Diese Gelegenheit darf ich mir nicht entgehen lassen, Ma.«

»Ich begreife nicht, was es dir bringen soll, die Blenderkinder nach Rekadom zurückzubringen, Nigel«, entgegnete Ma. »Ich dachte, der König will, dass alle Blender aus Rekadom verschwinden. Was hat er davon, wenn du sie zurückschleppst?«

»Hab ich doch schon gesagt, Ma! Bartlett läuft rum und behauptet, dass meine neue Falkenreiterin eine Blenderin ist. Sie lässt mich schlecht dastehen! Außerdem ist es gefährlich, wegen Beherbergung von Blendern angeklagt zu werden. Aber wenn ich die *echten* Blenderkinder zurückbringe, ist das der Beweis, dass ich niemanden beherberge. Und Bartlett steht als Idiotin da. Verstehst du?«

»Das klingt in meinen Ohren alles ziemlich kompliziert, Nigel. Ich mache dir am besten erst mal einen schönen heißen Kakao, hm?«

Benn lauschte dem Klappern von Geschirr, während der Kakao zubereitet wurde, und ihm lief das Wasser im Mund zusammen. Er hätte so gerne auch einen Kakao gehabt.

Plötzlich sagte Ma Ratchet: »Aber sie werden nicht mitkommen wollen.«

»Was?«

»Die beiden Kinder. Sie wollen nicht nach Rekadom.«

Ratchet gluckste. »Es wird ihnen nichts anderes übrig bleiben, Ma. Ich habe Merlin gerade zum König geschickt. Mit der Bitte, gleich morgen früh die Schakalerie herzuschicken.«

»Die Schakalerie! Hierher?«, rief Ma Ratchet entsetzt.

»Jep. Sie werden die Kinder zurückbringen und zur gleichen Zeit mein Problem mit Bartlett lösen. Zwei Vögel mit einem Stein, stimmt's, Ma? Mit Merlin sogar drei Vögel, hehe. Vielleicht sogar vier. Denn – hör zu, Ma, das ist richtig schlau …« Ratchet senkte die Stimme, und Benn kroch aus dem Bett und schlich auf Zehenspitzen zur Tür, um Ratchets immer noch ziemlich lautes Flüstern besser zu hören. »Ich habe dem König geschrieben, dass es die letzten beiden Blender im ganzen Land sind. Wenn er die Kinder hat, wird er mit dem ganzen verrückten Kram mit dem Falken aufhören, verstehst du? Und dann ist es ganz egal, ob die Fliegerin eine Dark ist oder nicht, denn wir brauchen gar keine Flieger mehr. Und keinen Falken. Und ich kann mich wieder schön um ganz normale Jagdvögel kümmern.«

Ma Ratchet wirkte nicht überzeugt. »Aber wird der König dir glauben, Nigel? Dass es die beiden letzten sind?«

»Klar wird er mir glauben, Ma. Weil ich nämlich das geheime Passwort gebraucht habe«, erwiderte Ratchet. Das Knistern von Papier war zu hören. »Siehst du? Ich habe es erst gestern in der Spionagezentrale erneuert. Ist das nicht ein Glück?«

»Das hoffe ich, Nigel. Ein bisschen Glück könnten wir alle brauchen, denn Blender bringen Unglück, wie du weißt. Und dank dir haben wir heute Nacht gleich zwei von ihnen unter unserem Dach.«

Ratchet kicherte. »Morgen früh sind sie weg, Ma. Abgeholt von der Schakalerie.«

»Was für ein Glück«, sagte Ma Ratchet.

Benn hatte genug gehört. Schaudernd schlich er durchs Zimmer, schlüpfte wieder ins Bett und wickelte sich in die Decke. Er lag auf dem harten Regal, starrte zur Decke und lauschte dem Knarren der Treppe, als Ma Ratchet und ihr Sohn nach oben in ihre Schlafzimmer gingen. Er wartete, bis das Tappen über seinem Kopf verstummt war, dann stand er auf und huschte zu den Krebsreusen. Eine nach der anderen stapelte er unter das kleine hohe Fenster. Ganz nach unten legte er fünf Reusen, darauf stellte er drei weitere, dann zwei und zuletzt eine. Es war eine wacklige Pyramide, doch sie reichte beinahe bis zum Fenster hinauf, und Benn war mit seiner Arbeit zufrieden. Er betrachtete Alex, die tief und fest schlief. Am liebsten hätte er sie sofort geweckt und aus diesem Gefängnis befreit. Doch er wusste, dass sie sich ausruhen und aufwärmen musste, und Ratchet hatte gesagt, dass die Schakale erst am Morgen kommen würden. Er musste geduldig sein. Er legte sich wieder auf sein hartes Regal und vergrub sich unter den Decken. Und unversehens war er auch schon eingeschlafen.

26. Kapitel

MERLINS MISSION

Mit einem kleinen Metallröhrchen in der Klaue flog Merlin durch die Nacht, fort von den Klippen, wo gelegentlich ein Lichtstrahl der Xin durch die Dunkelheit blitzte. Merlin war klein für einen Raubvogel, doch mit seinen runden schwarzen Augen konnte er auch nachts hervorragend sehen. Ratchet hatte den Zwergfalken mit mehr Liebe aufgezogen, als er je einem Menschen entgegengebracht hatte, mit der Folge, dass Merlin sich für ein kleines, geflügeltes menschliches Wesen hielt. Er verstand das meiste, was Ratchet zu ihm sagte, und ihm war nicht klar, dass sein Gepiepse und seine Kopfbewegungen, mit denen er seinem Herrn antwortete, nicht das Gleiche wie menschliche Sprache waren.

Der kleine, kräftige Vogel, der – mit den Sternen über sich und dem Duft des Ozeans unter sich – dahinflog, hatte seine Mission voll und ganz begriffen. Merlins kleines Vogelherz klopfte vor

Freude, als er durch die kalte Nachtluft glitt, er genoss seine Freiheit und verschwendete keinen weiteren Gedanken an das klamme, enge, angsterfüllte Haus, das er hinter sich ließ.

Nachdem er zwei Stunden lang stetig geflogen war, schoss Merlin im Sturzflug durch die Dunkelheit, geradewegs auf das schwach erleuchtete Fenster mit den bunten Scheiben ganz oben im Goldenen Turm zu. Etwa zehn Meter vor seinem Landeplatz breitete er die Flügel aus, lehnte den Oberkörper zurück und streckte die Beine aus, wobei er die Klauen weiter gekrümmt hielt, obwohl sein Instinkt ihm riet, sie auszubreiten, als wolle er nach einer Beute greifen. Merlin war gut abgerichtet und wusste, dass er die kostbare Kupferröhre auf keinen Fall verlieren durfte. Der steinerne Landevorsprung lag nun direkt unter ihm, und Merlin positionierte sich über der kleinen Mulde, von der eine Rinne abging: Durch eine Öffnung am Fuß des Fensters führte sie ins Innere des Turms. Im Schwebeflug senkte er sich wenige Zentimeter über die Mulde und öffnete die Klauen. Das Kupferröhrchen landete mitten in der Mulde, und Merlin sah es langsam durch die Rinne rutschen und in der kleinen bogenförmigen Öffnung unter dem Fenster verschwinden. Wenige Sekunden später hörte er das laute *Bing* einer Glocke und landete sauber auf dem Vorsprung. Dort wartete er geduldig darauf, dass jemand kam, um ihm die Antwort zu übergeben.

Merlin musste lange warten. König Belamus schlief, genau wie der Schakal am Fußende seines Betts. Als das Glöckchen bimmelte, fuhr der Schakal auf und begann planlos herumzuschnüffeln, viel zu verschlafen, um sich an die Bedeutung des Geräuschs zu erinnern. Als jedoch das Kupferröhrchen klappernd durch die Rinne rutschte und auf dem königlichen Kissen landete, sprang der Schakal zum König und stellte sich neben ihn, während lange Geiferfäden auf die samtene Bettdecke tropften.

Triefäugig setzte sich der König auf und sah den Schakal ängstlich an. »Was ist los?«, fragte er. »Was ist passiert? Ach du meine Güte! Ein Blender ist hier, nicht wahr? Zu Hilfe! Zu Hilfe!«

Der König sprang aus dem Bett, und das Kupferröhrchen flog durch die Luft und landete mit einem metallischen Klirren auf dem Boden. Der König erhaschte einen Blick darauf, bevor es unters Bett rollte. »Ein Geschoss!«, kreischte er.

Der Schakal sah zu, wie sein Herr zurück ins Bett hechtete und zu einem bebenden Klumpen unter der Bettdecke wurde. Während er abwartend dastand und sich fragte, was er tun sollte, erwachte ein Funke von Geringschätzung für seinen Anführer in ihm. Das Kupferröhrchen rollte auf der anderen Seite des Betts wieder hervor, und der Schakal setzte sich in Bewegung. Er sprang ums Bett herum, machte einen Bocksprung über das zitternde Hinterteil des Königs und schnappte sich das »Geschoss«. Dann richtete er sich wieder auf und rollte das Röhrchen zwischen Daumen und Zeigefinger. Respektvoll tippte er den Klumpen unter der Decke an, der einen schrillen Schrei von sich gab: »Geh weg! Geh!«

Der Schakal, gehorsam wie immer, wich zurück und verbrachte die nächsten zehn Minuten wartend im Schatten, so weit vom König entfernt, wie es möglich war, ohne den Raum zu verlassen. Denn das war verboten. Endlich begann sich der Klumpen unter der Decke zu regen. Langsam streckte er sich wie eine sich entrollende Schlange, und ein zerzauster Kopf lugte hervor. Wachsam suchte König Belamus sein Schlafgemach ab. Er wünschte, es wäre nicht mit so vielen dunklen Wandteppichen behängt, hinter denen sich eine ganze Armee von Blendern verbergen konnte. Gleich morgen früh würde er sie abhängen lassen, nahm er sich vor. Der König setzte sich auf und entdeckte die reglose weiße Schnauze des Schakals, der ihn nicht aus den Augen ließ. Daraufhin entspannte er sich ein bisschen. Der Schakal hätte jeden Blender längst erschnüffelt, das war sicher. Weil er sich unter dem reglosen Blick des Schakals albern vorkam, bellte er: »Steh nicht so dumm rum! Bring mir einen Erdbeerlikör!«

Der Schakal senkte den Kopf. Doch anstatt in die kleine Kammer zu gehen, die hinter einem der Wandteppiche lag und in der Likör, Schokolade, gezuckerte Nüsse und Zimtknusperchen für den naschhaften König aufbewahrt wurden, ging er auf den König zu.

Einen entsetzlichen Augenblick lang dachte der König, der Schakal würde ihn töten, denn in seinen Augen lag ein kalter, verächtlicher Ausdruck. Der König wich zurück und zog die Decke bis über die Nasenspitze. »Nein …«, flüsterte er. »Nein … Bitte nicht …«

Der Schakal blieb vor dem König stehen und überlegte, ob der König die Botschaft vielleicht nicht haben wollte. Doch das Zurückhalten einer Botschaft war ein schweres Vergehen, und deshalb streckte er die Hand mit den langen, hundeartigen Krallen aus und ließ das Röhrchen auf die samtene Decke fallen, wo es in die kleine Vertiefung zwischen den königlichen Knien kullerte. Der König starrte das Röhrchen einige Sekunden lang an und rechnete damit, dass es jeden Moment explodieren würde. Dann erst begriff er, worum es sich handelte.

Er griff nach dem Röhrchen und schraubte den glatten Deckel aus Ebenholz ab, und ein eng zusammengerolltes Papier fiel heraus.

Belamus entrollte es und hielt das hauchdünne Papier ins Kerzenlicht. Ratchets kleine, präzise Handschrift zeichnete sich dunkel vor dem Licht ab.

Empfänger: König Belamus der Große
Überbracht von: Merlin dem Falken, Königlicher Vogel
Gesendet von: Ratchet. Königlicher Botschafter
BBP: ENANABTSITTELTRAB
Botschaft: Ich habe die Ehre, Euer Hochwürden zu informieren, dass ich heute Abend die beiden letzten Blender in Eurem Reich gefangen genommen habe. Sie harren ihrer Abholung in der Netzlegerbucht, Hafengasse 13. Bitte schickt die Schakalerie zur Ankunft bei Morgengrauen.

Der König las die Botschaft dreimal hintereinander und wagte es kaum, ihren Inhalt zu glauben. »Die beiden letzten Blender in meinem Reich«, murmelte er. »Genau das hat die Spionin auch gesagt.« Er dachte noch eine Weile nach und begann zu zweifeln. »Aber was, wenn es eine Falle ist? Vielleicht ist es am Ende bloß ein schmutziger Trick, um meine letzten Schakale in einen Hinterhalt zu locken. Und mich wehrlos zu machen. Was, wenn ein Blender die Nachricht geschickt hat?« Er musterte die Botschaft erneut und suchte nach dem Passwort. Wenn es stimmte, musste die Botschaft von einem Königlichen Botschafter stammen und von einem Königlichen Vogel überbracht worden sein. Belamus nahm Bleistift und Papier von seinem Nachttisch, schrieb das Passwort ab, faltete das Papier dreimal zusammen, versiegelte es mit Wachs und reichte es entschlossen dem Schakal. »Schakal, Passwort überprüfen. Zack-zack!«

Der Schakal nahm das Papier in Empfang und eilte davon. Fünf Minuten später hämmerte er an die Tür der Alten Uhrmacherei und ließ ein markerschütterndes Geheul ertönen.

Vera Watchet blickte aus dem Fenster und spürte die Angst in sich aufsteigen. Sie war sicher, dass man sie holte, um sie in den Kerker zu werfen. Sie hatte zwar keine Ahnung, warum, aber sie wusste, dass in Rekadom jeder in den Kerker kommen konnte. Die meisten Bewohner der Stadt waren auch tatsächlich dort gelandet.

Sie griff nach ihrer Notfalltasche – wie alle in Rekadom hielt sie stets eine kleine Tasche mit Dingen bereit, von denen sie glaubte, dass sie ihr im Kerker nützlich sein könnten – und drückte ihrer schlafenden Katze Terence einen tränenreichen Abschiedskuss auf den Kopf. Terence, die träumte, dass Vera Watchet eine vorwitzige Maus war, versetzte ihrer Nase einen Schlag mit der Tatze. Mit schmerzender Nase eilte Vera die dunkle Treppe hinunter und öffnete angstvoll die Tür. Zu ihrer großen Überraschung packte der Schakal sie nicht. Er drückte ihr nur ein zerknittertes Stück Papier in die Hand. Vera starrte es ratlos an. Dann jedoch sah sie das königliche Siegel, und ihre Hände begannen zu zittern. Der Schakal wurde ungeduldig. Er knurrte und schob eine Klaue unter das Siegel. Vera zuckte zurück, als sie seinen Atem roch, und sah zu, wie er das Siegel aufbrach und das Papier auseinanderfaltete. Vera las:

Ich, Vera Watchet, Beamtin des Königlichen Spionage- und Geheimdienstes, bestätige hiermit, dass das aktuelle und wahre Botschafter-Bestätigungs-Passwort wie folgt lautet:

ENANABTSITTELTRAB

Unterzeichnet: ....

Vera las das Passwort dreimal, um ganz sicher zu sein. Das dritte Mal las sie es rückwärts, und erst jetzt begriff sie die Bedeutung von Ratchets Passwort. Und sie begriff, warum sie abgeholt wurde – sie hatte das heilige Büro des Königlichen Spionage- und Geheimdienstes entwürdigt, indem sie ein so albernes Passwort zugelassen hatte. »Ich … ich bitte um Verzeihung«, stammelte sie. »Ich habe es nicht gesehen. Der Oberste Falkner hat darauf bestanden. Oh!«

Ein kurzes Bellen des Schakals ließ sie verstummen. Er riss ihr den königlichen Brief aus der Hand und tippte mit der Klaue auf die Stelle, die auf Veras Unterschrift wartete. »Oh. Ja. Natürlich«, flüsterte sie, überzeugt, dass dies ihr Ende war. Der Schakal reichte ihr einen Stift, und mit zitternden Fingern schrieb Vera ihren Namen. Mit dieser Unterschrift, das wusste sie, besiegelte sie ihr Schicksal. Der Schakal schnappte sich das Papier, faltete es zusammen und steckte es in die geräumige Tasche seines langen roten Umhangs. Vera fiel auf die Knie, schlug die Hände vors Gesicht und schluchzte: »Bitte vergebt mir … Ich flehe Euch an … Habt Erbarmen …«

Keine Antwort. Nach einer Weile blickte Vera auf und stellte fest, dass die Straße verlassen war. Der Schakal war verschwunden. Da sie nicht wusste, was sie tun sollte, wartete sie – sie wollte nicht beschuldigt werden, sich der Verhaftung entzogen zu haben. Doch die leere Straße blieb leer, und erst als das dunkle Blitzen des Häckslers sich in ihre Richtung bewegte, wagte Vera, die Tür zu schließen. Und zu verriegeln. Und die Kette vorzulegen. Und dann, nachdem sie sehr wacklig die Treppe hochgestiegen war, auch noch die Schlafzimmertür abzuschließen. Dort blieb sie eine ganze Woche lang, bis sie nichts mehr zu essen hatte, Wasser aus der

Blumenvase trinken musste und Terence sich schon längst aus dem Staub gemacht hatte, um bei den Nachbarn zwei Häuser weiter zu wohnen.

Oben im Goldenen Turm prüfte der König die zittrige Unterschrift, die bestätigte, dass das Passwort korrekt war. Langsam breitete sich ein Lächeln auf seinem Gesicht aus, als er die Bedeutung der Botschaft erfasste. Im ganzen Reich gab es nur noch zwei Blender. Na gut, drei, wenn man die Kröte RavenStarr mitzählte, aber die hatte er ja schon geschnappt. Er musste also nur noch diese beiden kriegen.

Belamus überlegte, was zu tun war. Das Problem war, dass ihm langsam die Schakale ausgingen. Einen hatte er tot vor RavenStarrs Tür gefunden – er war sicher, dass der alte Magier etwas damit zu tun hatte. Ein anderer war von den Krähen im Torhof angefallen worden und hinkte jetzt – die anderen Schakale würden ihn nicht mehr lange verschonen. Er hatte also noch drei gesunde Schakale und das Krähenopfer. Belamus traf eine Entscheidung. Er würde das Krähenopfer als Leibwächter bei sich behalten, sodass es noch ein paar Tage vor seinem Rudel in Sicherheit war. RavenStarr hätte dann zwar keinen Wächter mehr, aber darauf musste er es wohl ankommen lassen.

Belamus sprang von dem Bett, schnappte sich seine Flügelkrone und setzte sie sich schwungvoll auf den Kopf. Dann richtete er sich so hoch auf, wie er konnte, und befahl dem Schakal: »Hol das Krähenopfer! Er soll von jetzt an mein Leibwächter sein.«

Der Schakal knurrte missbilligend. Der Posten des Königlichen Leibwächters gebührte dem Leittier. Und nicht dem schwächsten des Rudels.

Doch Belamus war nicht zu Diskussionen aufgelegt. »Wirst du wohl hören, du Hundesohn! Bring ihn her.«

Der Schakal verschwand mürrisch und kam zehn Minuten später mit seinem eingeschüchterten, zerrupften und zitternden Kollegen zurück. Beim Anblick des Königs warf der sich auf den Boden und winselte. Belamus schob ihn mit dem Hausschuh beiseite und wandte sich an den anderen Schakal: »Du leitest jetzt eine Mission. Nimm den Rest des Rudels mit dir. Du musst auch den holen, der den Blender bewacht. Nehmt jeder einen Speer mit und zwei Kutschen mit Käfigen. Fahrt in die Netzlegerbucht. Hafenreihe Nummer 13. Bei Ratchet. Die beiden Blenderbälger, die ihr dort finden werdet – einen Jungen und ein Mädchen – bringt ihr in den Kerker. Hast du verstanden? Wen sollt ihr holen? Nicht die Ratchets! Den *Jungen* und das *Mädchen*.«

Der Schakal senkte den Kopf, um zu signalisieren, dass er verstanden hatte.

»Du wirst nicht scheitern!«

Der Schakal, besänftigt durch seine neue, wichtige Mission, verbeugte sich tief. Dann sprang er aus dem Raum, und sein roter Umhang schleifte hinter ihm über den Teppich.

König Belamus trat an das Buntglasfenster und nahm aus einer kleinen Schachtel auf der Fensterbank einen sogenannten Beleg – ein silbernes Stäbchen, an dessen Ende eine geflügelte Krone eingraviert war. Er schob es durch die Öffnung und fühlte, dass der Vogel es auf der anderen Seite in Empfang nahm. Belamus gluckste. Er hatte ganz vergessen, was für ein Spaß es war, Botschaften zu verschicken. Es erinnerte ihn an die Zeiten, als er und sein alter Freund Hagos viele Male am Tag Botschaften hin- und hergeschickt hatten. Schnell schob Belamus den Gedanken beiseite. Dazu würde es nie wieder kommen – denn schon bald würde es keinen Hagos mehr geben.

Hagos konnte nicht schlafen. Er musste immerzu an Alex denken, und er blickte unruhig zum alten Botschafterfenster mit der bunten Glasscheibe hinüber, die vom Licht einer Laterne erhellt wurde. Überrascht sah er einen Falken vom Landeplatz abfliegen. Wem schickt der König eine Nachricht? fragte er sich. Der Einzige, der noch einen Briefvogel besaß, war der grässliche Ratchet. Hagos runzelte die Stirn. Da war irgendetwas im Busch. Er blickte dem kleinen Vogel nach, bis er im Sternenhimmel verschwunden war, dann starrte er wieder über die See und quälte sich mit der Frage, wo Alex sein mochte.

27. Kapitel

SCHAKALE IN DER BUCHT

Eiserne Räder wirbelten durch die Nacht und rasten an den Klippen entlang. Da die Schakale mit ihren hundeartigen Hüften nicht in der Lage waren, auf Pferden zu reiten, nutzten sie für längere Strecken spezielle Kutschen. Es waren leichte Fahrzeuge aus Stahl mit großen Metallrädern, die von zwei schnellen Pferden gezogen wurden. Je ein Schakal saß auf einem hohen Fahrersitz auf einer geschwungenen Metallfeder, die während der holprigen Fahrt hüpfte und wackelte. Die beiden Kutschen, die in dieser Nacht durchs Land kegelten, waren speziell für den Transport von Gefangenen gemacht: Hinter dem Fahrersitz befand sich eine glockenförmige Gitterkonstruktion, die einen sicheren Käfig bildete. Sie kamen schnell voran und erreichten kurz vor Sonnenaufgang den alten Bahnhof der Netzlegerbucht.

Unten in der Bucht schreckte Alex aus dem Schlaf. Sie setzte sich ruckartig auf und hatte nicht die geringste Ahnung, wo sie war. Ein fahler Lichtstreif, der durch ein kleines Fenster hoch oben an der Wand fiel, zeigte ihr eine kleine Vorratskammer mit einem alten Ofen, vor dem ihre Kleider hingen, einen Stapel Krebsreusen unter dem Fenster und – zu ihrer Erleichterung – die unverkennbaren Umrisse von Benn, der auf einem breiten Regal auf der anderen Seite des schmalen Raums lag und schlief. Etwas zittrig stand Alex auf und zog sich an, dann ging sie zu Benn. »He, Benn«, flüsterte sie und schüttelte ihn sacht.

Benn schlug die Augen auf und sah Alex schlaftrunken an. »Hm?«, murmelte er.

»Wo sind wir?«, fragte Alex.

Benn war noch nicht ganz da. Langsam betrachtete er den kleinen halbdunklen Raum, dann kam die Erinnerung zurück. Hastig setzte er sich auf. »Alex – es geht dir gut!«

»Bis auf den Eimer Wasser, den ich noch in den Ohren habe, geht's mir gut. Dank dir.«

Benn blickte ängstlich zum Fenster. »Es wird schon hell. Ich habe verschlafen! Wir müssen hier schleunigst verschwinden. Der Mann, der uns aufgenommen hat – Ratchet –, hat nach der Schakalerie geschickt.«

»Ratchet!« Alex sah ihn erschrocken an. »Das ist doch der Oberste Falkner.«

»Du liebe Zeit«, sagte Benn. »Jetzt verstehe ich. Ich habe ihn in Rekadom gesehen.«

»Wir müssen sofort hier weg!«, sagte Alex.

»Ich weiß«, erwiderte Benn und schlüpfte in seine trockenen Sachen. »Sie haben uns eingesperrt. Deshalb habe ich –«

»Die Reusen gestapelt«, beendete Alex seinen Satz und stellte sich auf die unterste Reuse, um die Stabilität zu testen.

Über ihren Köpfen ertönte das Knarzen von Dielenbrettern. Schnell kletterte Alex über den Reusenstapel zu dem kleinen Fenster mit dem geschlossenen Laden, durch dessen Ritzen das frühe Morgenlicht fiel. Lautlos schob sie die Riegel des Fensterladens zurück und öffnete ihn mit einem leisen Quietschen. Sie hielt inne und lauschte auf eine Reaktion von oben. Alles war still. Alex spähte nach draußen und sah eine enge Kopfsteinpflastergasse mit einer Reihe kleiner Häuschen, die tief im Schatten lagen. Überall waren die Vorhänge zugezogen. Der Tag hatte noch nicht begonnen. Sie atmete den Geruch der See und der Freiheit ein und merkte, dass sie zuversichtlicher wurde. Von der schwankenden obersten Reuse kletterte sie durch das kleine Fenster und sprang leichtfüßig auf die Straße. Benn folgte ihr einen Moment später, und schon rannten sie gemeinsam zum Hafen. Sie wagten es nicht, einen Blick zurückzuwerfen.

Oben auf den Klippen band die Schakalerie ihre Pferde im Stall der Netzlegerstation an, wo Ratchets Pferd sie mit einem nervösen Wiehern begrüßte. Dann schlugen sie den Pfad ein, der im Zickzack Richtung Hafen führte. Das Netz eines Xin tanzte im Morgenlicht auf sie zu, doch die Schakalerie fürchtete sich nicht vor Dämmerungsgeschöpfen. Mit ihren Speeren schoben sie die Lichtpunkte aus dem Weg und erlaubten sich ein heiseres *Haff-haff-haff* – so klang es, wenn die Schakale lachten –, als der Xin klirrend auseinanderbrach und über die Klippen davonflockte. Dann drückte der Leitschakal hechelnd vor Aufregung die Klinke am Tor zum Pfad in die Netzlegerbucht.

Alex und Benn erreichten das Hafenbecken, wo Molly angebunden war. Eine barsche Stimme ließ sie abrupt innehalten. »Kommt bloß nicht wieder, hört ihr?« Es war Kirrin, die Hafenwärterin, die einen Haufen Netze sortierte.

»Wir fahren jetzt nach Hause. Sie können Gift darauf nehmen, dass wir nie wieder in dieses Loch kommen werden. Nie wieder!«, entgegnete Benn.

»Gut. Wir können hier keinen Ärger gebrauchen.«

Weder Benn noch Alex ließen sich zu einer Antwort herab. Sie eilten die Stufen zu der immer geduldigen Molly hinunter, und Benn sprang hinein.

Alex folgte ihm mit dem Gefühl, eine alte Freundin wiederzusehen. Sie half Benn, das Segel zu hissen, und als er an die Pinne ging, löste sie die Halteleinen und verstaute sie sorgfältig am Bug. Dann griff sie nach den Rudern und steuerte das Boot leise aus dem ruhigen Hafenwasser. Benn blieb an der Pinne, bereit, die Segel zu übernehmen, sobald sie in den Wind kamen. Als sie den schützenden Arm der Hafenmauer umrundeten, sah Alex drei rotbemäntelte Gestalten mit großen weißen Köpfen den Klippenpfad hinuntereilen. »Die Schakalerie!«, japste sie. »Sie kommen von den Klippen.«

Benn drehte sich um und pfiff leise durch die Zähne. »Puh. Das war knapp.« Er grinste. »Sieht so aus, als würde Kirrin ihren Ärger auch ohne uns bekommen.«

Alex grinste zurück. »Nicht halb so viel Ärger wie Ratchet, wenn die Schakale merken, dass wir weg sind.«

Benn lachte. »Geschieht ihm recht«, sagte er. »Und jetzt geht's los!« Der Wind fuhr in Mollys rotes Segel, und sie nahmen ein strammes Tempo auf, schnitten durch die Wellen und glitten mit jeder Sekunde weiter von einem Schicksal weg, das sich keiner von ihnen auszumalen wagte.

Dafür klopfte in der Hafenreihe 13 das Schicksal an die Tür. Ratchet wartete schon, das silberne Belegstäbchen fest in der Hand, während Merlin auf dem Hutregal schlummerte. Beim Klopfen sprang er auf und öffnete die Tür mit einer pompösen Handbewegung. Drei weißköpfige Schakale starrten ihn aus ihren gelben Augen unverwandt an. Obwohl er genau damit gerechnet hatte, wurde Ratchets Mund plötzlich so trocken wie ein altes Handtuch. Er schluckte mühsam. »Ah ja«, brachte er nur heraus. »Kommen Sie rein.«

Ratchet trat beiseite, und König Belamus' Untiere sprangen herein. Mama Ratchet schaute mit entsetzter Miene vom Treppenabsatz herab. Sie hatte sich immer darüber gefreut, dass ihr Nigel kein Fischer geworden war, sondern eine wichtige Aufgabe in der komischen Stadt des Königs bekommen hatte. Jetzt war sie sich nicht mehr so sicher, ob das ein Grund zur Freude war.

Die Schakalerie stand im größten Raum des kleinen Hauses. Die monströsen Tiere waren so groß, dass die Spitzen ihrer Ohren an die niedrigen Deckenbalken stießen. Ihren heißen Atem im Nacken eilte Ratchet durch die Küche zu der verschlossenen Tür der Vorratskammer. Seine Hände zitterten, als er den Schlüssel umdrehte und die Tür aufstieß.

Verwirrt blieb er stehen. Normalerweise war die Kammer dunkel, doch jetzt strömte Licht durch den offenen Fensterladen. Warum, dachte Ratchet, sind da die ganzen Krebsreusen unterm Fenster? Mit einer schrecklichen Vorahnung stürzte er ins Zimmer und schlug die Decken zurück, die auf den niedrigen Regalen lagen. Er drehte sich zu den Schakalen um, denen in Erwartung der Gefangennahme die Zungen aus den Mäulern hingen.

Ratchet war bleich vor Panik. Er tat das Einzige, was ihm einfiel. »Mama!«, schrie er. »Mama! Hilfe!«

Mama Ratchet stürmte die Treppe hinunter und merkte, dass die Tür zur Vorratskammer von einer Reihe langer, roter Umhänge versperrt war. Ihr erster Gedanke war, dass diese Umhänge aus wirklich feiner Wolle waren und dass sie selbst auch gerne so einen Umhang hätte. Ihr zweiter Gedanke ertrank in einer Flut aus Sorge. Irgendetwas Schlimmes ging hier vor. »Nigel?«, rief sie zaghaft. »Nigel, bist du dadrin?«

Ein nervöses Krächzen war die Antwort: »Mama … Die Kinder … Sie sind weg!«

Mama Ratchet war verwirrt. »Weg? Aber wie denn?«

»Durchs Fenster. Beeil dich, Mama. Schau nach, wo sie sind. Um Himmels willen, Mama, du musst sie finden!«

Mama Ratchet drehte sich um und rannte los. Durch die Tür, durch Morgensonne und lange Schatten sprintete sie in Pantoffeln und Nachthemd an der Kaimauer entlang, bis sie auf Kirrin traf. »Die Kinder«, keuchte sie, »von gestern Abend. Wo sind sie?«

Kirrin stand auf und wischte sich die Hände an der Hose ab. »Keine Sorge, Ma Ratchet«, sagte sie. »Die werden uns keine Scherereien mehr machen.«

Damit ließ sich Ma Ratchet nicht abspeisen. »Aber *wo* sind sie?«

»Auf dem Heimweg.« Kirrin zeigte aufs Meer. »Vor etwa zehn Minuten sind sie losgesegelt. Ein Glück.«

»Du Idiotin!«, schrie Ma Ratchet. »Du hast sie gehen lassen!«

Kirrin versteifte sich. »Passen Sie auf, was Sie sagen, Mrs. Ratchet! Sie beleidigen das Amt der Hafenwärterin!«

Ma Ratchet ließ sich davon nicht beeindrucken. Sie hatte auf Kirrin aufgepasst, als die noch ein Wickelkind gewesen war, und würde sich bestimmt nicht von einer Person einschüchtern lassen, die ihre Windeln immer in die Sofaritze gestopft hatte. »Solange die Schakalerie in meiner Küche steht, beleidige ich so viele Ämter, wie ich will!«

»Schakalerie?« Kirrin starrte über den Hafen hinüber zu Ma Ratchets Haus. »Warum ist die Schakalerie hier, Ma? Wegen deinem Sohn, stimmt's? Er hat sie aus Rekadom geholt. Na, dann kann er auch gleich von hier verschwinden!«

»Wenn du so weitermachst, Kirrin, ist bald überhaupt niemand mehr hier«, stellte Ma Ratchet fest, und damit rannte sie zurück zum Haus.

Draußen blieb sie einen Moment stehen und holte tief Luft, um sich zu beruhigen. Dann stieß sie die Tür auf und ging ins Haus. Dort fand sie ihren Sohn am Boden liegend vor, gefesselt, geknebelt und schon blau im Gesicht, weil er kaum atmen konnte. Die Schakalerie starrte ihn ungerührt an. Ma Ratchet zwang sich, ruhig zu bleiben. Es war, sagte sie sich, nichts anderes, als sie erwartet hatte. Jeder wusste, dass die Schakalerie nie mit leeren Händen heimkehrte. *Irgendwen* kriegten sie immer.

Ma holte tief Luft und sagte sehr laut: »Schakalerie. Ich weiß, wohin die Blenderkinder unterwegs sind.«

Drei lange, weiße Schnauzen drehten sich zu ihr um. Drei reglose gelbe Augenpaare blickten auf sie herab. Der Schakal, der ihr am nächsten stand, stemmte die Hände in die schmalen Hundehüften und legte fragend den Kopf schief. Ma Ratchet seufzte erleichtert auf – sie hörten ihr zu.

»Die beiden Blenderkinder, hinter denen ihr her seid – der Junge und das Mädchen. Sie sind auf dem Weg nach Hause. Zum Rundhaus im Zitronental. Ich kenne es. Es gehört Nella Lau. Man muss den Weg an den Titanen entlang und über die alte Eisenbahnbrücke nehmen. Warten Sie, ich habe eine Karte.« Ma eilte an ihren Schreibtisch und kramte in den Schubladen herum, bis sie ihre alte Karte aus der Zeit fand, in der sie noch regelmäßig mit dem Zug nach Luma gefahren war. »Hier, die können Sie haben. Das Rundhaus ist eingezeichnet. Gegenüber der Schilfschnitterstation. Sie sind mit dem Boot unterwegs, als sollten Sie sie leicht einholen können. Und jetzt lassen sie *bitte* den Obersten Falkner wieder frei.«

Der Leitschakal nickte und bellte einmal scharf. Dicht gefolgt von den beiden anderen schritt er durch den Raum, zog unter der niedrigen Haustür den Kopf ein und trat in die Morgensonne. Ma Ratchet stürzte zu ihrem Sohn, sank auf die Knie und löste eilig den Knebel.

Ratchet holte tief und zittrig Luft, dann wand er sich in eine aufrechte Position und keuchte, als wolle er jedes Fitzelchen Luft einatmen, das es auf der Welt gab.

Ma setzte sich neben ihn, tätschelte ihm den Rücken und fühlte sich selbst plötzlich ganz schwach.

Nach einer Weile sagt Ratchet heiser: »Mama. Danke. Aber sie werden zurückkommen, wenn sie feststellen, dass das nicht stimmt.«

»Aber es stimmt.« Ma stand auf und ging in die Küche, um den Kessel aufzusetzen.

Ratchet folgte ihr und ließ sich auf einen Stuhl am Küchentisch sinken. »Woher weißt du das?«, krächzte er.

»Ich habe den Jungen gefragt, und er hat mir geantwortet. Wenn jemand weiß, wo ich wohne, will ich auch wissen, wo er wohnt. Das ist nur gerecht.«

Ratchet war beeindruckt. »Absolut gerecht«, stimmte er zu.

Seine Mutter setzte sich zu ihm an den Tisch und nahm seine Hand. »So, Nigel. Wir machen uns heute einen ruhigen Tag. Und du musst mir versprechen, dass du nicht mehr zu deiner abscheulichen Arbeit zurückkehrst. Bleib hier. Geh fischen. Genieß das Leben.«

Ratchet schüttelte den Kopf. »Ich kann meine Vögel nicht alleinlassen, Ma. Darauf wartet Bartlett doch nur. Ich kann sie ihr nicht überlassen.«

Ma seufzte und stand auf, um den pfeifenden Kessel zu erlösen. Früher ist Rekadom so eine reizende Stadt gewesen, dachte sie. Voller Menschen, Lärm, Gelächter und Magie. Sie erinnerte sich, wie gern sie immer in den Zug an der Netzlegerstation gestiegen war, um ihren Sohn zu besuchen, und wie stolz sie gewesen war, als er zum Obersten Falkner ernannt worden war. Doch das war in der alten Zeit gewesen, bevor alles den Bach runtergegangen war wegen diesem schrecklichen Orakel. Bevor er sich um diesen mörderischen Falken hatte kümmern müssen, und um die sonderbaren Kinder, die auf ihm ritten. Während sie das heiße Wasser in eine Kanne mit getrockneten Kamillenblüten goss, dachte Ma Ratchet, dass vielleicht alles wieder gut werden würde, wenn die letzten beiden Blenderkinder gefangen wären. Es ist schon komisch, dachte sie. Sie hatten wie ganz normale Kinder gewirkt. Ziemlich nette Kinder sogar. Es war wirklich ein Jammer, dass sie schon bald von der Schakalerie geholt werden würden – das wünschte sie niemandem. Aber was hätte sie tun sollen? Entweder die Kinder – oder ihr lieber Nigel. Ihr war gar nichts anderes übrig geblieben.

28. Kapitel

DURCH DAS MÜNDUNGSDELTA

»Argh!«, schrie Alex, als ihr schon wieder ein Schwall kaltes Wasser ins Gesicht schwappte. Sie griff nach dem Kübel und schöpfte das Wasser aus Mollys Bauch. Benn musste die Pinne mit beiden Händen umklammern, um Molly auf Kurs zu halten, während Wind und Strömung gemeinsam daran arbeiteten, sie aufs offene Meer zu treiben. Molly flog regelrecht über die Wellen an den hohen Titanen vorbei, schon lag der kleinste hinter ihnen. Die steife Brise, die geweht hatte, als sie vor wenigen Stunden aufgebrochen waren, war immer stärker geworden, die Wellen trugen jetzt weiße Mützen aus Schaum, und Alex – wenn sie nicht gerade schöpfte – stand die meiste Zeit neben Benn und hängte sich wie er in die Leinen des kleinen roten Segels, um sein unermüdliches Ziehen auszugleichen.

Unermüdlich waren auch die Wagen der Schakalerie. Sie folgten der alten Bahnstrecke zwischen der Wüste und den Ausläufern der Dreizehn Titanen gen Süden in Richtung der dunstigen Hügellandschaft vor dem Grenzgebirge. Am mittleren Nachmittag erreichten sie die Kuppe einer sanften Neigung und sahen unter sich den fernen Schimmer der Sonne auf dem Wasser der Flussmündung. Hier gabelte sich die Strecke, und sie machten halt, um Ma Ratchets Karte zurate zu ziehen. Zu ihrer Rechten setzten sich die Gleise an einem Wäldchen krummer Salzeichen fort, zu ihrer Linken führten sie über einen Damm durchs Marschland und folgten dem Fluss.

Der Leitschakal zeigte mit seiner spitzen Klaue auf die rechte Abzweigung und fuhr die Strecke auf der Karte über die Eisenbahnbrücke bis zur anderen Seite der Flussmündung nach. Dann piekte er so fest auf den Punkt, der die Ländereien des Rundhauses markierte, dass der spitze Nagel durchs Papier stach. »Hrah!« Halb knurrte, halb sprach er. »Hraah!«

Die Pferde verfielen in einen flotten Trab, an den knorrigen Salzeichen vorbei und auf die Brücke über dem schäumenden Wasser der Flussmündung zu.

Molly kämpfte mit der Strömung der Flussmündung, die sie hinaus ins Meer treiben wollte, sie trudelte und taumelte im wirbelnden Wasser der zurückgehenden Tide, das Äste und anderen Unrat vom Sturm am Vortag mit sich riss.

»Wir schaffen es nicht!«, rief Alex.

Benn antwortete nicht. Er hatte das schreckliche Gefühl, dass Alex recht hatte. Die kabbeligen Wellen brachen sich über Mollys Bug, und immer, wenn das kleine Boot seine zarte Nase in ein

Wellental senkte, verlor es den Kurs, glitt weg und trieb noch weiter aus der Mündung hinaus. Zum ersten Mal hatte Benn in seiner Jolle Angst.

Auch Alex hatte Angst gehabt, doch jetzt nicht mehr. Sie hielt das Tau fest in der Hand, die Finger um die glatte, warme Emaille geschlossen. Ihr kam die Stimme wieder in den Sinn, die sie gehört hatte, als der Xin sie über den Klippenrand gedrängt hatte, als sie in das tiefgrüne Wasser gestürzt war und eine blaue Lichtblase sie umgeben und an die Oberfläche getragen hatte. *Ich bin bei dir. Du bist bei mir. Wir sind Zwei mit der Kraft von Drei.*

Alex stand auf und drückte mit der freien Hand Mollys Mast.

»Setz dich hin!«, schrie Benn.

Doch Alex achtete nicht auf ihn. So wie sie am Abend zuvor die See angestarrt und ganz fest gewünscht hatte, dort zu sein, konzentrierte sie sich jetzt auf das dunkle Wasser der in immer weitere Ferne rückenden Flussmündung. Unter sich spürte sie einen Ruck. Langsam, sehr langsam, stemmte Molly sich gegen die Strömung, stetig kam sie voran, und die Flussmündung kam näher und näher.

»Wir schaffen es! Wir schaffen es!«, jubelte Benn. »Hast du gefühlt, wie sie sich plötzlich in die richtige Richtung gedreht hat?«

»Ja, habe ich!«, schrie Alex zurück.

Als sie sich der Mündung näherten, gelangte Molly in die Gegenströmung am Rand des Flusses. Das Boot drehte sich leicht zur Seite, der Wind füllte das Segel, und sie schossen vorwärts. Alex spürte, wie sich das Tau in ihrer Hand entspannte, und wusste, dass der Zauber getan war – Molly war jetzt wieder auf sich gestellt. Geübt steuerte Benn Molly in die Strömung, die sie auf den sicheren Fluss trug und geradewegs in die Schilfbeete trieb. Molly schob ihre Nase tief ins Schilf und schien nicht vorzuhaben, sich noch ein Stück weiter zu bewegen.

Alex lachte vor Erleichterung auf.

»Was ist so witzig?«, brummte Benn. »Jetzt stecken wir im Schilf.«

»Ist doch egal! Wenigstens sind wir in Sicherheit.«

»Hm, ja«, sagte Benn, der fand, dass das ein unwürdiges Ende für Mollys Fahrt war. »Lass uns das Segel einholen. Das bringt uns hier nichts.«

Während Benn und Alex das Segel aufrollten, das wie eine rote Flagge aus dem Schilf ragte, fuhren die beiden Wagen der Schakalerie über die Eisenbahnbrücke, die den Fluss etwa eine Meile vor der Mündung überspannte. Die Wagen rumpelten über die Bahnschwellen, sodass den Schakalen ordentlich die Zähne klapperten. Als sie die Mitte der Brücke erreichten, ließ der Leitschakal seinen Wagen halten und hob witternd die Nase. Irgendetwas war da. Er ließ die scharfen Augen über den Fluss schweifen und nahm besonders aufmerksam das üppige Grün des Schilfs neben der Flussmündung in den Blick. Er war sicher, dass sich dort gerade noch etwas bewegt hatte. Aber die Pferde waren unruhig, die Brücke über dem schnell strömenden Wasser machte ihnen Angst, und die Wagen ruckten vor und zurück, sodass es schwer war, etwas im Blick zu behalten. Der Schakal holte tief Luft, doch was er eben noch gewittert hatte, wurde nun vom Angstschweiß der Pferde überdeckt, und seine feinen Ohren hörten nichts als das Klirren des Geschirrs und das Schnauben der verängstigten Tiere. Gereizt gab der Schakal es auf, und die Wagen mit den Käfigen setzten ihren Weg über die Brücke fort.

Auf der anderen Seite fuhren sie nach rechts, flussaufwärts am Ufer entlang, und folgten der Strecke mehrere Meilen, bis sie erneut eine Gabelung erreichten. Hier glichen sie langsam die Zeichen auf dem Holzschild mit denen auf der Karte ab: »Lau. Rundhaus. 2 Meilen.« Nach ein paar Unstimmigkeiten, was die Karte anging, und viel Gebell und Geknurr schlugen die Schakale den Weg zum Rundhaus ein, eine Staubwolke hinter sich aufwirbelnd, während sie auf ihr Ziel zurumpelten.

Auch Molly steuerte unbeirrt auf ihr Ziel zu. Indem sie die Ruder wie Staken benutzten, lenkten Alex und Benn sie durch einen schmalen Kanal im Schilf. Vor sich konnten sie einen alten verwitterten Steg sehen, der aus ein paar großen Steinblöcken gebaut worden war.

Am Rand des Stegs stand ein großer, dünner Junge mit langen, roten Haaren, die zu einem Zopf geflochten waren, und starrte über das Schilf hinweg zum Meer. Auf dem Rücken seiner Lederjacke sahen Alex und Benn die ausgebreiteten silbernen Flügel und den blitzenden Goldschnabel des Falken, ein Anblick, der sie beim ersten Mal erschreckt hatte – doch jetzt nicht mehr. Alles war anders, seit es den Falken nicht mehr gab und Hagos ihnen von Danny erzählt hatte.

»He!«, rief Benn. »He, Danny!«

Danny fuhr herum. Er schien gar nicht fassen zu können, was er sah. Er stand da und starrte sie mit aufgerissenem Mund an, gerade so, als sähe er einen Geist, dachte Alex. Dann begriff sie, dass Danny glaubte, Benn wäre tot.

»He, Danny, es ist alles in Ordnung!«, rief Alex. »Er ist es wirklich. Und ich bin Alex. Alex RavenStarr.«

Danny sah Alex genauer an und erkannte das Mädchen kaum wieder, das er zuletzt in einem Wagen hatte vorbeirasen sehen. »*Du* bist Bubu?«, fragte er.

»Alex«, seufzte Alex. »Ich bin *Alex*.«

Mit drei langen Schritten war Danny bei ihnen, nahm Benn das Seil aus der Hand und wand es um den Pfosten. Er half ihnen aus dem Boot, und als sie wankend vor ihm auf dem Steg standen, schlang er die Arme um sie, als wären sie alte Freunde. »Ich kann es nicht glauben! Wo seid ihr nur gewesen?«, fragte er, doch bevor sie antworten konnten, sagte er aufgeregt: »Nein, erzählt es nicht. Wartet, bis wir Jay gefunden haben. Er wird überglücklich sein.«

Sie folgten Danny in den Schlund eines großen Backsteintunnels, der in den Berg hineinführte. Der Tunnel war hoch und breit und roch leicht nach Ruß, und auf dem Boden verliefen die gleichen Gleise, die Alex auf dem Weg zur Netzlegerstation gesehen hatte. Es war dämmrig, doch am Ende des Tunnels – der nicht allzu lang war – konnten sie in einer riesigen Höhle das helle Licht einer Laterne sehen.

Benn wusste, was am Ende des Tunnels auf sie wartete, Alex hingegen war ahnungslos. Als sie in den Lichtkreis der Laterne traten, war sie verblüfft, das Monster zu erblicken, das sie bei ihrer ersten Begegnung mit Benn auf dem Marktplatz von Luma in ihren Karten gesehen hatte. Auf einer großen Drehplatte stand eine Dampflokomotive und blickte in die Ferne, als sehnte sie sich nach der Freiheit. Alex wusste, dass es der Große Schnaufer war – die Lok, die sie als Kleinkind aus Rekadom und von ihren Eltern weggebracht und sie mit Mirram und ihren beiden Pflegeschwestern am Fuß des Steilhangs von Luma abgesetzt hatte. Sie blieb stehen, blickte nach oben und musterte das große runde »Gesicht« des

Schnaufers, das im Licht der Laterne glänzte, die vor ihm auf dem Boden stand wie vor einer monströsen Gottheit.

»Beeindruckend, was?«, fragte Danny stolz. Dann lief er zum hinteren Teil der Lokomotive und rief: »Jay! He, Jay!«

Ein gedämpftes »Hallo« war zu hören. Danny ging in die Knie und beugte den Kopf zum Boden. »Jay«, sagte er. »Komm mal da raus, ja?«

Ein unwilliges Grunzen ertönte, und dann kam Jay auf einem Rollbrett unter der Dampflok hervorgeschossen. Er setzte sich auf und wischte sich den Staub aus den Augen. »Was ist los?«, fragte er. Alex schob Benn vor, der plötzlich schüchtern wirkte. »Geh schon«, flüsterte sie. »Geh zu Jay.«

Doch Benn blieb stehen. Er fühlte sich komisch. Seine Augen brannten, und etwas Schweres drückte auf seine Brust.

Jay erhob sich vom Rollbrett, wischte sich die öligen Hände am Overall ab und sah Danny verärgert an. »Wir haben zu tun! Hör auf mit dem Quatsch.«

»Jay«, sagte Danny. »Hier ist jemand für dich.«

Jay warf wütend seinen Schraubenschlüssel auf den Boden. »Ich habe gesagt, keine Schaulustigen. Niemand kommt hier rein, um den Schnaufer anzuglotzen. *Niemand!«*

»He, mach mal langsam«, entgegnete Danny. Er ging zu Jay und legte ihm den Arm um die Schulter. »Es ist Benn.«

Jay zog die Augenbrauen hoch. »Was?«

Alex versetzte Benn einen unsanften Schubs gegen den Rücken, und endlich erschien Benn im Licht der Laterne. »Hallo, Jay«, sagte er verlegen.

Jay starrte seinen kleinen Bruder, den er für tot gehalten hatte, fassungslos an. »Benn? Bist du es wirklich?«

Benn konnte nicht sprechen. Er nickte ruckartig, und dann warf er sich Jay in die Arme, der ihn auffing, zurückwankte und über das Rollbrett stolperte, woraufhin sie beide auf dem Brett landeten und rückwärts durch die Höhle sausten.

Danny und Alex brachen in Lachen aus.

29. Kapitel

KUTSCHEN DER ANGST

Francina D'Arbo, Schwester von Zerra und Louie D'Arbo und Ziehschwester von Alex, befand sich im ersten Stock des Rundhauses. Auf der Suche nach Louie war sie vor einigen Tagen hier aufgetaucht, und nun saß sie da und zeichnete verträumt Bilder eines Jungen in einer Falkenreiterjacke. Außerdem schmollte sie. Sie verstand nicht, warum ihre Mutter – *die nicht mal hier war* – ihr nicht erlaubte, Danny unten am Zitronenhafen zu besuchen. Sogar Nella, die Francina sonst immer wie eine Erwachsene behandelte, hatte Nein gesagt. Warum sind alle so langweilig, dachte Francina, während sie den langen Zopf des Jungen zeichnete und wünschte, sie hätte den richtigen Rotton. *Ich wünschte, ich könnte endlich aus diesem Loch hier verschwinden.*

Unten in der Küche waren Nella und Francinas kleiner Bruder Louie, der soeben einen Zitronen-Honig-Pfannkuchen verdrückt hatte. »Wo der Pokkel wohl steckt?«, sagte Louie. »Er ist gestern Abend nicht nach Hause gekommen. Ich hoffe, ihm ist nichts passiert.«

Nella, die keine große Freundin des Pokkels war, nachdem er sie in den Knöchel gezwickt hatte, lächelte Louie an. Er erinnerte sie an Benn, als er in diesem Alter gewesen und zu ihr gezogen war, nachdem seine Mutter gestorben und seinem Vater alles »zu viel« geworden war. Nella dachte, dass Louies Mutter Mirram erstaunlich wenig Interesse an ihrem kleinen Sohn hatte – an allen ihren Kindern, um genau zu sein –, und Nella hoffte, dass Louie noch eine Weile bei ihr bleiben würde. Sie setzte sich mit ihrem Orangentee zu ihm, um ihm Gesellschaft zu leisten. »Ich bin sicher, dass der Pokkel bald zurückkommt«, erwiderte sie.

»Hoffentlich«, sagte Louie. »Ich vermisse ihn, wenn er nicht da ist.« Er wischte mit der Fingerspitze die letzten Honigreste vom Teller. »Und Alex vermisse ich auch.«

»Vermisst du sie so sehr wie den Pokkel?«, fragte Nella schmunzelnd.

Louie dachte nach, während er einen Schluck Orangensaft trank.

»Mehr als den Pokkel«, sagte er dann. »Viel mehr.«

»Ich vermisse Alex auch«, sagte Nella. »Und Benn, meinen Enkel.«

Louie nickte. Das mit dem Vermissen hatte er schnell begriffen.

Nella drückte gerade Louies Hand, die klebrig vom Honig war, als ein lautes Klopfen an der Tür die beiden hochschrecken ließ. »Jay hat wohl wieder seinen Schlüssel vergessen«, murmelte Nella und eilte zur Tür.

Louie sah sie an. Seiner Erfahrung nach bedeutete lautes Klopfen an der Tür, dass auf der anderen Seite böse Menschen waren.

»Keine Angst, mein Liebling«, sagte Nella beruhigend, die seinen Blick bemerkt hatte. »Hier bist du in Sicherheit.«

Dann stieß sie einen gellenden Schrei aus.

»Ich habe überhaupt nicht geschrien!«, widersprach Alex lachend, als Benn Jay ihre Schwierigkeiten schilderte, Molly durch das Flussdelta zu steuern. Sie saßen auf dem Trittbrett des Großen Schnaufers – Jay nannte ihn immer nur »den Schnaufer« – und schlürften glücklich Jays heißen Orangentee. Jay dagegen war rastlos. »Trinkt schon aus, ihr zwei«, drängelte er. »Wir müssen zu Großmutter. Am besten vor Einbruch der Dunkelheit. Ich kann den Fluss bei Nacht nicht leiden.«

Benn warf Alex einen besorgten Blick zu – er wusste, was geschah, wenn es dunkel wurde. Der Graue Läufer – ein Nachtalb und Hagos' übelstes Dämmerungsgeschöpf – würde Alex jagen, wie er es bereits zuvor getan hatte.

Alex verstand seinen Blick. »Ist schon in Ordnung, Benn«, sagte sie. »Papa hat gesagt, dass diese Höhle nicht zu seinem Jagdrevier gehört. Er kann die Schwelle nicht überqueren.« Sie zeigte auf die riesigen Torflügel, die sich vor den Höhleneingang rollen ließen. »Wenn wir die schließen, bin ich in Sicherheit.«

»Aber in der Höhlendecke ist noch ein Schornstein«, wandte Benn ein. »Was, wenn er da durchkommt?«

Alex hatte Hagos einen Haufen Fragen zum Grauen Läufer gestellt und wusste die Antwort: »Der Schornstein kommt weit oben in den Grenzhügeln raus. Und der Graue Läufer ist ans Zitronental gebunden.«

»Gebunden?«, fragte Jay.

»Das heißt, dass er in einem bestimmten Gebiet bleiben muss. Wie die Skorpas in der Wüste und die Xin an den Klippen.«

»Komisch«, sagte Jay. »Aber gut. Dann kannst du also hierbleiben, Alex, und ich kann Benn mit nach Hause nehmen.« Er stand auf. »Komm, Benn. Wir müssen los.«

Benn schüttelte den Kopf. »Nein, Jay. Heute nicht. Ich lasse Alex nicht mit den Dämmerungsgeschöpfen allein.«

»Sie ist doch nicht allein!«, rief Jay ungeduldig. »Danny ist auch da. Und außerdem hat sie gerade selbst gesagt, dass der Graue Läufer hier nicht reinkommt.«

Widerwillig hörte Alex zu, wie über sie gesprochen wurde. Sie begriff, dass sich nichts verändert hatte: Sie bereitete nach wie vor allen Probleme. »Ich komme schon klar«, sagte sie. »Nun macht euch endlich auf den Weg. Bestellt Nella und Louie ganz liebe Grüße.«

»Danke, Alex«, sagte Jay. »Das machen wir. Komm jetzt, Benn.«

»Jay, du hörst mir nicht zu!«, rief Benn. »Ich habe gesagt, dass ich Alex nicht alleinlasse. Ich weiß, wie die Geschöpfe der Dämmerung sind. Danny nicht. Gib Großmutter einen Kuss von mir und sag ihr, dass wir morgen früh mit Molly kommen.«

»Ach, mach doch, was du willst«, knurrte Jay entnervt. »Tust du ja sowieso immer.«

»Ich?«, rief Benn empört. »*Ich?* Das glaubst du doch selbst nicht, Jay. *Du* bist derjenige, der macht, was er will. Wer fährt denn zweimal die Woche Zitronen nach Luma, hm? Du jedenfalls nicht! Wer jätet Unkraut, pflückt Zitronen, hilft Großmutter beim Umgraben? *Ich!* Nur damit du, Jay, tun und lassen kannst, was du willst. Und jetzt hörst du mir mal gut zu: Ein einziges Mal mache ich das, was *ich* will. Und Großmutter wird es verstehen, das weiß ich genau.«

Jay schwieg und musterte Benn kühl. Sein kleiner Bruder war plötzlich erwachsen geworden. Langsam nickte er. »Gut«, sagte er. »In Ordnung. Ich kann dich nicht umstimmen?«

»Nein«, sagte Benn. »Kannst du nicht.«

»Nein!«, schrie Louie unterm Tisch. »Nein, nein, nein! Geht weg! Geht weeeeeg!« Durch einen Wald aus Beinen konnte er Nella sehen, die mit dem Gesicht zum Boden neben der Tür lag. Sie hatte versucht, die Tür zuzuschlagen, als die schrecklichen schakalköpfigen Untiere ins Haus eingedrungen waren. Jetzt liefen sie auf allen vieren herum wie Wölfe – Louie hatte entsetzliche Angst vor Wölfen –, schnüffelten mit ihren weißen Schnauzen, bleckten ihre langen Reißzähne und streckten ihre Klauen nach Louie aus. Louie schloss die Augen und bemühte sich, so zu tun, als wäre er wirklich ein Superheld, wie Alex immer behauptet hatte. Doch er konnte nicht verhindern, dass die Schakale ihn unterm Tisch hervorzogen, an Armen und Beinen packten und nach draußen trugen. Die ganze Zeit kniff Louie die Augen fest zu. Erst als er in etwas geschubst wurde, das schwankte, und er ein metallisches Klirren hörte, öffnete er die Augen und stellte fest, dass er sich in einem Käfig auf Rädern befand, der von zwei Pferden gezogen wurde. Und neben ihm war ein zweiter, leerer Käfig, der genauso aussah wie seiner.

Zu entsetzt, um irgendetwas zu tun, sah Louie mit an, wie die Schakale wieder ins Haus gingen. Louie rollte sich zu einem kleinen Ball zusammen und bedeckte das Gesicht mit den Armen. Das war alles nur ein Traum. Ein Albtraum. Bald würde er aufwachen.

Er würde wieder mit Alex zu Hause sein, und alles wäre wieder gut.

Doch der Albtraum ging weiter. Louie hörte Francina kreischen. Das Geräusch wurde lauter und lauter, bis er wusste, dass sie ganz in der Nähe sein musste. Er hörte ein Klirren, dann einen lang gezogenen Schrei. *»Neiiiin!«*

Louie wusste, dass Francina jetzt im selben Albtraum war wie er – und dass er vielleicht nie wieder zu Hause bei Alex aufwachen würde.

Alex, Benn und Danny blickten Jay nach, der durch den Tunnel davonging. Seine Umrisse zeichneten sich dunkel vor dem Lichtbogen am Ausgang ab.

»Es tut mir leid«, sagte Alex leise.

»Was?«, fragte Benn.

»Dass du dich meinetwegen mit Jay gestritten hast.«

»Es ist nicht deine Schuld«, sagte Benn. »Genauso wenig, wie die Geschöpfe der Dämmerung deine Schuld sind. Und außerdem wollte ich ihm das schon lange mal sagen.«

»Manchmal«, sagte Danny. »Muss man eben Klartext reden.« Er grinste Alex an. »Das habe ich mit deinem Vater vor ein paar Tagen auch gemacht. Ich hoffe, du lernst ihn irgendwann kennen, Alex. Er ist ein guter Mensch.«

Alex lächelte. »Danke, Danny. Er sagt dasselbe von dir.«

Danny sah sie verwirrt an. »Was? Hat er … dich gefunden?«

Alex nickte. »Und ich ihn«, sagte sie. »Das ist eine lange Geschichte.«

»Erzähl sie mir«, bat Danny. »Wir haben die ganze Nacht.«

Jay war unten an der Mole, starrte übers Wasser und murmelte eine feine Auswahl an Schimpfwörtern vor sich hin, während wenige Meilen weiter zwei Kutschen der Königlichen Schakalerie über den Weg am Fluss rumpelten. In den Käfigen lagen Francina und Louie, zusammengerollt wie Igel. Louie dachte gerade, dass es nicht mehr schlimmer kommen konnte, als ihn etwas in den Fuß zwickte. Er trat aus und hörte ein Rascheln. Er wagte nicht, die Augen zu öffnen, doch er fühlte eine Bewegung in der Nähe seines Kopfs. »Geh weg«, flüsterte er. »Geh bitte weg.«

»Geh weg!«, ertönte krächzend die Antwort.

»Pokkel?«, flüsterte Louie. Er spähte durch die Finger und wagte kaum zu hoffen. »Pokkel!«, japste er. »Oh, Pokkel …« Louie streckte die Arme aus und zog das Federvieh an sich. Der Pokkel hatte eine trübsinnige graue Farbe angenommen, die Louie sagte, dass er traurig war, und er sah alles in allem etwas mitgenommen aus, weil er sich hinten an den Käfig geklammert hatte, seit sie vom Rundhaus aufgebrochen waren. Der Pokkel freute sich höchst selten, aber Louies unbeholfene Umarmung stimmte ihn beinahe glücklich. Ein helles Rosa breitete sich auf seinem Gefieder aus, und er machte sich daran, Louie mit seiner dicken schwarzen Zunge die salzigen Tränen vom Gesicht zu lecken.

Benn und Danny wollten gerade das schwere Tor vor den Tunnel ziehen, als sie Jay zurückkommen sahen. Er erreichte die Höhle und lächelte Benn reumütig an. »Mein Boot ist weg. Ich habe es wohl nicht ordentlich festgebunden.«

»Das Wasser war richtig wild, als wir angekommen sind«, sagte Benn. »Die Strömung war unglaublich stark. Alles wurde abgetrieben, das habe ich noch nie erlebt. Ich würde dir ja Molly überlassen, aber es ist gerade Ebbe, oder? Dann sitzt sie auf dem Trockenen.«

Jay nickte. »Gestrandet. Aber danke für das Angebot, Benn.«

Benn lächelte. Er war froh, dass sich die Sache mit Jay erledigt hatte. »Denk nur, wie Großmutter sich freuen wird, wenn wir alle zusammen zurückkommen«, sagte er.

Jay nickte. »Stimmt. Aber irgendwie wollte ich heute Abend schon zu ihr«, sagte er. »Ich weiß auch nicht, warum. Nur so ein Gefühl.«

30. Kapitel

DIE BLENDERGLOCKE

Die zwei Kutschen der Schakalerie hatten das Stadttor erreicht und waren unter die Blenderglocke gefahren, damit sie läutete. Doch die Glocke blieb stumm.

Der Leitschakal blickte besorgt nach oben. Die Mission war erfüllt, sie hatten die Blenderbälger, den Jungen und das Mädchen, gefangen, und darum musste die Glocke läuten. Während die Wächter das Tor öffneten, sprang der Schakal in die Luft und stieß die Glocke kräftig an, sodass ihr durchdringender Klang über ganz Rekadom schallte.

Oben im Goldenen und im Silbernen Turm trieb das Läuten der Blenderglocke zwei ungleiche Bewohner an ihre Fenster. König Belamus beobachtete durch sein Fernglas, wie die Kutschen in den von Laternen erleuchteten Torhof fuhren. Beim Anblick der beiden verängstigten kleinen Insassen lachte er vor Erleichterung. Hier waren die letzten Blender seines Reichs. Abgesehen von dem lästigen Blender nebenan, natürlich.

Der lästige Blender nebenan hatte eine weniger gute Sicht. Er spähte besorgt durch das kleine Fenster in seinem Studierzimmer – der einzige Raum, der zum Torhof zeigte –, doch der Blick auf das Tor war beinahe vollständig durch die hohe Mauer verdeckt. Er sah nur die unheilvollen Dächer zweier Gefangengenkäfige. »Bubu?«, flüsterte er. »Bist du dadrin?«

Bartlett saß noch spät im Büro. Sie hatte sich gerade eine Tasse Orangentee gemacht und einen Keks aus dem Keksglas genommen, als sie die Blenderglocke hörte. Überrascht sprang sie auf – wie konnte es sein, dass so spät am Abend noch ein Blender in die Stadt kam? Den sollte man doch wohl aufhalten? Pflichtbewusst eilte Bartlett durch das nächtliche Geraschel des dunklen Stallhofs und entriegelte die Tür. Wachsam den Rokadilen ausweichend – zwei von ihnen dösten neben der Mauer – lief sie hinüber zum Mauersteig und spähte hindurch. Dort, im Licht der Laternen, sah sie, dass alles in Ordnung war. Es war kein einsamer Blender gekommen, um sie alle in Angst und Schrecken zu versetzen, es war die Königliche Schakalerie mit zwei Gefangenenkutschen, in denen vermutlich die Blender saßen. Während die Schakale sich mit den Pferden zu schaffen machten und im Schein der Laternen verwirrende Schatten warfen, konnte Bartlett nicht erkennen, was in den Käfigen war. Neugierig sah sie zu, wie je ein Pferd ausgespannt und von einem Stallmädchen weggeführt wurde und die verbliebenen Pferde die Kutschen hintereinander zum Kerkertor zogen. Bartlett lächelte. Alles war, wie es sein sollte.

Während ihr Käfig über das Kopfsteinpflaster ratterte, konnte Francina den Blick nicht von dem gewaltigen, mit Nägeln besetzten Eisentor lösen, das vor ihr lag. Es glich exakt dem Tor zum Gefängnis von Luma – dem berüchtigten Gewölbe unter der Stadt. Das Tor öffnete sich und gab den Blick auf einen schwach beleuchteten Tunnel mit grünem Schleim an den Wänden frei, der sich in der Dunkelheit verlor. Als die Kutschen in den Tunnel klapperten, drehte Francina sich zu Louie um. Sie wollte ihn eigentlich trösten, doch er hatte sich zusammengerollt und den Kopf verborgen, und Francina war froh, dass er nicht sehen konnte, wohin sie fuhren.

Die Pferde trotteten vorsichtig die schlüpfrige Neigung hinunter und zogen die Kutschen tiefer und tiefer in die trostlosen Gänge unter der Stadt. Das Klirren der eisernen Räder und das Klappern der Hufe hallten laut von den Mauern wider, und Francina bekam Kopfschmerzen. Irgendwann blieben sie vor einer versperrten Tür stehen, die mit lautem Schlüsselgeklirr geöffnet wurde. Die Pferde klapper-di-klapperten hindurch, und die Wagen hielten in einem kreisförmigen Raum, der von wenigen flackernden Laternen erhellt wurde. Vier Wächter tauchten aus der Dunkelheit auf und rieben sich die durch die Kälte steifen Hände. Schweigend lösten sie die Querstäbe von den Käfigen, hoben die Gefangenen heraus und stellten sie auf den Boden.

»Ab hier übernehmen wir«, sagten sie zu den Schakalen.

Die Schakale schauten ungerührt zu, wie Francina und der benommene Louie in einen dunklen Gang geführt wurden. Sie warteten, bis sie das Knarren einer fernen Zellentür hörten, dann wendeten sie die Pferde und führten sie zurück durch den Tunnel und hinaus in die Nacht. Sie hatten noch etwas zu erledigen, bevor die Nacht zu Ende war.

Unten im Kerker saßen die Wachen schon wieder in ihrer Wachstube.

»Endlich haben wir wieder Gefangene«, sagte der erste.

»Das sind doch nur Kinder«, erwiderte der zweite. »Lang halten die nicht durch.«

»Ich hab gehört, dass sie die letzten Blender im Reich sind. Wenn die weg sind, war's das für uns«, gab der dritte zu bedenken.

»Vergesst nicht den Schlaumeier oben im Silbernen Turm«, sagte der vierte.

Der erste lachte. »Der hält auch nicht mehr lange durch. Will jemand ein Würstchen?«

Alle waren sich einig, dass Würstchen eine gute Idee waren.

Bartlett ging ins Büro zurück und setzte sich wieder an den Schreibtisch. Sie fragte sich, ob eine der Gefangenen – sie hatten ziemlich klein ausgesehen – die ausgebüxte Falkenreiterin war. Sie war sich ganz sicher, dass sie ein Blenderkind war. Bartlett nahm sich vor, am nächsten Tag in den Kerker zu gehen und nachzusehen, trank einen Schluck Tee und biss in ihren Keks. Sie runzelte die Stirn. Der Keks schmeckte aber komisch – die Schokoladenkrümel waren so bitter. Sie nahm noch einen Bissen und kaute langsam. Ihre Zunge stieß gegen etwas Weiches. Es schmeckte grauenhaft. Sie würgte und spuckte den halb zerkauten Keks auf den Tisch. Hastig nahm sie einen Schluck Tee, um den Geschmack wegzuspülen. *Was ist nur mit den Keksen los?*

Bartlett machte sich gerade daran, den Inhalt des Keksglases unter die Lupe zu nehmen, als sie hörte, wie sich ein Schlüssel im Schloss der Falknerei drehte. Mist, dachte Bartlett. Das ist Ratchet. Was macht der denn schon wieder hier? Sie griff nach dem Keksglas – sie wollte es Ratchet anbieten und sich über sein Gesicht freuen – und öffnete die Tür. Dann schrie sie auf und ließ das Glas auf den Fuß des vordersten Schakals fallen – der mit den Handschellen.

Fassungslos starrte Bartlett die Schakalerie an. Einer von ihnen drückte ihr ein Schriftstück mit dem königlichen Siegel in die Hand. Mit zitternden Fingern faltete Bartlett es auseinander und las:

Betreffend: Stellvertretende Falknerin Bartlett
Königliche Anklage: Verschwörung mit einem bekannten Blender während des Akts verräterischer Personation und Fluchthilfe eines anderen bekannten Blenders
Königliches Urteil: schuldig
Königliche Strafe: Kerker auf Lebenszeit

Bartlett musste es dreimal lesen, bevor sie den Inhalt begriff. »Aber das stimmt nicht!«, protestierte sie dann. »Ich habe versucht, ihn aufzuhalten! Wer hat dem König diese Lügen erzählt?« Doch noch während sie sprach, ahnte sie die Antwort. »Das war die kleine Kröte, dieser miese kleine Eulenschiss, stimmt's?«, schrie sie.

Die Schakale antworteten nicht. In Sekundenschnelle hatten sie ihr die Handschellen angelegt, und schon wurde Bartlett aus der Falknerei und geradewegs in den Kerker geschleift. Sie landete in der Zelle neben Francina und Louie, wo sich der Geruch ranziger Würstchen, die in altem Fett gebraten wurden, mit dem Nachgeschmack des Kekses vermischte, und ihr wurde schrecklich übel.

In den Nasen der Schakale hingegen dufteten die Würstchen äußerst verlockend. Sie stellten auf einmal fest, dass sie mächtig Appetit hatten. Besonders auf Würstchen.

Die Wachen wiederum, die sich gerade darüber hermachen wollten, mussten feststellen, dass sie ihren Mitternachtsimbiss nicht für sich allein hatten.

31. Kapitel

FLUCHT

Hagos ging das Läuten der Blenderglocke nicht aus dem Kopf. Es hatte so stark, so entschieden, so sehr *nach seiner Tochter* geklungen. Er wusste einfach, dass die Glocke für sie geläutet hatte. Hagos hatte nur einen Gedanken – er musste sie befreien. Doch zuerst musste er an dem Schakal vor seiner Tür vorbeikommen.

Hagos straffte die Schultern. Ihm blieb nichts anderes übrig, als zu kämpfen. Da er Deela, die in seinem kleinen Zimmer schlief, nicht wecken wollte, huschte er leise zum Feuer und griff nach dem Schürhaken. Entschieden schob er den Gedanken an die messerscharfen Zähne des Schakals von sich, schlich zur Tür und öffnete lautlos das Guckloch, um zu sehen, wo der Schakal stand.

Der Treppenabsatz war leer.

Der Schakal musste im Dienst eingeschlafen sein und am Boden vor der Schwelle liegen. Hagos öffnete die Tür einen halben Zentimeter und spähte mit erhobenem Schürhaken hinaus. Kein Schakal. Nicht im Schatten der Mauer, nicht auf den Treppenstufen, und auch nicht – Hagos warf einen ängstlichen Blick nach oben – an die Deckenbalken geklammert. Ein kleiner Hoffnungsfunke glomm in Hagos' Herz. Er schlich vor die Tür und zog sie mit einem leisen Klicken hinter sich zu. Dann wagte er sich die Treppe hinunter. Er würde seine Tochter finden.

Zerra saß mit angezogenen Knien im Torbogen des Goldenen Turms und starrte missmutig in den leeren Sternenhof. Ihr war kalt und elend, und sie wollte keine Königliche Spionin mehr sein. Im Augenblick hätte sie sogar lieber im Vogeldreck herumgestochert. Doch halt, was war das für ein Schatten am Fuß des Eisernen Turms? Zerra holte ihr Fernglas hervor und hätte beinahe laut aufgelacht – es war der Blender! Wenigstens einer, den sie ausspionieren konnte. Da sie ihren Schlupfwinkel nicht verlassen wollte – sie war diese Nacht schon zweimal von Häckslern angegriffen worden –, beobachtete sie, wie der Blender zum Torbogen des Eisernen Turms schlich. Zerra grinste. Genau darum ging es beim Spionieren – Leute zu beobachten, wenn sie glaubten, niemand sähe ihnen zu. Es war, merkte sie, ihre absolute Lieblingsbeschäftigung.

Hagos betrachtete die rostige Tür des Eisernen Turms. Es stimmte ihn traurig, wie heruntergekommen sie war. Einst war sie herrlich poliert gewesen, in jenen Tagen, als Magie ein Segen und kein Fluch gewesen war. Hagos war noch immer stolz auf seine Erfindung. Es war sein Beitrag zum gemeinschaftlichen Leben gewesen – ein Ort für Zauber, die schiefgegangen waren und sicher verwahrt werden mussten. Den »Knast der vermurksten Magie« hatte Sol ihn genannt.

Außerdem war er stolz auf das System, das er für den Einwurf entwickelt hatte. Die simple Einwegklappe oben an der Tür – hoch genug, dass vorbeikommende Kinder nicht ihre Teddybären hineinwarfen – hatte immer gut funktioniert. Und sie funktionierte leider auch heute noch. Erst vor wenigen Tagen hatte er mitansehen müssen, wie Belamus sein kostbares Tau hineingeworfen hatte. Hagos seufzte. Wenn es nur ebenso einfach wäre, das Tau wieder herauszuholen. Aber dazu müsste er die Tür öffnen, und das war hochgefährlich, denn wer wusste, was jetzt dahinterlag? Hagos schauderte beim Gedanken an Sols schnell wachsende Spinne, die er eines sonnigen Nachmittags so sorglos in den Turm geworfen hatte. Wie groß mochte die jetzt sein? Und all die schrecklich misslungenen Nachtalbe. Was war mit denen?

Hagos versuchte, diese Gedanken zu verdrängen, doch da war etwas, was er nicht verdrängen konnte – Alex' Worte von gestern Abend. Sie hallten noch immer in seinem Kopf nach: »Du musst das endlich wieder in Ordnung bringen, Papa!« Er wusste, dass sie recht hatte, aber wie sollte er das tun? Er brauchte das Tau. Hagos musterte die undurchdringliche Eisentür nachdenklich. Mal angenommen, überlegte er, das Tau liegt genau hinter der Tür. Dann muss ich sie nur öffnen, das Tau nehmen und die Tür wieder schließen. Wie schwer kann das schon sein? Wieder fielen ihm Alex' Worte ein. »Du musst es wenigstens versuchen. Du *musst.*«

Hagos holte tief Luft. Bubu – ups, nein, *Alex* – hatte recht. Er musste es versuchen. Vor allem, da sie ihm Schlüssel für die Tür dagelassen hatte.

Mit zitternden Fingern nahm Hagos den Codex aus der Tasche, schlug ihn auf und holte das Sechseck mit der Nummer 7 aus der kleinen Innentasche. Er balancierte das federleichte Plättchen auf der Handfläche und blickte in die schimmernde Tiefe. Er würde es tun. *Ich werde es tun.*

Warum tut er denn nichts? dachte Zerra. Sie war enttäuscht. Sie hatte gehofft, dass der Magier etwas richtig Schlimmes anstellen würde, doch er drückte sich nur vor der Tür des Eisernen Turms herum und starrte in seine Hand. Sie seufzte. Dann würde das eben reichen müssen. Er war nicht in seinen Gemächern, wo er sein sollte, und das war sicher genug, um es dem König zu berichten und die Chance zu kriegen, sich etwas aufzuwärmen. Aber reichte es wirklich? Der König konnte ganz schön anspruchsvoll sein. Zerra beschloss, noch einen Moment zu warten. Ah … jetzt kniete er sich hin und stocherte unter der Tür herum. Irgendetwas hatte er vor – so viel stand fest.

Hagos suchte nach dem silbernen Schließblech am Fuß der Tür. Das Silber war stark angelaufen und kaum vom Eisen zu unterscheiden, doch seine Finger fanden die glatte Oberfläche und spürten das untergründige Summen der Magie darin vibrieren. Er holte noch einmal tief Luft, nahm seinen Mut zusammen und drückte das Sechseck gegen den silbernen Kreis. Schon hörte er, wie sich die komplizierten Zylinder im Schloss in Bewegung setzten, und dann das leise *Kerr-plick*, als sich der Riegel zurückschob. Hagos sprang auf und drückte fest gegen die Tür. Sie rührte sich nicht. Er versuchte es wieder. Noch immer nichts. Plötzlich fiel ihm ein, dass sich die Tür – um das Ganze noch kniffliger zu machen – immer zu der sie öffnenden Person hin bewegte. Er griff nach dem kleinen Halter am Rand des Schließblechs und zog. Die Tür schwang auf, und ein eiskalter Luftzug blies ihm entgegen. Dann betrat Hagos den Eisernen Turm.

Gepeitscht vom Strom eiskalter Alb-Essenz, die ihm entgegenwehte, ließ sich Hagos auf Hände und Knie nieder und suchte nach dem Tau. Er fühlte sich, als wäre er mitten auf stürmischer See. Betäubt vom Geheul der eingesperrten Zauber und geschüttelt von einem Schwall Nachtalbe, die von der Turmspitze auf ihn niederprasselten, tastete er fieberhaft den Boden nach der vertrauten T-Form des Tau ab. Doch er fühlte nichts als den eisigen, eisernen Boden. Er wusste, dass es nutzlos war – es war kein blaues Licht zu sehen, nicht mal der kleinste Schimmer. Wie befürchtet hatte das Tau die kurze Zeit im Eisernen Turm nicht überstanden.

Plötzlich stieß etwas Raues, Hartes gegen ihn und schubste ihn beinahe um. Hagos schaute auf und sah acht kleine, rote Augen auf sich herabblicken. Dann sah er die acht langen, haarigen Beine, die zu den kleinen, roten Augen gehörten. Sols Spinne! Hagos schrie auf und sprang durch die Tür. Während er sie panisch zu schließen versuchte, schob die Spinne eins ihrer kräftigen Beine in den Spalt und drückte die Tür wieder auf. Ein Nachtalb-Trio nutzte die Gelegenheit zur Flucht, und Hagos wurde durch ihren Schwung nach hinten geschleudert und schlug sich den Kopf am Torbogen an. Wankend rappelte er sich auf und sah einen schier endlosen Strom aus Dunkelheit aus dem Turm fließen, während die Riesenspinne so freundlich war, die Tür aufzuhalten.

Zerra beobachtete entzückt, wie ein dunkler Strom dem Eisernen Turm entwich. Jetzt hatte sie dem König aber wirklich etwas Aufregendes zu berichten! Sie rannte zum Goldenen Turm und eilte über die mit rotem Teppich ausgelegten Stufen zur Spitze hinauf. Dort gab sie dem krähenzerrupften Schakal vor der goldenen Tür mit der Flügelkrone eins auf die Nase – Zerra konnte sehen, dass er geschwächt war – und stürzte in den Spiegelraum. Keuchend blieb sie stehen, verschreckt von der Horde zerzauster Kinder, die sich dort versammelt hatte, bis sie sich wieder an die schaurigen Spiegel erinnerte. Dann schrie sie: »König! König! Der Blender hat den Eisernen Turm geöffnet!«

Aus dem Inneren seiner Gemächer hörte König Belamus Zerras Geschrei. Vorsichtig öffnete er die Spiegeltür gerade weit genug, um zu sehen, dass sein nichtsnutziger krähenzerpflückter Schakal auf seinem besten Teppich lag und sich die Nase rieb und seine Spionin kreischend in der Spiegelkammer stand.

»Der Blender!«, schrie die Spionin. »Er hat den Eisernen Turm geöffnet und das ganze schlimme Zeug rausgelassen. Schaut nur!« Dann, ohne Rücksicht auf seine königliche Würde, packte die Spionin seinen samtenen Umhang und zerrte ihn ans königliche Fenster. Jetzt schrie sie ihm direkt ins Ohr: »Schaut! Da unten!«

Sprachlos folgte Belamus ihrem Befehl. Unten im Sternenhof sah er eine dunkle Welle über das Pflaster schwappen, und in der Welle bemerkte er zwei Reihen kleiner, roter Augen. Spinnenaugen, dachte er. Und dann, als ihm einfiel, wie hoch oben er war: *RIESENSPINNENAUGEN!*

»Was werdet Ihr tun?«, fragte Zerra.

Belamus sah sie verständnislos an. »Tun?«, fragte er.

»Ihr seid der König! Müsst Ihr nicht irgendetwas tun?«, fragte Zerra verwirrt.

Belamus wirkte nicht minder verwirrt. Er schwieg, dann sagte er sehr leise: »Aber ich weiß nicht, was ich tun soll.«

Zutiefst enttäuscht starrte Zerra König Belamus an. Wenn *sie* König wäre, wüsste sie genau, was zu tun wäre. Sie überlegte gerade, ob sie ihm das sagen sollte, als es laut an die Tür klopfte. Der König reagierte nicht – er schien vergessen zu haben, was eine Tür war. Entnervt lief Zerra durch den Raum und machte auf.

Hagos stolperte regelrecht herein. Zitternd und mit wildem Blick japste er: »Belamus. Es ist etwas Schreckliches passiert!« Dann erst bemerkte er Zerra. »Wie kommst du denn hierher?«, fragte er.

»So wie Sie«, gab Zerra zurück. »Ich war nur schneller, denn *ich* habe nicht erst am Eisernen Turm haltgemacht und das ganze Zeug rausgelassen.«

»*Was* hast du getan?«, flüsterte Belamus und starrte Hagos an.

»Hab ich doch schon gesagt!«, rief Zerra gereizt.

»Es war ein Fehler«, murmelte Hagos. »Ein schrecklicher Fehler.«

»Wird das hier hochkommen?«, fragte Belamus ängstlich.

Hagos schüttelte den Kopf. »Das glaube ich nicht.« Er trat ans Fenster und blickte in den Hof. Immer noch floss Albnebel aus dem Turm, doch er hielt sich dicht am Boden. »Wir müssen das Stadttor öffnen«, sagte er. »Wenn wir die Zauber hinauslassen, werden sie sich vielleicht zerstreuen.«

»Dann geh und lass sie raus«, sagte Belamus.

Hagos schluckte. »Ja. Gut. Das mache ich. Jetzt sofort.«

»Meine Spionin wird dir helfen«, fügte Belamus hinzu.

»Ich?«, fragte Zerra.

»Ja, du!« Belamus drehte sich zu Hagos um und sah ihm in die Augen. »Dafür wirst du bezahlen, RavenStarr«, sagte er. Als Hagos den Raum verließ, fügte er leise hinzu: »Mit deinem Leben.«

32. Kapitel

ALBNEBEL

Hagos und Zerra standen im Torbogen des Goldenen Turms und wagten sich nicht hinaus. Der Sternenhof hatte sich in eine wabernde Masse aus dunklem Nebel verwandelt, durchsetzt von blau gleißenden Blitzen. Aus den Tiefen der Dunkelheit drang eine unheimliche Mischung aus Schreien, Knurren und Stöhnen. Nicht nur Zerra, auch Hagos hatte ordentlich Gänsehaut. Als könnte der Nebel ihre Anwesenheit spüren, lösten sich einzelne Schwaden aus ihm heraus und kamen wie lange Ranken – einige von ihnen hatte kleine, funkelnde Augen – auf sie zugekrochen.

»Wird er uns töten?«, flüsterte Zerra.

»Schon möglich«, erwiderte Hagos. »Im Turm waren ein paar richtig abscheuliche Nachtalbe. Klebrige Viecher, die dich nicht mehr loslassen, wenn sie dich einmal gepackt haben.«

Zerra blickte Hagos entsetzt an.

»Wir müssen uns ganz langsam bewegen und dürfen möglichst keine Luftbewegung verursachen. Das hier könnte dir helfen.« Ein wachsames Auge auf die näher kommenden Ranken gerichtet, zog Hagos den Codex aus der Tasche. Er schlug ihn auf, nahm eine der sechseckigen Karten heraus und reichte sie Zerra.

»Das sind ja Alex' Karten!«, sagte sie entgeistert.

Hagos sah sie scharf an. »Woher weißt du das?«

Zerra zuckte mit den Schultern. »Hab sie mal gefunden. Schon ewig her. Als wir noch zu Hause in Luma waren.«

»Zu Hause? In Luma? Du und *Alex*?«

»Ja. Hören Sie auf, mich so anzustarren. Das ist gruselig.«

»Du bist Mirram D'Arbos Tochter? Die jüngere?«

»Ja. Und?«

Hagos raufte sich die Haare und murmelte vor sich hin: »Eine verloren, eine gewonnen.«

»Wie bitte?«, fragte Zerra.

»Äh ... nichts, nichts. Hier, nimm die Karte. Halt sie in der Faust. So.« Hagos nahm selbst eine Karte und schloss die Finger darum. »Und jetzt sprich diese Worte. Lies sie einfach ab.« Er zeigte auf den Codex.

Zerra sah winzige Buchstaben, die kreisförmig angeordnet waren. »Was ist das?«, fragte sie argwöhnisch.

»Ein Zauber. Der dich umgeben soll. Um dich zu schützen. Du kannst doch lesen?«

»Natürlich kann ich lesen«, sagte Zerra verächtlich. »Aber es bringt nichts, wenn ich Ihr blödes Blenderzeug lese, weil ich keine blöde Blenderin bin.«

»Sicher, dass du nicht blöd bist?«, gab Hagos zurück. »Lies einfach die Worte. Wird's bald?«

Und so las Zerra ihren ersten Zauberspruch. Sie flüsterte die Worte und fühlte die oblatendünne sechseckige Karte in ihrer Hand pulsieren. Als sie fertig war, wollte sie Hagos die Karte hastig zurückgeben, doch der winkte ab. »Behalt sie bei dir. Sie wird den Zauber verstärken.«

Zerra steckte die Karte in die Tasche. Sie stellte fest, dass die Ranken, die nach ihnen gegriffen hatten, sich in den Nebel zurückgezogen hatten. Das, musste Zerra zugeben, war ziemlich cool. Sie lauschte Hagos, der seinen Zauber murmelte, und dachte, wie eigenartig es war, neben einem waschechten, ausgewachsenen Blender zu stehen. Es war ganz anders, als sie erwartet hatte – und das Allerseltsamste war, dass er sich um sie zu sorgen schien. Ihre Gedanken wurden von Hagos gestört, der leise sagte: »Wir müssen den Durchgang zum Torhof öffnen, damit die Albe dort hinüberfließen können. Dann müssen wir die Wächter dazu bringen, das Stadttor aufzuschließen.«

»Das werden sie nicht tun«, sagte Zerra.

»Werden sie doch, wenn sie sehen, was auf sie zukommt«, widersprach Hagos. »Und jetzt müssen wir mutig sein. Wir müssen da mittendurch gehen. Nimm meine Hand. Geeint sind wir stärker.«

Widerstrebend – denn in der Schule war viel vom kalten, reptilienartigen Händedruck der Blender die Rede gewesen – nahm Zerra Hagos' Hand. Zu ihrer Überraschung war sie warm und trocken und umschloss ihre kleinere Hand auf beinahe tröstliche Weise. Sie ließ sich von Hagos in den Albnebel führen. Augenblicklich wurden ihre Beine eiskalt, und der üble Geruch, der ihr in die Nase drang, brachte sie zum Würgen. Doch während Hagos und sie zum südöstlichsten Zipfel des Sterns wateten, überkam sie ein eigentümliches Gefühl. Es war, als würde die zusammengerollte Schlange des Zorns, die in ihr lebte, seit sie denken konnte, langsam davonkriechen. Sie war beinahe glücklich, als sie mit Hagos durch die dunkle Straße ging und in den kleinen Mauersteig bog, der zwischen den Häusern in den Torhof führte. Am Ende befand sich eine große, schmale Pforte, genau wie die, die in den Stallhof führte. Hagos zog an dem Hebel in der Wand, die Tür schwang auf, und sie stolperten in den Torhof, dorthin, wo die Kutschen der Schakalerie standen. Sie ließen die Tür geöffnet und liefen, gefolgt von den wirbelnden Strömen der Albe, zum Stadttor.

»Halt!«, brüllte der Torwächter. Dann fiel sein Blick auf die dunkle Masse, die hinter Hagos herwaberte, und er hielt verunsichert inne. »Wer da?«, flüsterte er.

Hagos beschloss, sich zu erkennen zu geben. »Hagos Raven-Starr, Erster Magier des Königs. Der König befiehlt, das Stadttor zu öffnen.«

Der Wächter starrte die Erscheinung mit dem wilden Blick und dem rotem Zauberumhang an. »Aber Sie sind der Magier!«

»Ja. Das habe ich doch gerade gesagt. Und jetzt mach das Tor auf und lass dieses Zeug raus, bevor es uns alle erstickt!«

Doch der Wächter brachte nur ein Würgen heraus – eins der Geschöpfe wickelte sich eng um seine Brust und seinen Hals. Es war, wie Hagos erschrocken feststellte, sein missglückter Würgeschlangenzauber, mit dem er einen Regenwurm in eine gigantische Boa constrictor verwandelt hatte. Aus den Tiefen seines Gedächtnisses gelang es ihm, den Widerrufszauber auszugraben. Die Würgeschlange wurde schwächer, und Hagos musterte den keuchenden Wächter. »Geh die Treppe hoch bis zur Turmspitze«, sagte er zu ihm. »Da bist du sicher.« Der keuchende Mann brauchte keine weitere Ermunterung. Er rappelte sich auf und eilte davon.

Hagos spürte einen Stoß gegen den Rücken. Er fuhr herum und sah eine weitere Wache – keine geringere als die Nachtkommandantin – vor sich stehen, den Speer auf seinen Hals gerichtet. »Was geht hier vor?«, fragte sie.

Hagos wollte gerade antworten, als die Kommandantin ihren Speer fallen ließ. Über seine Schulter hinweg starrte sie etwas an. Hagos wirbelte herum und sah acht rote Augen, einen runden Kopf, einen schuppigen Bauch und acht lange, beeindruckend haarige Beine – und das alles kam auf sie zu.

»Sie haben dem Befehl des Königs unverzüglich Folge zu leisten!«, rief Hagos verzweifelt. »Macht das Tor auf und lasst sie raus!«

Hagos' Stimme löste die Nachtkommandantin aus ihrer Starre. Mit zitternden Fingern löste sie den Schlüssel von ihrem Gürtel und öffnete mit Hagos' und Zerras Hilfe das Stadttor von Rekadom.

»Kommt mit«, sagte die Kommandantin und winkte Hagos und Zerra durch eine Tür in einer der steinernen Säulen zu beiden Seiten des Tors. Über eine schmale Treppe gelangten sie zu einer Aussichtsplattform, wo sie der andere Nachtwächter erwartete. Hier stand nun das ungleiche Grüppchen aus Magier, Spionin, Nachtkommandantin und Torwächter und beobachtete, wie eine Riesenspinne in Begleitung zahlreicher Nachtalbe aus der Stadt stolzierte und sich in Richtung Wüste davonmachte.

Ganze drei Stunden lang schauten sie zu, wie der Inhalt des Eisernen Turms wirbelnd und wabernd, kreischend und heulend in die Welt jenseits der Stadt hinausströmte. Mit Zerras Fernglas verfolgten sie abwechselnd den Albnebel, der sich über die Wüste ergoss und in dem ab und zu ein gleißendes Licht explodierte, wenn er auf einen Skorpas stieß.

Hagos seufzte. *Was für eine Plage hat er jetzt wieder auf die Welt losgelassen?*

Als der letzte Nachtalb verschwunden war, gingen sie in den Hof zurück und halfen der Nachtkommandantin, das Tor zu schließen. Dann endlich fand Hagos den Mut, sie nach den Kutschen der Schakalerie zu fragen, die am Abend angekommen waren. Nach der Beschreibung der Kommandantin war Hagos klar, dass Alex nicht unter den Gefangenen sein konnte. Sein Mut sank – wo war sie nur?

Zerra hingegen lachte. »Das klingt ja, als wären es Louie und Francina«, sagte sie. »Aber das kann nicht sein.«

»Warum nicht?«, fragte Hagos. »Irgendjemand muss es sein.«

Die Nachtkommandantin schloss das Tor ab und wandte sich an Hagos. »Streng genommen, Meister RavenStarr«, sagte sie, »müssten wir Sie jetzt in den Kerker bringen, weil Sie ihren Hausarrest gebrochen haben. Aber wenn Sie jetzt schnell nach Hause gehen, werden wir vergessen, dass Sie hier waren. Nicht wahr?« Die Nachtkommandantin sah den Wächter mit hochgezogenen Augenbrauen an.

»Vergessen? Was?«, fragte der und zwinkerte Zerra zu. Die lächelte zurück.

Auf dem Weg durch die verlassenen Straßen zum Sternenhof fragte Hagos: »Zerra, hast du einen Platz zum Schlafen?«

»Ähm … Nein. Na ja, ich könnte in die Falknerei gehen, aber Bartlett ist nicht gut auf mich zu sprechen.«

»Dann komm mit in meine Wohnung«, sagte Hagos. »Du kannst

Alex' Bett haben.« Er musterte sie scharf. »Und bevor ich es vergesse: Du kannst mir ihre Hexkarte jetzt wiedergeben.«

Folgsam gab Zerra ihm die Karte zurück. Komischerweise fiel es ihr schwer, sich von ihr zu trennen.

Müde, aber irgendwie fröhlich, stieg Zerra die lange Wendeltreppe zur Spitze des Silbernen Turms hinauf. Keine fünf Minuten später, als die Sonne gerade über die Dächer lugte, schlief sie schon unter Alex' ausgeblichener rosa Decke mit den aufgestickten Kaninchen.

33. Kapitel

VERWECHSELT

Die Sonne tauchte gerade aus dem frühmorgendlichen Nebel, als Benn Molly bei einsetzender Flut den Fluss hinaufruderte. »Pass auf die Stachelaale auf«, warnte er Jay, der die Finger durchs Wasser gleiten ließ.

Jay lachte. »Das ist doch nur ein Märchen, Benn! Du solltest nicht alles glauben, was man dir erzählt.«

Und schon erinnerte Benn sich wieder, wie sehr Jay ihm mit seiner Großer-Bruder-Besserwisserei auf die Nerven ging. »Das ist kein Märchen, Jay. Stachelaale gibt's wirklich. Alex und ich sind von einem angegriffen worden, als wir flussabwärts gerudert sind.«

»Das war bestimmt nur ein großer Fisch«, erwiderte Jay.

Alex war nicht sicher, ob sie Jay besonders gut leiden konnte. Sie saß schweigend im Heck und lauschte dem steten *Klonk-onk, klonk-onk* der Ruder, während Benn und Jay leicht mit der Flut ruderten. Es war ein kühler Morgen, Nebelstreifen hingen über dem Ufer, doch der Himmel darüber war klar, und Alex merkte, dass sich ihre Laune bei der Aussicht, bald im Rundhaus zu sein, deutlich besserte. Sie konnte es kaum erwarten, Louie wiederzusehen und Nella die Gewissheit zu bringen, dass mit Benn alles in Ordnung war. Es tat so gut, zur Abwechslung mal etwas Schönes vor sich zu haben.

Molly glitt friedlich durch die Flusswindungen, ohne dass sich ein Stachelaal zeigte, und es dauerte nicht lange, bis sie die Orangen- und Zitronenhaine von Nellas Hof erreichten. Sie ruderten um die letzte Biegung, und Alex griff nach der Halteleine. Als Benn und Jay Molly an den Steg gelenkt hatten, sprang sie aus der Jolle und vertäute sie am Pfosten. Auch Benn sprang auf den Steg, gefolgt von Jay. Ihre Streitereien schienen vergessen zu sein. Jay legte einen Arm um Benn und sagte: »Großmutter wird sich so freuen!«

Alex folgte den beiden über den Pfad und durch den Torbogen in den kreisrunden Hof, in dem das Rundhaus stand wie der schwarze Mittelpunkt einer Zielscheibe. Es war eine alte Festung und erbaut worden, um Piraten abzuwehren, die früher häufig die Höfe am Flussufer überfallen hatten. Aus irgendeinem Grund erschien das Alex an diesem Morgen wie ein böses Vorzeichen. Doch als sie an Louie dachte, der vermutlich gerade an Nellas Tisch saß und sich einen Haufen Pfannkuchen einverleibte, und an Nellas warme, gemütliche Küche, in der sie sich so heimisch gefühlt hatte, konnte sie es kaum erwarten, dort zu sein.

Sie überquerten den Hof mit den bunten Pflastersteinen. Jay war als Erster an der Tür und lief ins Haus. »Großmutter?«, rief er. »Großmutter? Oh nein! Großmutter!«

Benn und Alex wechselten einen besorgten Blick und eilten Jay nach. Auf der Schwelle blieben sie wie angewurzelt stehen. Die Küche war völlig verwüstet. Töpfe und Pfannen lagen auf dem Boden, Stühle waren umgestoßen, der Tisch lag auf der Platte, die Beine in der Luft. Doch dann sahen sie Nella. Und das war das Schlimmste. Sie lag der Länge nach neben dem Herd auf dem Boden, und in ihrem Haar klebte Blut.

»Großmutter!« Benn stürzte zu ihr und fiel neben ihr auf die Knie. Alex folgte ihm mit einem kalten Gefühl im Magen.

Jay blickte erleichtert auf. »Sie lebt«, sagte er. »Ich kann ihren Puls fühlen.«

Ein schwaches Stöhnen drang aus Nellas Kehle.

Benn beugte sich vor und flüsterte: »Großmutter, geht es dir gut?«

Jay rollte sich auf die Fersen zurück. »Was für eine bescheuerte Frage! Natürlich geht es ihr nicht gut.«

»Benn?« Nella stützte sich mühsam auf die Arme und drehte sich in eine sitzende Position. »Benn? Bist du das?«

»Ja, Großmutter. Ich bin's. Was ist denn passiert?«

»Hilf mir hoch, Benn. So ist es gut. Oh, Benn. Mein Junge. Du lebst. Aber … oh Himmel … oh Himmel …«

»Setz dich, Großmutter«, sagte Benn. Dann stellte er fest, dass man sich nirgends hinsetzen konnte.

Während Benn und Jay Tisch und Stühle wieder aufstellten, holte Alex eine Decke und legte sie Nella um die Schultern. Dann führten die Jungen sie zu ihrem Lieblingssessel am Kamin. Als sie saß, konnten sie die große, blutige Beule auf ihrer Stirn sehen. Alex machte sich daran, einen Zitronen-Honig-Tee zuzubereiten, so wie Nella es immer tat.

Nella streckte den Arm aus und griff nach Benns Hand. »Du bist es wirklich«, murmelte sie. »Wie bin ich froh, dich zu sehen. Mein liebster Benn. Aber der kleine Louie ist weg. Und Francina auch.«

»Louie ist weg?«, fragte Alex und spürte einen Knoten der Angst im Bauch.

Nella nickte. »Oh, der arme Kleine.«

»Was ist passiert?«, fragte Alex. »Was ist mit Louie passiert?«

Sehr langsam, um das Zittern ihrer Stimme zu beherrschen, sagte Nella: »Gestern Abend sind drei Kreaturen mit Schakalköpfen und roten Umhängen hier aufgetaucht und haben Louie und Francina mitgenommen.«

»Die Königliche Schakalerie«, flüsterte Alex.

Nella sah sie an. »Oh. Ja, natürlich, das waren sie. Sie hatten ein Schreiben, auf dem stand, dass sie kämen, um zwei ›Blenderkinder‹ abzuholen. Einen Jungen und ein Mädchen. Ich habe ihnen gesagt, dass hier keine Blender wohnen, aber das war ihnen egal. Sie haben Louie und Francina trotzdem mitgenommen.«

Alex und Benn sahen sich fassungslos an. »Die meinten *uns*«, sagte Alex leise. Sie fühlte sich schrecklich. »Wir sind aus Rekadom geflohen. Aber eins verstehe ich nicht – woher wussten sie, dass wir auf dem Weg hierher waren?«

Benn stöhnte. »Weil ich es Ma Ratchet gesagt habe.«

»Wem?«, fragte Nella.

»Ma Ratchet. Bei der waren wir vorgestern Nacht. Sie war ganz freundlich und redselig, deshalb habe ich versucht, nett zu sein. Sie hat mich gefragt, wo wir wohnen. Und ich habe es ihr gesagt.«

»Und gestern Morgen haben wir der Hafenwärterin gesagt, dass wir nach Hause fahren«, fügte Alex hinzu.

»Na ja – *ich* habe es gesagt«, gab Benn zu.

Jay hielt im Aufräumen inne und drehte sich zu ihm um. »Idiot«, sagte er.

»Jay, bitte. Sprich nicht so mit deinem Bruder.« Nella klang erschöpft.

»Entschuldige, Großmutter«, sagte Jay. »Aber Benn macht nichts als Ärger, seit er …«

Alex wusste, was Jay sagen wollte. Er starrte sie wütend an. Sie beendete den Satz für ihn: »Seit er mich hergebracht hat«, sagte sie. »Ich weiß. Das alles hier ist meine Schuld. Es tut mir so leid.«

»Es ist niemandes Schuld«, sagte Nella, und ihre Stimme klang kräftiger. »Abgesehen von diesem garstigen König.«

Alex stellte die Teekanne auf den Tisch. Sie tranken schweigend ihren Tee und lauschten Jays wütendem Aufräumen. Schließlich murmelte Nella: »Wenigstens war Mirram nicht hier.«

Bis dahin hatte niemand einen Gedanken an Alex' Pflegemutter verschwendet. »Vielleicht hätte sie etwas tun können«, sagte Benn.

»Das bezweifle ich«, entgegnete Alex spitz. »Wo ist sie überhaupt?«

»Sie ist gestern nach Santa Pesca gegangen und nicht zurückgekommen«, sagte Nella. »Ich habe gemerkt, dass sie sich gelangweilt hat, deshalb habe ich sie zu Benns und Jays Vater geschickt, damit sie ihm ausrichtet, dass Benn … nun ja, dass er verschollen ist. Auf See.« Nella lächelte Benn schwach an. »Aber du bist nicht verschollen. Und das ist wunderbar. Dafür müssen wir ihr jetzt die schreckliche Neuigkeit über Louie und Francina überbringen.«

Benn und Alex antworteten gleichzeitig: »Nein!«

»Nein?«, fragte Nella. »Warum nicht?«

»Weil sie es gar nicht erfahren muss. Wir holen Louie und Francina zurück«, sagte Alex. »Stimmt's, Benn?«

»Auf jeden Fall«, stimmte Benn zu.

Nella schüttelte den Kopf. »Wie um aller Welt wollt ihr das anstellen?«, fragte sie.

Benn sah Alex an. Er hatte keine Ahnung, sah aber, dass sie bereits einen Plan hatte.

»Das schafft ihr nicht«, sagte Jay.

»Schaffen wir doch«, gab Benn zurück. »Wart's ab.«

Jay lachte. »Wie lange?«

»Jungs, hört auf«, sagte Nella erschöpft. »Benn, was auch immer euer Plan ist, ich möchte, dass Alex und du den Tag über hierbleibt. Ich möchte euch bei mir haben. Wir können alles durchsprechen, und Jay, ich möchte, dass du auch hierbleibst. Und dass du nett zu deinem Bruder bist und nicht wieder abrauschst wie sonst immer.«

Jay faltete das Geschirrtuch zusammen und umarmte Nella. »Ich gehe nirgendwohin, Großmutter. Ich bleibe hier und kümmere mich um dich.«

Benn fühlte sich plötzlich wie im falschen Film. Normalerweise war er der Zuverlässige, der bei Großmutter blieb, und jetzt hatte Jay sich einfach seine Rolle geschnappt. Benn war nicht sicher, wie er das finden sollte. Doch dann dachte er daran, wie sehr er sich danach gesehnt hatte, frei zu sein und mit Molly segeln zu können, wohin er wollte. Vielleicht kann ich ja beides haben, dachte er.

Benn und Alex verbrachten den Tag mit Nella, wie sie verlangt hatte. Die Zeit ging schnell dahin. Während Jay einen zerbrochenen Stuhl leimte und trotz Nellas Protest weitere Riegel an der Tür anbrachte, berichteten Alex und Benn Nella alles, was seit ihrer Abreise geschehen war. Unter Nellas Aufsicht – denn niemand erlaubte ihr, selbst etwas zu tun – bereitete Benn ein Käseomelette zum Mittagessen zu, und Alex erlernte die Kunst des Zitronen-

Pfannkuchen-Backens. Dann jedoch sank die Nachmittagssonne immer tiefer, und sie mussten Nella mitteilen, dass es für sie Zeit war zu gehen.

Nella widersprach nicht. »Ihr passt gut auf euch auf, ja?«, sagte sie nur.

»Natürlich«, versprach Benn, und sein Gesicht verfinsterte sich, als er an den Stachelaal dachte, der sie angegriffen hatte, als sie beim letzten Mal vom Rundhaus Richtung Zitronenhafen gerudert waren. Davon hatte er Nella bewusst nichts erzählt.

»Sehen wir uns morgen?«, fragte Nella. Benn sah Alex fragend an. Die schüttelte leicht den Kopf, eine kaum merkliche Bewegung, die Nella jedoch nicht entging. »Ah, wohl nicht«, stellte sie fest. Sie griff nach ihren Händen und drückte sie. »Also, ihr beiden. Ich werde euch nicht fragen, was ihr vorhabt, da ich nicht glaube, dass ihr es mir sagen werdet. Ich möchte euch nur darum bitten, genau nachzudenken, bevor ihr etwas tut. Was auch immer ihr plant, tut es nur, wenn es wirklich machbar ist. Und wenn es machbar ist, dann tut es mit größter Vorsicht und in Erwägung aller möglichen Ergebnisse. Riskiert nicht alles für nichts.«

Alex nickte. Das war ein guter Rat. »Ich glaube«, erwiderte sie, »wir riskieren *etwas* für *alles.*«

Nella nickte. »Ich kann nichts tun, um euch zu helfen?«

»Helfen? Wobei?«, fragte Jay, der gerade mit einem riesigen Schraubenzieher und zwei flachen Eisenriegeln aus dem Schuppen kam.

Nella seufzte und ließ Alex' und Benns Hände los. »Nichts, mein lieber Jay. Benn und Alex machen sich jetzt auf den Weg.«

Nella umarmte erst Benn, dann Alex. »Danke für alles«, sagte Alex. »Wir sehen uns bald wieder.«

»Das will ich hoffen, mein Liebes«, erwiderte Nella. Sie drückte Benn noch einmal an sich und blickte ihnen dann wortlos nach. Als sie sich in ihrem Stuhl zurücklehnte, liefen ihr ein paar Tränen über das Gesicht. Damit Jay sie nicht sah, wischte sie sie schnell weg und stand auf. »Ich lege mich schlafen, Jay.«

»Soll ich dir die Treppe hochhelfen, Großmutter?«, fragte Jay.

Nella lächelte. »Fang bloß nicht an, mich in Watte zu packen, Jay Markham.«

Langsamer denn je stieg Nella die Treppe hoch. Als sie ihr Zimmer erreichte, war sie erschöpft. Dennoch trat sie ans Fenster und blickte hinaus. Sie schaute dem kleinen weißen Boot nach, das langsam über den Fluss glitt. Sie folgte ihm mit dem Blick, bis es hinter der Biegung verschwand, und selbst dann noch blieb sie stehen. Schließlich drehte sie sich um und ging zu ihrem Bett, legte sich hin und schloss die Augen. Doch sie fand keine Ruhe. Die ganze Zeit sah sie die grausigen weißen Schakale vor sich. Und die ganze Zeit hörte sie die Schreie eines verängstigten kleinen Jungen.

34. Kapitel

DAS ERSTE FEUER

Die Gezeiten standen günstig, und Alex war überrascht, wie schnell sie den alten Zitronenhafen erreichten. Sie lenkten Molly durchs Schilf, und als sie sich dem Anleger näherten, sahen sie Danny darauf in der Sonne sitzen. Er hatte die Augen geschlossen und lächelte in der Wärme des Spätnachmittags.

Als Mollys Halteleine gegen den Stein klatschte, sprang er auf wie eine Sprungfeder. Dann fiel sein Blick auf das Boot, und er kam eilig herbei, um Alex und Benn zu helfen. »Na, hattet ihr einen schönen Ausflug? Ihr werdet nie erraten, was ...« Als er ihre Mienen sah, verstummte er. »Was ist passiert?«

»Die Schakalerie. Sie war gestern Abend beim Rundhaus. Sie haben Louie und Francina geholt.«

»Francina!« Danny glitt die Halteleine aus der Hand. »Die Schakalerie hat *Francina* geholt?«

»Und Louie«, sagte Alex.

Danny wirbelte hektisch auf den Absätzen herum. »Aber warum denn? Warum, warum, warum? Was hat Francina getan? Und warum waren sie überhaupt im Zitronental?«

»Sie haben Benn und mich gesucht«, sagte Alex.

Danny schüttelte betroffen den Kopf. »Nicht zu fassen. Nicht zu fassen! Sie muss schreckliche Angst haben.« Er bückte sich und knüpfte vor Sorge einen Knoten nach dem anderen in Mollys Leine.

»He, das reicht, genug Knoten«, sagte Benn und nahm Danny das Seil aus der Hand. »Sie wird schon nicht abhauen.«

Danny verstand ihn falsch. Wütend sah er Benn an. »Natürlich wird sie nicht abhauen. Wie sollte sie auch aus dem Kerker entkommen? Aus dem Kerker entkommt niemand! Es ist ein schrecklicher Ort. Meine Mutter und mein Vater sind dort gestorben.«

Alex und Benn sahen Danny erschrocken an. Sie hatten sich noch nie gefragt, was mit Dannys Familie war.

Dannys deutete ihre Mienen richtig. »Tja«, sagte er bitter. »Ich bin nicht nur irgendein Junge, der aus Bosheit Falkenreiter geworden ist. Ich bin auch ein Mensch. Genau wie ihr. Himmel!« Er wandte sich ab und stürmte davon, in den dunklen Schlund des Tunnels, zurück in seine Höhle.

Alex und Benn folgten ihm langsam. Alex hob schnuppernd die Nase. »Riecht komisch hier«, bemerkte sie.

»Ja. Was hat er bloß angestellt?«, murmelte Benn und beschleunigte seinen Schritt. Sie erreichten die Höhle, die von Laternen hell erleuchtet war. Ein beißender, schwefliger Geruch stieg ihnen in Hals und Nase, doch das Seltsamste war das leise Schnaufen wie von einem großen, keuchenden Tier.

Alex bekam Gänsehaut. »Benn, weißt du noch«, flüsterte sie, »als ich dir in Luma die Karten gelegt habe und du gefragt hast, ob das Monster immer kalt bleiben und ob seine Gelenke immer wehtun würden?«

»Und ob sein Herz immer stillstehen würde«, fügte Benn hinzu. »Wie könnte ich das vergessen? Hätte ich dich nicht danach gefragt, wärst du jetzt nicht hier.«

Und Louie wäre nicht im Kerker von Rekadom, dachte Alex. Doch sie schüttelte den Gedanken ab – es würde Louie nicht helfen, wenn sie sich jetzt aufregte – und hob den Blick zu der Lokomotive, die noch immer reglos in der Mitte der Höhle stand. Irgendetwas hatte sich verändert. »So fühlt es sich an. Das Herz des Großen Schnaufers schlägt wieder. Er atmet.«

»Feuer«, flüsterte Benn. »Er atmet Feuer. Genau, wie du gesagt hast.« Er streckte die Hand aus und strich der Lokomotive über die Nase. »Sie ist warm«, flüsterte er.

Sie gingen seitlich am Großen Schnaufer entlang, an seinem zylindrischen Körper, seinem gewölbten kupfernen Wassertank vorbei bis zur Fahrerkabine, aus der ein orangefarbener Schein schimmerte. Dort kniete Danny gerade auf dem Trittbrett vor der Öffnung zum Bauch der Lokomotive. Er warf ein Stück Holz nach dem anderen hinein, als fütterte er ein mäkeliges Kleinkind. Von seinem erhöhten Posten blickte er auf Benn und Alex herab. »Er hat Hunger«, sagte er.

»Das ist nicht fair, Danny«, sagte Benn. »Jay hat jahrelang am Großen Schnaufer gearbeitet. Er hat immer davon geträumt, das erste Feuer anzuzünden. Du hättest auf ihn warten sollen.«

»Ach, ich dachte, es könnte nicht schaden, es schon mal auszuprobieren. Der Schnaufer muss sich langsam aufwärmen. Deshalb wollte ich ihm heute Abend schon mal was geben. Nachher lösche ich das Feuer und fege die Brennkammer aus. Jay wird nichts merken.«

Mit einem unerwarteten Gefühl brüderlicher Solidarität sagte Benn: »Darum geht es nicht, und das weißt du! Außerdem wird er es auf jeden Fall merken. Er kennt den Schnaufer in- und auswendig.«

Danny zuckte mit den Schultern. »Lass es dir schmecken«, sagte er zum Schnaufer, während er ihn mit einem weiteren Stück Holz fütterte. »*Du* findest es gut, dass ich das Feuer gemacht habe, was?«

Benn ließ nicht locker. »Es ist *nicht* gut. Jay wird stinksauer sein, wenn er rausfindet, dass du das erste Feuer angezündet hast.«

Danny lachte kurz auf. »Noch wütender wird er sein, wenn er merkt, dass der Schnaufer weg ist.«

»Weg?«, wiederholte Benn. »Was soll das heißen – *weg*?«

Danny ließ das Feuerchen allein und setzte sich aufs Trittbrett. »Weg – zu Francina!« Er sah Alex an. »Und Louie. Unterwegs, um zwei hilflose Kinder aus den Kerkern von Rekadom zu retten.«

Einen Moment lang starrten Benn und Alex ihn einigermaßen fassungslos an. Benn fand zuerst die Sprache wieder. »Du willst mit dem Schnaufer nach Rekadom fahren?«

»Ich *will* nicht nur, ich *werde.*« Danny rutschte vom Trittbrett, sammelte die Laternen ein und eilte in den hinteren Teil der Höhle, wo der Tunnel, der durch die Berge führte, von den Überresten des Personenwagens verdeckt war – einst als der Alte Wurm bekannt. Er öffnete die Tür des Waggons und verschwand in der Dunkelheit.

Alex und Benn wechselten einen verwirrten Blick. »Was macht er?«, fragte Alex.

Benn schüttelte den Kopf. »Keine Ahnung.«

Wenige Sekunden später kam Danny wieder nach draußen. Er hatte die Fäuste geballt, und kurz glaubte Benn, er wolle sich mit ihm einen Boxkampf liefern. Ihn hätte gar nichts mehr überrascht – Dannys Verhalten wurde immer merkwürdiger. Aber wenigstens lächelte er.

»Ich weiß, warum ihr so entgeistert guckt«, sagte Danny. »Weil ihr keinen Treibstoff seht, stimmt's? Ihr denkt, ich hätte ihn vergessen.«

Benn und Alex schüttelten die Köpfe. Daran hatten sie keinen Gedanken verschwendet. »Du meinst Kohle?«, fragte Alex langsam.

»Ganz recht«, sagte Danny – und wie ein Zauberkünstler, der ein Kaninchen aus dem Hut zaubert, öffnete er die Fäuste und zeigte ihnen zwei runde, staubig-schwarze Klumpen. »Ta-daa!«

Benn und Alex starrten die Klumpen an. »Du hast also den Kohletender gefunden«, bemerkte Benn trocken.

Danny wirkte ernüchtert. »Du wusstest, dass er da war?«

»Natürlich. Ich habe Jay geholfen, ihn abzudichten, damit kein Wasser reintropft.«

Danny lief zur Fahrerkabine, sprang hinein und warf die zwei Kohlestücke feierlich in die Brennkammer. Mit triumphierendem Blick drehte er sich um. »Die erste Kohle seit zehn Jahren!« Dann sprang er behände vom Trittbrett und rannte zur Schlafbaracke. Benn und Alex blieben ratlos zurück.

»Er ist verrückt geworden«, sagte Benn leise. »Selbst wenn er den Schnaufer in Bewegung setzen könnte, würde er es auf keinen Fall bis nach Rekadom schaffen. Es gibt keine Schienen. Na gut … ich weiß, sie führen über die Brücke, und Jay sagt, dass sie bis zu den Salzeichen gehen, aber jeder weiß doch, dass Belamus die Schienen in der Wüste hat abreißen lassen.«

Alex lehnte sich an den warmen Bauch des Schnaufers. »Hat er nicht«, sagte sie.

»Hat er doch«, beharrte Benn. »Sie sind sogar bis weit ins Zitronental gekommen, um die Gleise abzureißen. Großmutter hat sie gesehen. Sie haben die Schienen einfach in den Fluss geworfen. He, was ist so lustig?«

Ein Hoffnungsfunke hatte Alex erfasst, und sie musste unwillkürlich grinsen. »Ja, aber das war die Strecke hoch zum Siebenschlangenwald. Es gab noch eine Strecke, die von hier an der Küste entlangführte.«

»Ich weiß. Großmutter hat davon erzählt. Der Zug hat an mehreren kleinen Orten an der Strecke gehalten«, sagte Benn. »Aber in der Schule haben wir gelernt, dass der König auch diese Strecke abgerissen hat.«

»Das haben wir auch gelernt«, sagte Alex. »Aber es stimmt nicht. Die Strecke ist noch da. Ich bin an ihr entlang den ganzen Weg bis zur Netzlegerbucht gegangen. Wenn wir es mit dem Schnaufer bis zur Netzlegerbucht schaffen, schaffen wir es auch bis nach Rekadom.«

Benn sah Alex ungläubig an. »Ist das dein Ernst?«

Alex nickte. »Ja. Und weißt du was? Ich glaube, Danny hat recht. Wie sollen wir sonst rechtzeitig nach Rekadom kommen? Im Kerker überlebt niemand lange, Benn.«

Benn nickte düster. »Ja. Es tut mir leid. Deine Mutter …«

»Und Dannys Eltern«, ergänzte Alex. »Wir müssen Louie so schnell wie möglich da rausholen.«

Benn grinste. »Vergiss Francina nicht.«

»Haha. Wie könnte ich.« Aus der Geheimtasche ihrer Schärpe holte Alex das Tau hervor und hielt es in der Hand. Das T-förmige

Amulett warf ein leuchtend blaues, schimmerndes Licht auf ihr Gesicht.

Benn wich einen Schritt zurück. »Es ist so hell.«

»Und kraftvoll«, sagte Alex und schloss die Finger darum, sodass das Licht schwächer wurde und ihre Hand einen bläulichen Glanz annahm. »Ich muss nicht nur wegen Louie zurück, sondern auch deswegen. Ich muss Papa das Tau bringen.« Sie sah Benn mit glänzenden Augen an. »Dann können wir die Geschöpfe der Dämmerung ein für alle Mal loswerden. Denk nur, Benn, wir könnten alle in Sicherheit leben! Zusammen.«

Benn seufzte. »Das verstehe ich ja. Wirklich. Aber es fühlt sich falsch an, ohne Jay den Schnaufer zu nehmen.«

»Aber der Schnaufer gehört Jay doch gar nicht«, entgegnete Alex.

»Irgendwie schon. Wenn Jay nicht gewesen wäre, wäre er immer noch ein Haufen Schrott«, sagte Benn. »Wir können ihn nicht stehlen.«

»Wir stehlen ihn nicht. Jay bekommt ihn zurück.«

Benn schwieg und biss sich nachdenklich auf die Unterlippe. »Ich schaue mal kurz nach Molly«, sagte er dann. »Bis später.«

Alex blickte Benn nach, während er durch den Tunnel ging und seine schlaksige Gestalt sich dunkel vor dem Licht abzeichnete. Sie steckte das Tau in ihre Schärpe zurück und machte sich auf die Suche nach Danny.

Er saß in der Schlafbaracke auf einem der Betten und starrte so konzentriert in ein dünnes, zerfleddertes Notizbuch, dass er Alex gar nicht bemerkte.

Da sie ihn nicht stören wollte, wartete sie darauf, dass er aufblickte. Sie versuchte, den gelehrig wirkenden Jungen mit dem Furcht einflößenden Falkenreiter zusammenzubringen, der seine

Lichtlanze auf sie gerichtet hatte, doch es gelang ihr nicht. Natürlich sah er inzwischen anders aus. Danny trug seine langen, roten Haare jetzt zum Zopf geflochten, der ihm wie ein Schwänzchen über den Rücken fiel. Das Fliegerstirnband fehlte, und die Fliegerjacke, die er noch immer trug, war schwarz von Ruß und der silberne Falke mit dem goldenen Schnabel nur noch ein Schatten. Doch es waren nicht diese äußeren Merkmale, die ihn so anders wirken ließen – etwas an seinem Wesen hatte sich verändert. Er strömte eine stetige Ruhe aus, ein Gefühl der Entschlossenheit. Er war nicht nur kein Feind mehr, er war ein Freund.

Endlich blickte Danny auf und bemerkte sie. »Hey«, sagte er lächelnd. Er hielt das Notizbuch hoch. »Möchtest du mal sehen?«, fragte er.

»Klar«, sagte Alex. Sie ging durch den Raum und setzte sich neben ihn.

»Es ist das Lokführerhandbuch«, sagte Danny. »Für den Schnaufer. Dadrin steht alles, was man wissen muss, vom Kaltstart, wie man eine konstante Geschwindigkeit erreicht bis zum Bremsen. Einfach großartig. Und ganz hinten, siehst du …« Danny blätterte durch die schmutzigen, eselsohrigen Seiten zum hinteren Teil des Buchs, wo mehrere einfache Karten eingezeichnet waren. »Es sind alle Strecken drin. Und hier …« Dannys rußige Finger blätterten weiter, bis er die Strecke gefunden hatte, die an der Küste entlang nach Rekadom führte.

»Hier fahren wir lang!«, sagte Alex.

Danny sah sie an, und ein Lächeln breitete sich auf seinem Gesicht aus. »Du bist dabei? Wirklich?«

Alex nickte. »Louie darf keine Sekunde länger als nötig im Kerker sitzen. Wir müssen ihn rausholen«, sagte sie.

Danny nickte. Lachend fügten sie gemeinsam hinzu: »Und Francina.«

»Ich weiß nur nicht, *wie* wir sie rausholen sollen«, murmelte Alex.

Danny schob die Hand tief in die Hosentasche und zog einen großen, eisernen Schlüssel heraus. »Hiermit! Das ist der Schlüssel zum Kerker. Ich habe ihn gestohlen, als ich noch Falkenreiter war. Weil ich nicht wollte, dass je wieder ein Mensch, den ich liebe, im Kerker sitzen muss.«

»Oh, Danny«, sagte Alex. Da er sie ins Vertrauen gezogen hatte, beschloss sie, dasselbe zu tun. Sie nahm das Tau aus der Schärpe, dessen leuchtend blaues Licht die dunkle Schlafbaracke erhellte.

Danny riss die Augen auf. »Was ist das?«, flüsterte er.

»Eine Art Amulett. Man nennt es Tau.«

Danny starrte es an. »Das ist das Tau? Ich dachte, es wäre größer.«

»Du weißt vom Tau?«, fragte Alex.

»Ja. Meister RavenStarr – dein Vater – hat die ganze Zeit davon gequasselt, du kannst es dir nicht vorstellen. Er hat gesagt, damit würde er ... äh, alles wieder in Ordnung bringen, so ungefähr. Allerdings weiß ich nicht mehr, wie genau. Hatte irgendwas mit einem Buch und ein paar Karten zu tun.«

»Das hat er gesagt?«, fragte Alex. »Dass er alles wieder in Ordnung bringt?«

»Jep.« Danny gluckste. »Ich hab allerdings nicht allzu viel kapiert. Er hat so eine Art, Einfaches kompliziert zu machen, weißt du?«

Alex nickte. Das wusste sie nur zu gut. So verständlich sie konnte, erklärte sie Danny, was das Tau, der Codex und die Hexkarten waren und dass alle drei vereint sein mussten, um die Geschöpfe der Dämmerung aus der Welt zu schaffen.

Danny hörte ihr aufmerksam zu, und als Alex fertig war, sagte er: »Ihr müsst das unbedingt machen, du und Meister RavenStarr. Ich werde tun, was ich kann, um euch zu helfen.«

»Dann bring mich nach Rekadom«, sagte Alex. »Ich werde tun, was *ich* kann, damit wir dort ankommen. Kohlen schippen, die Strecke freiräumen, was du willst. Es macht mir nichts aus.«

»Abgemacht«, sagte Danny und vollführte einen kleinen Luftsprung. Dann reichte er Alex das Notizbuch. »Das schaust du dir am besten mal an«, sagte er. »Und Benn auch.«

Benn und seine Einwände hatte Alex vor lauter Aufregung ganz vergessen. »Benn findet es Jay gegenüber unfair, wenn wir den Schnaufer nehmen«, sagte sie. »Ich glaube nicht, dass er mitkommt.«

»Ich spreche mal mit ihm«, sagte Danny.

»Er ist bei Molly«, erwiderte Alex. »Ich glaube, er wollte sich von ihr einen Rat holen.«

»Von einem Boot?«, fragte Danny.

Alex grinste. »Du redest doch auch mit dem Schnaufer.«

Danny lachte. »Okay. Erwischt.«

Alex blickte Danny nach. Sie glaubte nicht, dass er Benn umstimmen konnte.

35. Kapitel

EINE UNERWARTETE BEGEGNUNG

Als Danny aus dem Tunnel kam, sah er, dass das Wasser zurückgegangen war und Molly unter dem Steg im Schlamm lag. Benn saß gedankenverloren auf der Ruderbank.

Danny setzte sich an den Rand des alten Stegs und ließ die Beine baumeln. Er schaute zu Benn hinunter. »Huhu, da unten!«, rief er.

Benn gab keine Antwort.

»Benn, kommst du morgen früh mit uns nach Rekadom?«, fragte er.

Benn blickte auf. *»Uns?«*

»Mit Alex und mir.«

»Hmpf«, machte Benn. »Das wäre Jay gegenüber fies.«

»Ist das ein Nein?«, fragte Danny.

»Ja«, sagte Benn.

»Super!«, rief Danny und klatschte in die Hände.

Benn blickte gereizt zu ihm auf. »Ich meinte, ja, das ist ein *Nein*. Und jetzt verzieh dich.«

Danny tat wie geheißen. Er wanderte den Pfad entlang, der durchs Schilf bis zur Flussmündung führte, steuerte auf die Mole zu und ging langsam bis ans Ende. Dort blieb er stehen und blickte über das schlammige Flussbett, durch dessen Mitte sich ein schmaler, tiefer Wasserlauf wand. An diesem Abend stand das Wasser besonders niedrig und war ganz still. Am anderen Ufer konnte Danny den Kiesstrand sehen und dahinter ein Wäldchen aus verkrüppelten Salzeichen. Weil er in Gedanken bei der armen, verängstigten Francina im Kerker von Rekadom war, brauchte er eine Weile, um zu bemerken, dass sich etwas durch die Bäume bewegte. Und zwar etwas Riesiges.

Was ist das?

Danny erinnerte sich daran, was er in seiner Ausbildung zum Falkenreiter gelernt hatte. Er konzentrierte sich auf die Dunkelheit zwischen den Bäumen und entdeckte hoch oben in den Baumkronen einen roten Punkt. Er schaltete um in den Fliegermodus und beobachtete den Punkt. Dabei war er derart konzentriert, dass er sich auch dann nicht rührte, als eine riesige, etwa sechs Meter hohe Spinne aus dem Wäldchen trat. Dafür begann sein Herz, rasend schnell zu hämmern.

Vor den dunklen Baumwipfeln glühten die roten Augen der Spinne wie Leuchttürme. Wäre Danny kein Dark gewesen, hätte er auch den dunklen Albnebel gesehen, der um ihre Beine waberte – doch die Spinne allein reichte schon. Entsetzt und fasziniert zugleich beobachtete er, wie die Kreatur vorsichtig am Kiesstrand entlangstakste, wobei ihr schwerer Bauch vor- und zurückschaukelte und ihre rot glühenden Augen die Umgebung absuchten. Am

Ufer hatte das Wasser einen breiten Streifen Schlick hinterlassen, doch davon ließ sich die Spinne nicht aufhalten. Sie hob ihre spindligen Beine, setzte sie behutsam auf den weichen Schlamm und wanderte durchs Flussbett. Als sie den schmalen, aber tiefen Wasserkanal in der Mitte erreichte, blieb sie stehen und blickte zum gegenüberliegenden Ufer – und zu Danny.

Der starrte unbeeindruckt zurück – zwischen ihm und der Spinne lag Wasser, und jeder wusste doch, dass Spinnen im Waschbecken ertranken, wenn man das Wasser laufen ließ. Dann wurde ihm allerdings doch etwas unbehaglich, und er drehte sich um und rannte zurück zur Mole und auf den Pfad durchs Schilf, wo er weniger gut sichtbar war.

Im Schutz der dichten Schilfhalme beobachtete Danny die Spinne. Zu seiner Überraschung stürzte sie sich in den Kanal – und ging nicht unter. Das trübe, braune Wasser bedeckte ihre Beine, sodass ihr Körper aussah wie ein höchst eigenartiges Spinnenboot, das sich langsam, aber sicher über das Wasser bewegte. Danny wurde noch ein wenig unbehaglicher zumute. Wie gebannt beobachtete er die Spinne und hoffte inständig, sie würde untergehen. Tatsächlich gab es in der Mitte des Kanals starke Strudel, und als sie wankte und den Boden unter den Füßen zu verlieren schien, jubelte er im Stillen. Doch sie fing sich und bewegte sich weiter, bis Danny merkte, dass ihre Beine wieder zu sehen waren – die Spinne stakste nun auf seiner Seite über den Schlamm. Sie hatte die Flussmündung durchquert.

»Du liebe Zeit!«, murmelte Danny. Er drehte sich um und rannte durchs Schilf, stürzte über den alten Steg und kam schlitternd auf ein paar losen Steinchen zum Stehen, die auf Molly und Benn niederregneten.

Benn blickte wütend auf. »Sehr witzig«, knurrte er.

»Du musst hochkommen! Schnell!«, schrie Danny.

»Ich habe dir meine Meinung gesagt, Danny. Geh weg«, sagte Benn wütend.

Danny hüpfte frustriert auf und ab. Wenn es brenzlig wurde, fehlten ihm immer die Worte. Alles, was er hervorbrachte, war: »Du Trottel! Komm sofort hoch!«

»Verschwinde«, brummte Benn.

Endlich fand Danny die Sprache wieder. »Da vorne ist eine riesige Spinne. Gigantisch! Sechs Meter hoch. Mindestens. Haarige Beine, rote Augen.«

Benn schnaubte. »Haha. Für wie blöd hältst du mich eigentlich?«

»Das ist kein Witz, Benn! Ich habe sie über den Fluss kommen sehen. Sie ist so groß, dass sie einfach rüberspaziert ist. Und jetzt ist sie hier. Bitte, Benn, komm aus dem Boot. Bitte!«

»Ja, ja«, knurrte Benn. »Schwirr ab, Danny.«

Danny war mit seiner Geduld am Ende. Er kletterte die Leiter hinunter, lief zu Molly, packte Benn und zog ihn auf die Füße. »Hör zu, du Matschbirne, du steigst jetzt sofort diese Leiter hoch!«

Benn fühlte sich, als wäre er von einem Tsunami gepackt worden. Danny stieß ihn die Leiter hoch, schob ihn auf den Steg und zog ihn grob weiter. Wütend schüttelte Benn ihn ab und schubste ihn rückwärts auf die Steine. Er war drauf und dran, ihm eins auf die Nase zu geben, als er vor sich eine Bewegung erhaschte.

»Guck nach vorne, du Klappspaten!«, brüllte Danny, während er sich aufrappelte.

Doch das tat Benn in dem Moment ohnehin – und sah eine sechs Meter große Spinne auf sich zutorkeln. Er packte Dannys Hand und stürmte mit ihm in den Tunnel.

»Tür zu!«, schrie Danny.

Gemeinsam rollten Benn und Danny die Torflügel über die Laufschienen und ließen sie mit lautem Scheppern zuknallen. Ohne Fragen zu stellen, half Alex ihnen, die Sperrstange vorzulegen.

»Uff!«, schnaufte Danny. »Das war knapp.«

»Was war knapp?« Alex war nicht sicher, ob sie die Antwort wirklich hören wollte.

»Spinne …«, keuchten Benn und Danny einstimmig. »Riesig!«

»Mindestens sechs Meter hoch«, sagte Danny.

»Schrecklich haarige Beine«, ergänzte Benn.

»Und rote Augen«, fügte Danny hinzu.

Alex musterte die beiden misstrauisch. »Ist das ein Witz?«, fragte sie.

»Nein!«, riefen sie im Chor.

»Ich dachte auch erst, Danny würde Witze machen«, sagte Benn. »Ich hab ihm kein Wort geglaubt. Er musste mich aus dem Boot ziehen.« Er sah Danny an. »Danke. So, wie ich mich angestellt habe, hättest du mich auch einfach meinem Schicksal überlassen können.«

»Wir sitzen doch eh alle im selben Boot«, sagte Danny.

Alex war verwirrt. »Aber es ist doch noch gar nicht dunkel – ein Dämmerungsgeschöpf kann es also nicht sein.« Dann fiel ihr die Spinne aus dem Eisernen Turm ein. Aber die konnte es doch unmöglich sein. Oder doch?

»Pst!«, zischte Benn. »Hört mal.«

Auf der anderen Seite der Tür ertönte ein leises Scharren. Benn schauderte. Er konnte Spinnen nicht ausstehen.

»Die kommt hier nicht rein«, sagte Danny zuversichtlich. »Die Tür ist riesig.«

»Das hast du von der Spinne auch gesagt«, murmelte Alex.

Sie lauschten auf das kratzende, ruhelose Geräusch draußen im Tunnel. »Glaubt ihr, sie baut ein Nest?«, flüsterte Benn.

»Spinnen bauen keine Nester«, sagte Danny. »Wenn sie was baut, dann ein Netz.«

»Doch, Spinnen bauen Nester«, widersprach Alex. »Wenn sie Eier legen.«

»Oh, wie niedlich«, sagte Danny. »Dann sitzen wir bald mit einem Haufen Babyspinnen hier fest. Super.«

Benn traf eine Entscheidung. »Nein, sitzen wir nicht«, sagte er. »Morgen fahren wir mit dem Schnaufer nach Rekadom.«

Alex und Danny sahen ihn überrascht an.

»*Wir?*«, fragte Danny.

»Ja«, sagte Benn. »Ich bin dabei.«

Alex und Benn taten, was sie konnten, um Danny bei der Vorbereitung der Lok zu helfen. Sie holten erst kleine Holzstücke vom Anfeuerstapel und dann Kohle herbei und reichten sie Danny, der den Schnaufer durch die offene Luke der Brennkammer damit fütterte. Mit einer langen Harke schob Danny das brennende Holz so weit nach hinten wie möglich und fügte noch mehr hinzu. Während Danny schuftete, brachten Alex und Benn ihm Brot und Käse und kochten Zitronen-Honig-Tee. Sobald Danny zufrieden war, weil das Feuer stetig brannte, winkte er sie zur Werkbank im hinteren Teil der Höhle hinüber, auf der das schmierige, zerfledderte Notizbuch lag. Benns schlechtes Gewissen meldete sich erneut, als er sah, dass die Einträge in Jays säuberlicher Handschrift verfasst waren.

Danny zeigte auf eine Seite. »Die Schmierprozedur«, erklärte er. »Damit muss ich jetzt beginnen. Ihr könnt euch so lange schlafen legen.«

»Wir müssen nicht schlafen«, protestierte Benn.

»Doch, müsst ihr. Eine Lok zum Fahren zu bringen, ist harte Arbeit. Ich habe die letzten Tage genug geschlafen. Ich ruhe mich ein bisschen aus, wenn ich fertig bin, und wecke euch, wenn wir abfahrbereit sind. Einverstanden?« Er machte sich auf die Suche nach der Schmierpresse. Die Lager mussten geschmiert werden.

Widerwillig trabten Alex und Benn in die Schlafbaracke, doch schon nach wenigen Minuten waren sie auf den harten Pritschen fest eingeschlafen. Sie hatten gar nicht gemerkt, wie müde sie waren. Während sie schliefen, arbeitete Danny unermüdlich die Punkte auf seiner Liste ab, fütterte das Feuer im Bauch des Schnaufers, schmierte die alten, steifen Gelenke, sorgte für den richtigen Druck und prüfte die Ventile, und langsam erweckte er mit der Hilfe von Jays kostbarem Buch das kalte Gewirr aus Röhren, Metallplatten, Nieten und Rost zum Leben.

36. Kapitel

MIT VOLLDAMPF VORAUS

»Aufwachen, Leute! Aufwachen!«

Danny sah aus, als hätte er gerade eine Explosion überstanden. Sein Gesicht war rußverschmiert und glänzte vor Schweiß. Seine Haare sahen ganz nass aus, und seine Hände – in denen er zwei dampfende Tassen hielt, so ölverschmiert wie er selbst – waren völlig verrußt. Trotzdem wirkte er regelrecht glücklich. »Ich hab Tee gemacht«, verkündete er und reichte Alex eine der schmierigen Tassen.

»Ist der Kessel explodiert?«, fragte sie schläfrig.

Danny lachte. »Viel besser.«

Benns Stimme kam müde aus dem Bett. »Was stinkt denn da so?«

»Na, schönen Dank, Kumpel«, sagte Danny und ging zu dem Deckenklumpen auf dem untersten Stockbett. »Ich bringe dir Tee, und du sagst, ich stinke.«

Alex hörte das Juchzen in Dannys Stimme – er schäumte über vor Aufregung. Sie sog die Luft ein, die feucht und schwer von Ruß, heißem Metall und dampfendem Wasser war. Sie kratzte in ihrer Kehle und brachte sie zum Husten. »Der Schnaufer ist bereit?«, fragte sie.

»Der Schnaufer«, sagte Danny und tänzelte durch die Schlafbaracke, »ist bereit und wartet schon auf euch. Wir müssen nur noch den Tender ankoppeln und die Tür aufmachen, dann kann's losgehen. Wir pflügen diese Spinne aus dem Weg, bevor sie weiß, wie ihr geschieht.«

Über ihre Tassen hinweg wechselten Benn und Alex einen Blick. Die Spinne hatten sie ganz vergessen.

Draußen vor der Höhle kroch das Morgengrauen durch das Tal. In den verstreuten Höfen in den Flussauen, Heimat der Schäfer, Schilfschnitter und Marschbeerensammler, spähten die ersten Frühaufsteher aus den Fenstern, um zu sehen, ob heute ein nebliger Morgen war. Die Flussanwohner liebten den Nebel. Er hatte etwas Sanftes wie der erste Schnee und bot einen kleinen Moment des Friedens und der Ruhe, bevor der Tag begann. Doch als an diesem Morgen die Vorhänge zurückgezogen wurden, ertönten in den Häusern am Fluss erschrockene Schreie, denn heute war der Nebel von tiefem, rußigem Schwarz, und in diesem Schwarz blitzten blaue und gelbe Funken.

Ein Stück flussaufwärts werkelte Nella Lau leise in ihrer Küche herum, erweckte den Herd mit ein paar kleinen Holzscheiten zum Leben und setzte den Kessel auf. Normalerweise genoss Nella die Stille des frühen Morgens. Es war ihre Zeit, in der sie ganz für sich allein war, bevor sie nach oben ging, um Benn zu wecken und den

Tag zu beginnen. Heute jedoch bedrückten sie ihre traurigen Gedanken und eine schwere Stille, die sogar die Vögel hatte verstummen lassen. Die Entführung des kleinen Louie und der armen Francina hatte Nella klargemacht, wie machtlos sie war. Sie hatte ihr alles Böse vor Augen geführt, das immer noch in Rekadom herrschte.

Was ihr an diesem Morgen jedoch die meisten Sorgen machte, war Benn. Seit er Alex kennengelernt hatte – die Nella sehr mochte –, war er von Nellas kleinem Enkel, der nichts lieber tat, als seiner Großmutter auf dem Hof zu helfen, zu einem jungen Mann herangewachsen, der sein eigenes Leben hatte und – was noch besorgniserregender war – seine eigenen Pläne. Benn war auf einmal in einer ganz neuen Welt unterwegs, und es gab nichts, was sie dagegen tun konnte.

Seufzend öffnete Nella die Läden des kleinen Küchenfensters über der Spüle. Es war noch dunkel. Verblüfft sah sie auf die Uhr, die halb acht anzeigte, und blickte besorgt zum Himmel – warum war die Sonne nicht längst aufgegangen? Und die Vögel sollten singen. Was war da los? Leise stieg Nella die Treppe zu ihrem Zimmer hoch, wo sie sehr langsam die Läden öffnete. Plötzlich fürchtete sie sich vor dem, was draußen lag.

Sie schnappte nach Luft. Das Rundhaus war eine Insel in einem Nebelmeer. Nebel vom Fluss war nicht ungewöhnlich, besonders zu dieser Jahreszeit, und Nella liebte ihn – aber nicht, wenn er rußschwarz und von komischen Lichtblitzen durchsetzt war. Sie blickte auf die leicht wabernde, fleckige Masse. Sie war, schätzte Nella, etwa zwei Fuß tief und so dunkel wie eine mondlose Nacht. Brannte es irgendwo? Oder war das ein Nachtalb? Was würde er tun, wenn sie die Tür öffnete? Sie erwürgen? Nella nahm einen großen Schraubenschlüssel aus dem Werkzeugkasten unter ihrem Bett und ging leise nach oben, vorbei an Benns Zimmer, wo Jay schlief. Eine Leiter lehnte an der Wand, und Nella stellte sie so auf, dass sie die kleine verschlossene Falltür erreichen konnte, die auf den Dachboden führte. Sie stieg die Leiter hoch, schob die großen Riegel zurück, zog das Gummisiegel heraus und drückte die Falltür auf. Auf dem Dachboden war es dämmrig, doch es drang genug Licht durch die Ritzen, dass Nella sich orientieren konnte. Sie stemmte sich vom Boden hoch und trat an das winzige Dachfenster, öffnete den schweren Laden und blickte nach draußen. Erschrocken riss sie die Augen auf. Ein weitläufiger See aus Dunst, eine Mischung aus Blau, Schwarz und Grau, lag über dem Land. Die Wipfel der Orangen- und Zitronenbäume ragten daraus hervor, und in der Ferne schwebte die alte Eisenbahnbrücke erhaben über der Decke aus Dunkelheit. Hinter der Brücke sah Nella zu ihrer Erleichterung das Schimmern des Ozeans, der sich weit erstreckte, bis er am Horizont auf den fahlen Morgenhimmel traf. Sie dachte an Benn, Alex und Danny in der Höhle und wünschte, sie wären bei ihr.

Nella beschloss, Wache zu halten. Sie ging nach unten in die Küche, legte eine Thermoskanne mit Tee und ein paar Zitronenplätzchen in einen Korb, holte eine Decke und Kissen aus ihrem Zimmer und stieg wieder auf den Dachboden. Jay war ein Langschläfer, und Nella wollte ihn nicht wecken. Wer weiß, vielleicht war der Nebel mit der Flut gekommen und würde mit der Ebbe wieder verschwinden? Doch als Nella es sich vor dem kleinen Dachfenster bequem machte, um die seltsame Nebeldecke mit den unheimlich flackernden Lichtern im Auge zu behalten, überkamen sie Zweifel.

Alex und Benn traten in einen Mief aus Dampf und Lärm. Vor ihnen stand der imposante Leib der Lokomotive, Dampf stieg aus dem Schlot auf dem Heizkessel und aus zahlreichen Fugen und Röhrchen. Ein orangefarbener Schein erhellte den Führerstand, und Alex wusste, dass das, was sie bei ihrer ersten Begegnung mit Benn in ihren Karten gesehen hatte, wahr geworden war. Und dass sie selbst wundersamerweise ein Teil davon war.

Danny machte sich an die Arbeit. Sie halfen ihm, den Kohletender – randvoll mit Kohle und erstaunlich schwer – über die Schienen bis ans hintere Teil der Lokomotive zu schieben. Sie halfen ihm, die Kupplungsvorrichtung zu heben und an die richtige Stelle zu bringen, sodass der Tender angekoppelt war.

»Jetzt erhöhen wir den Druck«, sagte Danny. »Das heißt, dass wir möglichst schnell möglichst viel Kohle ins Feuer schippen müssen.«

Alex und Benn nahmen je eine Schippe und machten sich ans Werk. Das Feuer war sengend heiß, doch sie schippten weiter, während Danny die Kohle tiefer in die Brennkammer schob, sodass immer Platz für mehr war. Nach kurzer Zeit waren Alex und Benn schweißgebadet, von klebrigem Kohlestaub bedeckt und hatten entsetzlichen Durst. Doch es war nun mal ihre Aufgabe, den Dampfdruck zu erhöhen, um den Schnaufer zum Leben zu erwecken, und so schaufelten sie weiter, bis Danny schließlich »Stopp!« rief.

Alex und Benn warfen ihre Schippen beiseite und wischten sich in einer Bewegung über die Stirn wie alte Heizer. Unter ihren Füßen spürten sie ein kraftvolles Puckern durch das Metall gehen. Die Lok war bereit.

Auf dem Dachboden des Rundhauses setzte Nella ihre Teetasse ab und schaute aufmerksam aus dem kleinen Fenster. Von den Hügelkuppen schienen weiße Dampfwolken aufzusteigen. Sie beschattete die Augen mit einer Hand zum Schutz vor dem hellen Himmel und starrte genau hin. Das war keine Einbildung – da war weißer Rauch, ganz sicher. Ob jemand ein Notsignal sendete? Dann fiel ihr ein, was Jay einmal gesagt hatte: dass die Höhle, in der der Schnaufer versteckt war, einen Schornstein besaß, der hoch oben in den Grenzhügeln an die Oberfläche kam. Und dass sie wissen würde, wann die Lok abfahrbereit sei, weil sie den Dampf über dem Hügel sehen würde. Ist das Dampf? fragte sie sich. Und dann: Ist das Benns Plan?

Der Schnaufer summte vor Energie.

»Wir müssen schnell sein«, sagte Danny zu Alex und Benn. »Ihr zieht die Tür auf, und dann düsen wir direkt los. Wir sind größer und fieser als jede Spinne. Klar?«

»Jep«, sagte Alex.

»Klar«, sagte Benn.

»Gut!«, rief Danny über ein plötzliches Zischen hinweg. »Dann los!«

Alex und Benn rannten zur Tür. »Eins, zwei, drei!«, schrien sie, und jeder zerrte an seinem Türflügel. Da Danny die Laufschiene in der Nacht geschmiert hatte, glitten die Flügel so schwungvoll auseinander, dass sie auf dem Hintern landeten. Hastig rappelten sie sich auf und spähten ängstlich nach draußen. Quer durch den Tunnel waren eine Menge graue Seile gespannt. Alex und Benn rannten zur Lokomotive zurück, am großen Antriebsrad vorbei, und sprangen in die Fahrerkabine.

»He, Spinne!«, schrie Danny. »Wir kommen!«

Mit einem durchdringenden Pfiff ruckte die Lokomotive an.

Alle spürten die Kraft der gewaltigen Maschine, als Danny sie langsam über die Schienen in den Tunnel lenkte, wo sie auf das riesige Spinnennetz stieß. Der Schnaufer schob sich unbeirrt weiter, und seine Hitze ließ die stahlharten Seile in schwarzen Fetzen zurückschnellen. Beißender Qualm drang ihnen in die Nasen. Dann plötzlich, umhüllt von einer großen Dampfwolke, kamen sie ans Tageslicht.

»Du liebe Zeit, schaut mal, der Nebel!«, rief Benn über den Lärm des Schnaufers hinweg.

Danny ging nicht darauf ein. »Kohle!«, schrie er nur. »Mehr Kohle!«

Während Benn sich umdrehte, um mehr Kohle zu schippen, starrte Alex die seltsame, wabernde Dunkelheit an, die den Boden wie ein Federbett bedeckte. Sie beobachtete die wirbelnden Schwaden und sah die nadelspitzen Lichtblitze wie winzige Stromschläge darin zucken. Sie schauderte. Dieser Nebel fühlte sich genauso an wie das Zeug im Eisernen Turm. Und dann war da noch die Spinne … Sorge begann, an ihr zu knabbern – sie hatte die Tür doch wieder zugemacht, oder?

Alex' Gedanken wurden von Benns ängstlicher Stimme unterbrochen: »He, Danny, nicht so schnell!«, schrie er. »Du kannst die Strecke doch gar nicht sehen! Was, wenn die Gleise irgendwo kaputt sind? Oder ein Stein draufliegt? Fahr langsamer!«

Danny sah ihn verblüfft an. »Wovon redest du?«, fragte er.

»Von dem schwarzen Nebel, wovon denn sonst?«, rief Benn.

»Welcher schwarze Nebel?«, rief Danny zurück.

Jetzt wusste Alex es sicher – es war Magie. Und woher konnte sie kommen, wenn nicht aus dem Eisernen Turm? »Alles in Ordnung, Danny!«, rief sie. »Vergiss es!« Sie drehte sich zu Benn. »Es ist Magie. Ein riesiger Alb oder so was. Danny kann ihn nicht sehen, er ist doch ein Dark.«

»Aber er hat die Spinne gesehen«, wandte Benn ein.

»Die Spinne ist ja auch echt. So wie die Skorpas. Oder der Falke. Nur viel größer, aber das ist alles.«

»Danny kann die Schienen also noch sehen?«

»Jep«, sagte Alex.

Benns Gesicht spiegelte Erleichterung.

»Kohle!«, brüllte Danny. Und Benn schippte bereitwillig eine weitere Schaufel Kohle in die Brennkammer.

Einige Minuten später bogen sie um die letzte Biegung vor der Brücke, und Alex sah die Spinne durch die dunklen Schwaden davonhuschen wie eine ganz normale Hausspinne, die mit dem Besen aus ihrer gemütlichen Ecke vertrieben wurde. Verzweifelt blickte sie ihr nach. Was habe ich nur getan? dachte sie. Ich habe die schrecklichen Albe freigelassen, vor denen sogar Papa Angst hatte – und jetzt sind sie überall. Die sind noch tausendmal schlimmer als die Dämmerungsgeschöpfe. Ihre Hand wanderte zum Tau, das sicher in ihrer Schärpe verstaut war, und sie spürte seine Wärme und Ruhe, als sich ihre Finger um die glatte Oberfläche schlossen. Gleich fühlte sie sich besser – sie, Papa und das Tau konnten auch das in Ordnung bringen. Sie nahm Benn die Schaufel ab und schippte mehr Kohle – je schneller sie nach Rekadom kamen, desto besser.

Mit einem tiefen, hallenden *Tschuffa-tschuff … tschuffa-tschuff … tschuffa-tschuff …* fuhr der Schnaufer am Fluss entlang. Danny lehnte sich aus der Kabine, um zu sehen, wie sich das riesige Treibrad drehte, während die Lokomotive kraftvoll vorankroch. »Wir fahren!«, rief er entzückt. »Kohle!«

Alex warf noch eine Schippe voll in das rot glühende Feuerloch und lehnte sich nach draußen. Die wabernde schwarze See breitete sich vor ihnen aus wie ein Teppich, und in der Ferne konnte sie die Spinne sehen, die sich flussaufwärts davonmachte. Alex schüttelte den Kopf – es war alles so unwirklich, dass es sich wie ein Traum anfühlte. Nein, wie ein Albtraum, dachte sie.

Sie fuhren die sanfte Anhöhe des Uferdamms hinauf, der sich über den Albnebel erhob, und auf die Brücke über den Fluss führte.

»Kohle!«, brüllte Danny. »Kohle!«

Benn warf zwei weitere Schippen ein. Die Steigung wurde steiler, und der Schnaufer keuchte sich nach oben. Alex sah eine Funkenwolke aus der Brennkammer schießen und in hohem Bogen in den Nebel fliegen.

»Kohle!«, schrie Danny, kurz bevor sie auf der Brücke waren.

Benn warf eine weitere Schippe ein. Dann, um sich von seiner Angst abzulenken, dass die Brücke unter dem Gewicht der Lokomotive einstürzte und sie alle im Fluss ertranken, blickte er übers Wasser. Er sah die Spinne am Flussufer entlangstaksen. Als sie den höchsten Punkt der Brücke erreichten, sah er in der Ferne an der wohlbekannten Biegung im Fluss das Rundhaus aus dem dunklen Nebel aufragen. Es kam ihm so vor, als wäre die Spinne genau dorthin unterwegs.

Nella sah keine Spinne. Sie hatte nur Augen für eins: den großartigen Anblick der Lokomotive, die aus der Schwärze hervorkam wie ein Wal aus dem Ozean. Sie sah sie dampfend zur alten Eisenbahnbrücke hinauffahren – und dann war sie auf der Brücke. Nella hielt den Atem an, während die wuchtige Maschine unerträglich langsam über das beängstigend zierliche Bauwerk kroch, ihre schwarzen Umrisse sich scharf vor dem blassen Himmel abzeichneten und leuchtend orangene Funken in die Schwärze schleuderten. Nella konnte kaum hinsehen, tat es aber doch zwischen den Fingern hindurch, die sie vor das Gesicht gepresst hatte.

Als die Lok genau in der Mitte der Brücke war, hörte Nella ein unheimliches Tuten die Stille des sonderbarsten Morgens durchdringen, den sie je erlebt hatte. Es holte Erinnerungen zurück, die Nella in die staubigen Ecken ihres Bewusstseins gekehrt hatte – fröhliche Fahrten nach Rekadom, Sommerausflüge in die Netzlegerbucht, wo sie bei ihrer besten Freundin übernachtet hatte, die einen Fischer geheiratet hatte, und der Morgenzug nach Luma, wo sie sich im Bahnhofscafé mit Freunden getroffen hatte. Mit plötzlichem Schrecken stellte Nella fest, dass sie in den letzten zehn Jahren, seit König Belamus' üble Zauberjäger das Land in Angst und Schrecken versetzten, entsetzlich einsam geworden war.

Dennoch musste sie lächeln. Sie war sicher, dass Benn den Pfiff als Gruß an sie abgegeben hatte. Den nächsten Gedanken – dass er sich eigentlich von ihr verabschiedete – schob sie schnell weg. Sie wischte sich den Dunst aus den Augen und sah mit Erleichterung, dass die Lokomotive sicher das Ende der Brücke erreichte und, eine Rauchfahne hinter sich herziehend, die lange Senke zu den dunstigen Schilfbeeten hinabglitt. Sie blickte ihr nach, bis sie nicht mehr zu sehen war, dann schloss sie den Laden und ging hinunter in die Küche.

Dort traf sie auf Jay, der Tee kochte und die Frühstückspfannkuchen buk. Nella holte tief Luft. »Jay«, sagte sie. »Ich muss dir etwas sagen.«

Zwei Minuten später stürmte Jay wutentbrannt durch die Küche.

»Nicht fluchen, Jay«, bat Nella.

»Ich fluche, wann ich will, Großmutter! Mein hinterhältiger kleiner Schweinebruder hat mir meinen Zug gestohlen, und es ist mein gutes Recht, so viel zu fluchen, wie ich will, verdammte Schweinerei!« Er ließ sich auf seinen Platz fallen, stützte die Ellbogen auf den Tisch und vergrub den Kopf in den Händen.

Nella legte ihm den Arm um die zitternden Schultern. »Nicht weinen, mein Lieber. Benn bringt dir den Zug zurück. Das weiß ich genau.«

»Ich *weine* nicht«, ertönte Jays gedämpfte Stimme.

»Nein, mein Schatz. Natürlich nicht. Ich mache uns mal eine schöne Tasse Tee, ja?«

Jay gab keine Antwort.

Leise machte sich Nella in der Küche zu schaffen und bereitete den Zitronentee. Dann beschloss sie, nach dem Nebel zu schauen, und öffnete den Fensterladen einen Spaltbreit. Mit einem lauten Schrei zog sie ihn wieder zu. Sie sank auf einen Stuhl und lachte.

»Was ist so komisch?«, fragte Jay missmutig.

»Ach, nichts. Nur eine Riesenspinne in unserem Hof.«

Jay stürzte zum Fenster. Er öffnete den Laden, schaute hinaus und knallte ihn sofort wieder zu. »Himmel!«, japste er. »Ich weiß wirklich nicht, was daran zum Lachen ist, Großmutter.«

»Ach, Jay«, sagte Nella. »Ich musste gerade daran denken, welche Angst ich früher vor Sols kleiner Spinne hatte. Und jetzt ist da draußen eine Riesenspinne und, na ja, irgendwie scheint es kaum noch eine Rolle zu spielen. Wie haben sich die Zeiten geändert!«

37. Kapitel

KOHLE!

»Kohle!«, schrie Danny über das rhythmische Rattern der Räder hinweg. »Kohle!«

Benn und Alex schwitzten vom andauernden Kohleschippen, die Arme taten ihnen weh, und Dannys unermüdliche Forderung nach Kohle ging ihnen von Mal zu Mal mehr auf die Nerven.

»Er könnte wenigstens *bitte* sagen«, grummelte Benn, während er eine weitere Schaufel in die beißende Hitze schippte.

»Hm«, machte Alex. »Warum frisst das Ding überhaupt so viel Kohle?«

»Kohle!«, schrie Danny.

Benn ließ die Schaufel fallen. »Schipp doch selbst«, sagte er zu Danny. »Ich brauche einen Schluck Wasser.« Er griff nach der Trinkflasche und setzte sie an die Lippen. Wasser lief ihm über das rußige Kinn und hinterließ eine helle Spur. Alex griff nach der

Schaufel und warf eine weitere Ladung ein. Ihr war egal, wie hart sie schuften musste – sie wollte nur nach Rekadom.

Der Albnebel lichtete sich nach und nach, und während der Schnaufer dahintuckerte, konnten Benn und Alex die vor ihnen liegenden Gleise im Sonnenschein glitzern sehen. Alex war überrascht, wie sehr sie glänzten. Jay hat gute Arbeit geleistet, dachte sie. Wenn sie nach links blickte, sah sie die Wipfel der Salzeichen, und vor ihnen lag der sanfte Anstieg der Dreizehn Titanen, gegen die der dunkle Schlick des Albnebels wie ein grüner Ozean schwappte. Die Strecke machte nun eine weit geschwungene Kurve und führte um einen felsigen Ausläufer herum. Gerade als sie ihn umrundet hatten, rief Danny: »Steine! Steine auf der Strecke!«

Die Bremsen kreischten, und Danny, der fieberhaft mehrere Hebel umlegte, brachte den Schnaufer in letzter Sekunde zum Stehen. »Himmel«, sagte er und wischte sich über die Augenbrauen. »Beinahe hätte ich die Bremsen blockiert. Nächstes Mal muss ich vorsichtiger sein.«

Sie sprangen vom Führerstand und begutachteten den Erdrutsch. Er war nicht groß, aber – wie Danny bemerkte – er war auch nicht klein. Sie machten sich ans Werk, rollten die größeren Steine beiseite und schaufelten die lose, körnige Erde weg. Es ging nur langsam voran, vor allem, da Alex und Benn den Großteil erledigten, während Danny ununterbrochen über Dampfdruck und Sicherheitsventile schwatzte und immer wieder in der Fahrerkabine verschwand, um »kurz nach dem Rechten zu sehen«.

Es war später Nachmittag, und Ratchet wollte nach seinem Pferd schauen. Der Pfad in die Netzlegerbucht war für Pferde zu steil, deshalb befand sich am alten Bahnhof ein Stall für Reittiere. Als der keuchende Ratchet die Spitze des Klippenpfads erreichte, sah er, dass die Stalltür offen stand und in den Angeln schaukelte. Einige unflätige Wörter vor sich hin murmelnd, ging Ratchet näher und spähte in den Stall. Er war leer. Auf dem Boden waren ein Knäuel Pferdehaar und ein langer Streifen Blut. Welches Geschöpf mochte hier gewütet haben? Ratchet schauderte. Erfüllt von einem Gefühl des Schreckens verließ er den Stall und bemerkte tiefe Hufabdrücke auf dem Boden. Das Pferd hatte sich offenbar nach Leibeskräften gewehrt.

Ratchet blickte zum alten Bahnsteig hinauf. Mit einer Hand über den Augen zum Schutz gegen die Sonne suchte er nach Hinweisen, was geschehen war. Doch Ratchet sah nichts als die Wüste, einen öden braunen Streifen sandigen Buschlands und die Türme von Rekadom in der Ferne, in deren goldenen Spitzen sich die Sonne spiegelte. Zu seiner Rechten lagen die sanft geschwungenen Hügel, die zu den Titanen führten, und Ratchet kam der Gedanke, dass sich dort allerhand pferdefressende Ungeheuer verbergen konnten. Er wollte sich gerade aus dem Staub machen, als er meinte, hinter dem nächsten Hügel eine dünne weiße Rauchwolke aufsteigen zu sehen. Mit einem Mal fühlte sich Ratchet in die Zeiten als junger Mann zurückversetzt. Damals hatte er regelmäßig mit seinen Freunden auf den Großen Schnaufer gewartet, der sie für einen Abend in die Sternenbar nach Rekadom bringen sollte. Er seufzte. Wie sehr hatte sich das Leben seit dem schrecklichen Orakelspruch vor zehn Jahren verändert. Plötzlich durchdrang ein gellender Pfiff seine Gedanken, und ein Trugbild dampfte um den Hügel.

»Nein …«, murmelte Ratchet. »Nein, das kann nicht sein. Nicht der Schnaufer …«

Doch er war es. Mit lautem Bremsenkreischen kam der Schnaufer am Bahnhof zum Stehen. Zwei rußbedeckte Kinder sprangen von der Plattform und blieben bei Ratchets Anblick wie angewurzelt stehen. »Das ist er«, sagte das eine.

»Na und?«, sagte das andere. »Wir sind drei gegen einen.«

»He, he«, sagte Ratchet. »Ich weiß nicht, wer ihr seid, aber ich will euch nichts Böses. Ich bin nur verblüfft, den Großen Schnaufer wiederzusehen. Ich hätte mir nie träumen lassen, dass der Tag kommen würde. Es ist wunderbar.«

Der ebenfalls rußbedeckte Lokführer musterte ihn misstrauisch.

»Müsst ihr Wasser nachfüllen, so wie früher?«, fragte Ratchet. »Hier ist ein voller Tank. Ich habe immer geholfen, als ich ein kleiner Junge war. Braucht ihr Hilfe?«

»Ja«, sagte der Fahrer mit seltsam schroffer Stimme.

Ratchet lief über den Bahnsteig zu einem Türmchen mit Spitzdach und hob ein Metallrohr an, das an der Wand befestigt war. Aus dem Inneren des Rohrs zog er einen gewachsten Stoffschlauch. »Alles klar. Kannst den Deckel aufschrauben.«

Ratchet bemerkte, dass die beiden Helfer keine Ahnung hatten, was zu tun war. Der Lokführer musste selbst zur kupfernen Kuppel des Wassertanks klettern und den Deckel abschrauben. Ratchet zog den Schlauch heran, und der Fahrer schob ihn hinein. Dann verschwand Ratchet im Turm und drehte an einem Rad, und mit lautem Zischen floss Wasser in den Tank.

Der Lokführer wirkte erleichtert. »Hast du das schon mal gemacht?«, fragte Ratchet.

Der Fahrer lachte. »Nein, noch nie. Wir haben Glück, dass wir Sie getroffen haben. Danke.« Dann verstummte er. »Oh, Mist«, murmelte er.

»Danny? Bist du das?«, fragte Ratchet.

»Jep. Ich bin's. Hallo, Mr. Ratchet.«

Ratchet versuchte, sich vorzustellen, was passiert sein mochte, um seinen verlorenen und schmerzlich vermissten Falkenreiter in den Lokomotivführer des Großen Schnaufers zu verwandeln – von diesem Job hatte Ratchet als kleiner Junge geträumt –, doch sosehr er sich auch bemühte, es gelang ihm nicht. Also begnügte er sich mit einem mürrischen: »Ist das deine Fliegerjacke? Die sieht ja schrecklich aus.«

»Äh, ja. Tut mir leid. Und jetzt müssen wir weiter.«

»Wohin fahrt ihr?«

»Nach Rekadom natürlich. Was bleibt uns anderes übrig? Wir müssen uns schon an die Strecke halten.«

»Sehr witzig! Ähem … Braucht ihr Hilfe? Ich bin ein guter Heizer.«

»Nein, danke«, sagte Danny.

»Sie wollen die Kohle schippen?«, fragte Benn.

»Bis nach Rekadom?«, fügte Alex hinzu.

»Mit Vergnügen«, sagte Ratchet.

»Nicht nötig«, sagte Danny. »Uns geht's bestens.«

»*Dir* geht's bestens!«, rief Alex. »Du schreist ja nur ›Kohle!‹. Jetzt kannst du jemand anderen anschreien.«

Die Vorstellung, Ratchet anzuschreien, gefiel Danny in der Tat ziemlich gut. »Na schön. Kommen Sie hoch.«

Ratchet sprang aufs Trittbrett, und Alex warf ihm die Schippe zu.

»Kohle!«, schrie Danny, und mit einem behäbigen *Tschuffa-tschuff … tschuffa-tschuff* setzte sich der Große Schnaufer in Bewegung, fort von der Netzlegerstation, weiter über die Klippenstrecke. »Kohle!«

38. Kapitel

ZERRAS BELOHNUNG

»Wo habt ihr so lange gesteckt?«, fragte König Belamus missmutig. Seine drei Schakale standen vor ihm und sahen, fand Belamus, ziemlich mitgenommen aus. Ihre langen roten Mäntel waren rußverschmiert, ihre Schnauzen schmuddelig, die Ohren hingen nach vorn und von ihren hechelnden Zungen troffen lange Geiferfäden.

Ihnen war noch immer flau im Magen von den Würstchen der Kerkerwachen, die sie in der Nacht zuvor beschlagnahmt hatten, und sie waren wirklich nicht in Bestform. Obwohl sie von den Spiegeln zu einer kleinen Armee vervielfacht wurden, wirkten sie alles andere als beeindruckend. Zu allem Übel kam noch der vervielfältigte Anblick des krähenzerrupften Schakals hinzu, der sich in einer Ecke zusammengerollt hatte und äußerst taktlos in der Nacht verstorben war. Er sah aus, als hätte ein Gemetzel stattgefunden.

Belamus schauderte. Das war ein schlechtes Vorzeichen. Vielleicht sollte er das Orakel um Rat fragen? Doch ein weiterer Blick auf seine lächerliche Schakalerie machte ihm klar, dass ein Ausflug zum Orakelfels gerade keine gute Idee war. Er musste jetzt schnell sein und die Blender zur Strecke bringen, bevor er gar keine Schakale mehr übrig hatte.

Belamus schritt zur Tat. Einem Schakal befahl er, die beiden Blenderkinder aus dem Kerker zu holen und aus der Stadt zur Orakelstation zu bringen. Mit den beiden anderen Schakalen machte er sich auf den Weg zum Silbernen Turm. Es war an der Zeit, Rache an seinem einstigen Freund zu nehmen.

Hagos sah König Belamus kommen. Er schickte Zerra in Alex' Zimmer, wo sie sich verstecken sollte, und bat auch Deela, sich zu verstecken. »Das werde ich nicht tun«, erwiderte Deela verächtlich. »Wir ziehen das gemeinsam durch, Hagos.«

»Bitte versteck dich, Deela«, flehte Hagos. »Es sieht nicht gut aus.«

»Nein«, sagte Deela und ergriff Hagos' Hand. »Gemeinsam. Klar?«

Die Tür flog auf, und Belamus stolzierte herein. Seine beiden lädierten Schakale ließ er auf dem Treppenabsatz stehen. Zu seiner königlichen Würde konnten sie gerade nichts beitragen.

»Hagos, alter Freund«, sagte der König, »wir sollten eine Runde spazieren gehen und uns die hübschen Lichter oben an den Klippen anschauen. Was meinst du?«

»Die hübschen Lichter?«, wiederholte Hagos mit einem vorsichtigen Lächeln. »Ach, du meinst die Xin.«

Das war's dann wohl, dachte Hagos. Er will, dass die Xin mich über den Klippenrand schubsen. Dann kann er so tun, als hätte er nichts damit zu tun. Doch Hagos war entschlossen, sich seine Furcht nicht anmerken zu lassen.

Belamus lachte, die Sache machte ihm Spaß. »Ganz recht, ich meine die Xin. Die bezaubernden Xin, die du erschaffen hast, um Blender von den Klippen zu stoßen. Du würdest diese faszinierenden Geschöpfe doch sicher gerne einmal wiedersehen. Und deinem kleinen Freund Min würde ein Spaziergang zu den Klippen gewiss auch gefallen.«

»Nein!«, rief Hagos. »Nein, würde er nicht.«

Belamus freute sich, Hagos doch noch aus der Ruhe gebracht zu haben. »Pech für ihn, denn er muss uns trotzdem begleiten«, sagte er kurz. »Kommt ihr, oder soll die Schakalerie euch holen?«

»Wir kommen«, erwiderte Hagos hastig.

Vor der Tür befahl Belamus den Schakalen: »Bringt sie zur Orakelstation. Wartet dort auf mich.« Hagos und Deela wurden die Treppe hinuntergeschubst, der König, der sich über die mutlos gesenkten Schultern seines ehemaligen Magiers amüsierte, folgte ihnen.

Zerra kroch aus ihrem Versteck unter Alex' Bett hervor und analysierte die Lage. Sie musste sich eingestehen, dass sie sich in den letzten vierundzwanzig Stunden bei Hagos sicherer und wohler gefühlt hatte als bei ihrer Mutter in den letzten dreizehn Jahren. Die Vorstellung, dass Hagos von den Xin über den Klippenrand geschubst wurde, hinterließ ein leeres Gefühl in ihrem Bauch. Sie musste etwas tun.

Zögernd verließ sie die behagliche Wohnung und lief die Treppe hinunter. Sie trat verstohlen aus dem Silbernen Turm, schlich in den Sternenhof und von dort aus die Straße hinunter, an deren Ende sie den Mauersteig nahm, der in den Torhof führte. Als sie durch die kleine Pforte schlüpfte, hinter der die Kutschen der Schakalerie standen, zog ein geschäftiges Hin und Her am Eingang des Kerkers ihre Aufmerksamkeit auf sich, und sie duckte sich hinter die nächste Kutsche.

Mit Entsetzen sah Zerra ihren kleinen Bruder und ihre große Schwester mit langen Ketten an den Armen, die von einem Schakal gehalten wurden, blinzelnd ins Abendlicht treten. Eigentlich bildete sie sich etwas darauf ein, nie zu weinen, doch nun merkte sie, dass ihre Sicht verschwamm. Mit einer schroffen Bewegung fuhr sie sich mit dem Ärmel über das Gesicht und schluckte den Kloß hinunter, der in ihrer Kehle aufstieg. Louie sieht so verloren aus, dachte sie. Seine Augen waren groß vor Angst, und er hielt etwas fest an sich gedrückt. Außerdem war er über und über von grünem Schleim bedeckt. Sogar in seinen Haaren klebte welcher. Francina war völlig zerzaust und verängstigt. Ihr blaues Gewand war schmutzig, ihre Strumpfhose an den Knien zerrissen.

Reglos und vor Schreck erstarrt sah Zerra zu, wie Louie und Francina ungeduldig von dem Schakal abgeführt wurden wie Hunde an einer Leine und durch das Stadttor stolperten. Etwas in ihrer Brust zog sich schmerzhaft zusammen.

Plötzlich kam es am Tor zu einem Streit. Die Tante und der Neffe hatten wieder Dienst, und der Neffe sagte: »Schau mal, Tantchen …«

»Nenn mich nicht Tantchen! Im Dienst bin ich für dich die Wachtmeisterin. Wie oft muss ich dir das noch sagen?«

»Entschuldigung. Wachtmeisterin. Aber es ist nicht meine Schuld, dass die dumme Blenderglocke diesmal nicht gebimmelt hat«, sagte der Neffe. »Bei dem alten Magier hat sie doch gebimmelt, oder nicht? Siehst du. Und ich habe sie gestern geölt, wie du gesagt hast.«

»Dann hast du es eben nicht richtig gemacht«, schimpfte die Tante. »Sie ist unzuverlässig. Gerade sind zwei Blenderkinder drunter durchgelaufen – *zwei!* –, und sie schweigt wie ein Grab.«

»Vielleicht sind es ja gar keine Blender«, sagte der Neffe mürrisch.

Seine Tante schnappte nach Luft. »Pass auf, was du sagst! He, was machst du da? Leg den Stock weg!«

Ein lautes Scheppern ertönte, als der Neffe in die Luft sprang und mit dem Stock gegen die Glocke schlug, die dienstbeflissen läutete. »So«, sagte der Neffe. »Bist du nun zufrieden?«

Zerra wartete nervös, bis die Wachen wieder ihre Posten eingenommen hatten, dann holte sie tief Luft und ging so selbstbewusst, wie sie konnte, auf das Stadttor zu. Als sie näher kam, standen die Wachen stramm und salutierten. Zerra lächelte erfreut. Dann jedoch bellte die Frau: »Platz da für seine Königliche Majestät! Aus dem Weg!« Zerra wirbelte herum und sah König Belamus zielstrebig auf das Tor zuschreiten.

Hastig sprang Zerra beiseite und hoffte, dass der König sie nicht bemerkt hatte. Doch sie hatte Pech – der König blieb vor ihr stehen und sah sie beängstigend freundlich an. »Spionin!«, sagte er. »Ich möchte dir danken, dass du mir für die Niedertracht des Blenders im Silbernen Turm die Augen geöffnet hast. Zur Belohnung darfst du mich begleiten und nicht nur das Ende dieser betrügerischen Ratte miterleben, sondern auch das Ende der letzten beiden Blenderkinder im ganzen Land.«

Zerra starrte den König an. Sie dachte an Francina und Louie, die in Ketten aus der Stadt geführt worden waren, und begriff sofort, dass sie gemeint waren. Dann dachte sie an Hagos und daran, wie nett er zu ihr gewesen war und dass sie – zum ersten Mal in ihrem Leben – das Gefühl gehabt hatte, jemandem etwas zu bedeuten, und ihr wurde schlecht.

Belamus schien ihr Zaudern zu belustigen. »Komm schon, Spionin, nicht so schüchtern! Du hast es verdient.«

Kläglich dachte Zerra, dass er recht hatte. Sie *hatte* es verdient. Sie hatte das alles angeleiert, indem sie Alex in Luma angezeigt hatte, und jetzt musste sie die Konsequenzen dafür tragen.

»Wachen!« Belamus wandte sich an die Tante und den Neffen. »Ihr begleitet uns. Wir brauchen keine Torwächter mehr in Rekadom, denn die letzten drei Blender des Landes werden bald nicht mehr da sein, und euer König wird frei sein von dieser verflixten Prophezeiung des Orakels – dass er durch das Kind eines Magiers sterben wird.« Er lachte und zeigte auf die Blenderglocke. »Und die da wird nie wieder läuten.«

Die Tante und der Neffe wechselten verwirrte Blicke, dann nahmen sie zögernd ihre Plätze zu beiden Seiten des Königs ein.

»Geh nur voran, Spionin«, forderte Belamus Zerra auf. »Du führst uns zur Orakelstation.«

Folgsam trat Zerra durchs Tor, doch als sie unter der Blenderglocke durchging, läutete diese.

Der König blieb wie angewurzelt stehen. »Was ist mit der Glocke los?«, fragte er. »Warum läutet sie?«

Der Neffe machte ein ängstliches Gesicht. »Sie funktioniert schon den ganzen Tag nicht richtig, Majestät. Ich habe sie gestern geölt, wirklich, aber sie bimmelt einfach nicht, wenn sie soll. Und jetzt bimmelt sie auch noch, wenn sie *nicht* soll.«

Damit ihr Neffe nicht wegen mangelhafter Glockenpflege in den Kerker geworfen wurde, schaltete sich die Tante ein: »Sie wurde vorgestern Nacht durch den Blendernebel beschädigt, Majestät.

Wir haben unser Bestes getan, um sie zu reparieren, das versichere ich Euch.«

»Hm«, grummelte der König. »Na, wir werden sie sowieso nicht mehr brauchen. Und jetzt los, Spionin.«

Zerra marschierte über den ausgetretenen Pfad um die Stadtmauer und dann durch die staubige Weite in Richtung des alten Bahnsteigs der Orakelstation. Vor sich konnte sie ihren Bruder und ihre Schwester hinter dem Schakal herstolpern sehen. Etwas weiter weg waren Hagos und Deela mit den beiden anderen Schakalen. Und noch weiter hinten lagen die Klippen vor dem weiten blauen Ozean, der sich bereits im Abendlicht verdunkelte.

39. Kapitel

DAS KIND EINES MAGIERS

»Kohle!«, schrie Danny.

»Jawohl, Lokführer!«, schrie Ratchet zurück, der mit Begeisterung in seine alte Kindheitsrolle verfallen war, und warf eine weitere Schippe nach.

Danny grinste. »Ihr seid arbeitslos!«, rief er Alex und Benn zu. »Mein neuer Heizer ist viel besser als ihr!«

Alex und Benn waren nicht traurig, der Hitze und Mühsal entkommen zu sein. Sie standen auf der schmalen Brücke am Rand der Lokomotive. Die Abendsonne schien noch warm, doch Alex zitterte. In der Zeit, seit sie Luma verlassen hatte, hatte sie gelernt, den Schrecken der Dämmerung zu erkennen – das Gefühl von Angst und Niedergeschlagenheit, das sie jeden Abend bei Einbruch der Dämmerung überkam. Doch heute war da noch eine andere, tiefere Angst – die Angst, dass schon bald etwas Schreckliches geschehen würde.

»He, schaut mal!«, rief Benn. »Da vorne bei der Orakelstation steht ein komischer Haufen Leute.« Lachend drehte er sich zu Alex um. »Sieht so aus, als würden sie auf den Zug warten!«

Auf dem von Unkraut überwucherten, verfallenen Bahnsteig der Orakelstation wartete der komische Haufen Leute nicht auf den Zug, sondern auf den König.

Vier Personen – zwei Kinder, zwei Erwachsene – und drei Schakale in langen roten Umhängen harrten der Ankunft eines rundlichen Mannes auf spindeldürren Beinen. Er trug eine geflügelte Krone, deren Flügelspitzen in den letzten Strahlen der untergehenden Sonne blinkten, und war in bunte Seidengewänder gehüllt, die im Meerwind flatterten. Darüber hinaus stellte er ein grimmiges Lächeln zur Schau – König Belamus der Große war drauf und dran, das Orakel und seine vermaledeite Prophezeiung zu besiegen, die in den letzten zehn angsterfüllten Jahren sein ständiger Begleiter gewesen war.

Die beiden Kinder auf dem Bahnsteig – ein kleiner Junge, der einen dicken, gefiederten Salamander an die Brust drückte, und ein großes Mädchen – sahen nicht den König und seine beiden Wachen an, sondern ein schmales Mädchen in Kampfjacke und schmuddeligen Hosen, das den Tross anführte. »Franny, schau mal – da ist Zerra!«, flüsterte Louie.

»Pst«, zischte Francina.

»Zerra ist gekommen, um uns zu retten!«, sagte Louie aufgeregt.

Francina sagte nichts. Sie war ziemlich sicher, dass ihre Rettung das Letzte war, was ihre Schwester im Sinn hatte.

Die königliche Prozession erreichte die breiten Stufen am Ende des Bahnsteigs. »Tritt zur Seite, Spionin«, befahl der König. Mit den beiden Wachen schritt er an Zerra vorbei und erreichte die Gruppe der Gefangenen. Zerra blieb zurück und beobachtete nervös das Netz aus spitzen Lichtern, das am Rand der Klippen auf und ab flackerte. Der Anblick gruselte sie. Langsam ging sie die Treppe hoch und sah, wie der König dem Magier drohend gegen die Brust stieß.

»So, RavenStarr«, sagte Belamus. »Da sind die hübschen Lichter, wegen denen wir hier sind. Wir lassen sie einfach mal machen, würde ich sagen.« Der König wedelte mit dem Arm, und Zerra war sicher, dass das Lichternetz sich auf sie zubewegte. Unruhig hielt sie nach einem Versteck Ausschau. Doch es gab keins.

»Schakalerie!« Belamus klang etwas erschöpft. »Nehmt dem Blender und seinem kleinen Freund die Ketten ab.« Er lachte schrill. »Wir wollen doch nicht, dass ihr mit ihnen in den Abgrund stürzt, nicht wahr? Nicht meine allerletzten Schakale, oh nein!« Er drehte sich zu dem Schakal um, der Louie und Francina bewachte. »Du! Kette die Blenderbälger los. Sie kriegen auch ihr Tänzchen mit den Xin.« Belamus rieb sich die Hände. »Oh, wie ich mich darauf gefreut habe. Lebt wohl, ihr letzten Blender des Reichs!«

Jetzt erst begriff Hagos, was er vorhatte. Der König wollte nicht nur Deela und ihn von der Klippe werfen, sondern auch diese unschuldigen Kinder. Hagos fasste einen Entschluss. Kaum hatten die Schakale seine Ketten gelöst, warf er sich mit ganzer Kraft gegen den König und stieß ihn auf die Gleise.

Von ihrem Aussichtspunkt auf dem Schnaufer blickte Alex auf das Menschengrüppchen an der Orakelstation. »Sieht so aus, als würden sie kämpfen«, sagte sie. »He, jetzt sind sie auf den Schienen!« Hastig lief sie nach vorne zu Danny im Führerstand. »Danny, fahr langsamer!«, schrie sie und kletterte aufs Trittbrett. »Da sind Menschen im Gleis!«

»Menschen?«, Danny sah sie entsetzt an. »Was für Menschen?«

»Na, Menschen eben!«, schrie Alex.

Im selben Augenblick ertönte vom Kohletender hinter ihnen ein Schreckensschrei von Ratchet: »Skorpas!«

Alex und Danny wirbelten herum und sahen ein riesiges Paar blassgelber Scheren aus einem Sandhügel neben den Gleisen kommen. Als der Schnaufer vorüberkeuchte, schoss der Skorpas aus seiner Höhle. Ratchet starrte ihn panisch an – das monströse Ding war fast so groß wie die Lok. Der Skorpas hob seinen riesigen, mehrgliedrigen Schwanz über den Kopf, und dann schoss ein leuchtend gelber Giftstrahl aus der Spitze. »Runter!«, schrie Ratchet, doch seine Warnung kam zu spät. Das Gift traf Dannys Fliegerjacke voll auf den Rücken, so kraftvoll, dass er zu Boden stürzte. Ratchet hastete vom Tender hinüber und ging neben Danny in die Knie. »Nicht bewegen«, sagte er. »Ein einziger Tropfen von dem Zeug bringt dich um. Halt ganz still, ich ziehe dir die Jacke aus.«

»Nein!«, protestierte Danny. »Wir überfahren die Leute. Ich muss bremsen!«

»He, ihr!«, schrie Ratchet Alex und Benn zu. »Kommt sofort her! Bremsen! Bremsen!«

Alex hörte die Panik in Ratchets Stimme. Sie hastete zur Fahrerkabine und blieb bei Dannys Anblick erschrocken stehen. »Der Bremshebel!«, schrie Ratchet. »Da!« Alex griff nach dem Hebel und zog ihn so fest nach unten, wie sie konnte.

»Nicht so schnell!«, schrie Ratchet – doch es war zu spät. Die Räder blockierten, und die schwere Lokomotive rutschte weiter, geradewegs auf die Leute im Gleisbett zu.

Das Kreischen der Bremsen und der Anblick der nahenden Dampflok beendeten den Kampf sofort. Alle, bis auf den König, sprangen vom Gleis. Belamus dagegen blieb stehen und blickte zornig auf den heranrollenden Zug. »Mir machst du nichts vor!«, schrie er Hagos an. »Das ist eine Blendung!« Entschlossen blieb er stehen, schwenkte die Arme und rief: »Ich fürchte mich nicht vor deinen billigen Tricks, RavenStarr. Ich nicht!«

»Belamus, das ist kein Trick!«, brüllte Hagos. »Der Zug ist echt!«

»Aus der Bahn!«, schrie Alex der Gestalt mit der Flügelkrone und den wallenden Seidengewändern zu, die sich dem Großen Schnaufer armerudernd in den Weg stellte. Verzweifelt versuchte sie, noch einmal den Bremshebel zu betätigen, doch der Koloss aus Eisen, brodelndem Wasser und Dampf sauste mit kreischenden Rädern unaufhaltsam auf den König zu. Sie würde König Belamus töten. Nur noch wenige Augenblicke, und Pallas Prophezeiung wäre Wirklichkeit.

Zerra konnte nicht fassen, dass der König immer noch mitten im Gleis stand und mit den Armen ruderte wie ein trotziges Kind. Er hält den Zug für eine Täuschung, dachte sie. Was für ein Idiot. Während die kreischende, dampfende Lok geradewegs auf Belamus zurollte, konnte Zerra es nicht länger mitansehen. Sie stürzte sich auf ihn, packte ihn am seidenen Kragen und warf ihn – und sich selbst – aus der Bahn. Der König fiel zu Boden, gerade so neben den Schienen, und eine Sekunde später brauste auch schon ein gewaltiger Schwall aus Hitze und Lärm vorbei. Zerra rappelte sich auf und sah zu, wie der Koloss weiter auf dem Gleis dahinsauste. Lichtfunken wirbelten auf, als er durch das näher kommende Netz des Xin fuhr.

Ein ganzes Stück hinter dem Bahnsteig kam die Lok endlich Dampfwolken rülpsend zum Stehen. Zerra schüttelte ungläubig den Kopf – wo kam dieses Ding nur her? Dann sah sie völlig verständnislos, wie Alex aus der Fahrerkabine sprang und sich auf den Boden warf. *Alex? Was macht Alex hier?*

Alex suchte unter den schweren Eisenrädern nach dem König.

»Alex, komm wieder hoch«, ertönte Benns Stimme von oben. »Der König ist da drüben – guck. Er kämpft mit deinem Vater.«

Alex sprang auf die Füße und entdeckte inmitten eines Schakalknäuels das staubige Rot von Hagos' Zauberumhang und die Spitze einer geflügelten Krone. Plötzlich lösten sich die Schakale aus dem Gewühl, nahmen Hagos zwischen sich und zerrten ihn zum Rand der Klippen.

»Nein!«, keuchte Alex. »Nein! Das dürfen sie nicht. Das dürfen sie nicht!« Sie rannte, so schnell sie konnte, doch obwohl sie alles gab, wusste sie, dass sie es nicht rechtzeitig schaffen würde. Sie fühlte sich wie in einem Albtraum, sie lief auf der Stelle, während drei riesige Untiere ihren Vater vor sich hertrieben. Jetzt waren sie schon kurz vor dem Abgrund, und es gab nichts, was sie tun konnte. Die Zeit verlangsamte sich zu einem unerträglichen Stillstand. Sosehr Alex auch kämpfte, sie konnte das Schreckliche nicht mehr aufhalten.

Es war Zerra, die Hagos rettete. Während Belamus auf und ab hüpfte wie ein aufgeregtes Kind und »Na los! Nun schubst ihn schon!« schrie, während Hagos sich mit Händen und Fußen verzweifelt an die letzten Steine am Klippenrand klammerte, warf Zerra sich mit aller Kraft gegen die mageren Beine der Schakale. Die waren auf den Angriff nicht vorbereitet und taumelten – unerträglich langsam, fand Zerra – in die Leere hinter den Klippen. Der Abendwind wehte vom Ozean herauf und verwandelte ihre flatternden roten Umhänge in Drachen, die die allerletzten Schakale langsam in die Tiefe trugen.

Zerra griff nach Hagos' Arm und zog, und mit schmerzenden Fingern krallte Hagos sich von der unter ihm wegbrechenden Klippenkante nach oben auf den sicheren Felsboden. Dort sackte er keuchend bäuchlings auf die Erde.

Belamus starrte die verräterische Spionin fassungslos an, die gerade seine letzten Schakale vernichtet hatte und nun dem Blender RavenStarr auf die Beine half. Dann tauchten auch noch zwei wohlbekannte Gestalten auf – das Blendermädchen mit der grünen Schärpe und der Junge, der vor wenigen Tagen aus Rekadom geflohen war. Schlagartig wurde Belamus klar, dass das nicht die Kinder waren, die die Schakalerie mitgebracht hatte. Er spürte Panik in sich aufsteigen. Wie viele Blenderbälger gab es? Er war hoffnungslos unterlegen. Verzweifelt fuhr er herum und suchte nach Hilfe. »Wachen!«, schrie er. »Wachen!«

Doch die Wachen waren nirgends zu sehen. Belamus war auf sich gestellt. Seine Panik wich der Wut. Er war von allen verraten worden – und das war ganz allein die Schuld des Mannes, den er einst seinen Freund genannt hatte: Hagos RavenStarr. Ohne Vorwarnung warf er sich mit überraschender Kraft gegen Hagos. Der taumelte rückwärts Richtung Klippenrand, doch diesmal konnten Alex und Benn ihn packen und festhalten.

Belamus nahm einen weiteren Anlauf. Hagos wankte erneut Richtung Klippenrand, und Belamus setzte ihm nach, doch plötzlich war Zerra da, zerrte mit aller Kraft am König und schrie: »Aufhören! Aufhören!«

Wütend wirbelte Belamus herum und stürzte sich auf Zerra. »Verräterin!«, schrie er. Zerra sah seine kleinen, hasserfüllten Schweinsäuglein, seine langen Fingernägel, die sich wie die Klauen der Schakale nach ihr ausstreckten, und schubste den König mit aller Kraft von sich. Seine rutschigen Schuhsohlen glitten über den Sandboden, er wankte rückwärts, verlor das Gleichgewicht, und stolperte mit heftig rudernden Armen über den Klippenrand.

Alex, Benn, Zerra und Hagos standen wie eingefroren da. Sie sahen den König, dessen blaue Seidengewänder wie nutzlose Flügel um ihn herumflatterten. Einen Augenblick schien er in der Luft zu stehen, dann stürzte er außer Sichtweite und ließ nur den Hauch eines Aufschreis hinter sich zurück.

Oben auf der Klippe herrschte entsetztes Schweigen.

Dann ertönte ein weiterer Schrei: »Skorpas! Skorpas!«

40. Kapitel

FAMILIENTREFFEN

Deela hatte eine schwere Entscheidung treffen müssen. Als Hagos zum Klippenrand geschleift worden war, war ihr erster Impuls gewesen, ihm zu Hilfe zu eilen. Dann hatte sie gesehen, dass Alex zu ihm rannte, und auch das wild aussehende Mädchen in der Kampfjacke schien auf seiner Seite zu sein. Die beiden verängstigten Kinder auf dem Bahnsteig waren jedoch ebenfalls in großer Gefahr – warum hatte der König sie sonst hergebracht? Auch sie mussten beschützt werden.

Deela begegnete dem besorgten Blick der Torwächterin. »Die Kinder sollten das nicht sehen«, sagte sie.

Die Wächterin nickte.

»Ich bringe sie hier weg«, sagte Deela. »Ich nehme sie mit zu mir nach Hause.«

Die Wächterin wirkte erleichtert. »Gut«, sagte sie.

Plötzlich meldete sich der junge Wächter zu Wort. Seine Stimme war heiser vor Angst. »Können wir auch mitkommen?«, fragte er.

Fest entschlossen, nicht zum Klippenrand zu schauen, zog Deela Francina und Louie mit sich. »Ja. Aber schnell!«, rief sie über die Schulter. »Bevor uns jemand sieht.«

Deela, Francina, Louie und die Torwächter waren, so schnell sie konnten, auf den großen Schnaufer zugerannt. Jetzt allerdings kam es Deela so vor, als hätte sie alle in noch größere Gefahr gebracht – denn plötzlich kam ein riesiger, gelber Skorpion auf sie zu, den Schwanz über den Kopf gebogen, die silberne Spitze schussbereit.

»Steigt auf den Schnaufer!«, rief ihnen ein stämmiger Mann zu, der über und über mit Ruß bedeckt war. »Schnell!«

Doch Deela wollte nirgendwo aufsteigen, schon gar nicht, wenn ein riesiger Skorpion auf sie zukam. Sie wollte nur noch nach Hause, und die beiden verängstigten Kinder sollten mit. Deshalb steuerte sie auf ein Fleckchen Boden zu, an das sie sich gut erinnerte, bückte sich – und öffnete eine Falltür. »Runter mit euch«, sagte sie zu Francina und Louie. »Keine Angst, ich komme auch mit.«

Francina griff nach Louies Hand. »Komm, Louie«, drängte sie.

Louie schüttelte entschieden den Kopf. »Nein.«

»Warum nicht, du dummer Junge?«, fauchte Francina ihn an. Sie war mit ihrer Geduld am Ende.

Louie rührte sich nicht von der Stelle. »Wölfe«, erklärte er. »Da unten sind Wölfe. Mit weißen Köpfen.«

Hinter Louie ertönte die Stimme der Torwächterin. »Keine Sorge, junger Mann. Ich gehe mit meinem Speer voran, da sollten sich die Wölfe lieber vorsehen. Einverstanden?«

»Einverstanden.« Louie lächelte. Er folgte der Torwächterin in die Dunkelheit. Francina und der Neffe eilten hinterher.

»He, ihr!«, rief Deela den beiden verrußten Gestalten beim Großen Schnaufer zu. »Kommt her! Hier führt die Treppe zum Strand runter.«

Ratchet griff nach Dannys Hand. »Komm«, sagte er. »Tun wir, was die Dame sagt.«

Danny zögerte. »Wir können den Schnaufer doch nicht alleinlassen«, sagte er.

»Doch, können wir«, widersprach Ratchet und schob Danny vom Trittbrett, sprang hinterher und zog ihn zu Deela. Als sie durch die Falltür kletterten, sah Deela Benn, Hagos, Alex und Zerra in ihre Richtung rennen. »Schnell!«, rief sie. »Ihr müsst euch beeilen!«

Sie brauchten keine Aufforderung. Alle konnten den riesigen gelben Skorpas hinter dem Schnaufer aufragen sehen. Alex kam als Erste. Schlitternd hielt sie an und schob erst Benn, dann Zerra durch die Falltür. Schließlich packten Deela und sie den erschöpften Hagos, beförderten ihn in die Dunkelheit und zogen die Falltür über sich zu. Als die Tür mit einem lauten Knall auf dem Felsboden aufschlug, hörten sie mit einem scharfen *Plitsch* eine Dosis Gift darauf landen.

Es war ein langer, mühsamer Abstieg durchs Gestein, doch das störte niemanden.

Endlich traten sie, einer nach dem anderen, durch den Tunnelausgang an den Strand, wo sie sahen, dass die Flut den Dammweg überspült hatte. Noch immer ganz benommen von den Geschehnissen schritten sie langsam über den Sand bis ans Ufer. Im Licht des aufgehenden Mondes betrachteten sie schweigend die Wellen. Nur Zerra hielt sich abseits und beobachtete missmutig, wie Alex Louie in die Arme schloss.

»Vorsicht, der Pokkel!«, rief Louie. Dann lachte er, setzte den Pokkel auf den Strand und drückte Alex so fest, dass sie kaum noch Luft bekam.

Francina lächelte Danny schüchtern an, und Danny entschied, dass auch Francina eine Umarmung gebrauchen konnte. »Ich wusste, dass du uns retten würdest«, sagte sie zu ihm.

Danny lachte. »Ich? Ich hab gar nichts getan. Ich hab nur mit Gift bespritzt auf der Nase gelegen.«

»Gift?«, fragte Francina ängstlich.

Danny gluckste. »Ja. Aber es braucht schon mehr als ein bisschen Skorpasgift, um Danny Dark umzuhauen.«

»Du bist wahnsinnig mutig«, flüsterte Francina.

»Wahnsinnig bescheuert trifft es besser«, knurrte Ratchet. »Aber wenigstens habe ich jetzt die Fliegerjacke wieder.«

»Ha!«, sagte Danny. »Wahrscheinlich haben Sie den Skorpas auf mich angesetzt, nur um die Jacke zurückzukriegen.«

Zerra war genervt und fühlte sich schlecht behandelt – keins ihrer Geschwister hatte sie auch nur zur Kenntnis genommen. Mürrisch stapfte sie ans Ufer, wo sie sich mit etwas Abstand neben Hagos niederließ und wie er über die dunkle See blickte.

Hagos grübelte gerade über das schreckliche Ende nach, das das Leben seines alten Freundes Belamus genommen hatte, als Deela zu hüpfen und zu winken begann. »Palla!«, rief sie. »Palla! Wir sind hier!« Hagos blickte zum Orakelfels hinüber und sah ein Licht in Richtung des Hafens wandern. Das Licht verschwand, doch einige Minuten später tauchte es über dem Wasser wieder auf und bewegte sich stetig auf sie zu. Schon bald war das *Krie-klonk* der Ruder zu hören. Benn und der junge Torwächter liefen dem Boot entgegen und zogen es an Land.

Palla sprang heraus und schlang die Arme um Deela. »Deela, oh, Deela, du lebst!« Den Rest der zusammengewürfelten Truppe musterte sie weniger begeistert. »Und deine Freunde sind auch da, wie schön. Aber sie passen nicht alle ins Boot.«

Es wurde beschlossen, dass Louie und Francina, die noch immer vor Schock zitterten, mit Deela und Palla zum Orakelfels rudern sollten.

Mit leiser Stimme fragte Francina, ob Danny auch mitkommen könne.

Palla blickte skeptisch drein.

»Komm schon, Palla, es ist genug Platz«, sagte Deela. »Das arme Kind hat Schreckliches durchgemacht!«

»Dann muss er rudern helfen«, sagte Palla verdrießlich.

»Mit Vergnügen«, erwiderte Danny und kletterte flink ins Boot, bevor Palla es sich anders überlegen konnte.

Sie waren bereit zur Abfahrt, doch erst musste Palla noch etwas loswerden. Sie ging zu Alex und sagte: »Alex, ich habe gesehen, wie König Belamus gestürzt ist. Die Prophezeiung hat sich erfüllt. Du darfst dich deshalb nicht schuldig fühlen – du konntest nicht anders. Was geschehen ist, war seit langer Zeit vorherbestimmt.«

Alex brauchte einen Moment, um zu verstehen, was Palla meinte. Als der Groschen gefallen war, hätte sie vor Wut platzen können. »Was fällt dir ein?«, schrie sie Palla an. »Ich habe den König nicht von der Klippe geschubst! Er ist nicht wegen mir gestorben. Dein blöder Orakelspruch war falsch. Falsch, falsch, falsch!« Sie kehrte Palla den Rücken zu, stürmte über den Strand und kämpfte gegen die Tränen an.

Palla zuckte mit den Schultern. »Das Orakel hat immer recht«, murmelte sie. Ungerührt ging sie zum Boot und stieg ein. Als

Hagos und die Torwächter das Boot vom Ufer abstießen, drückte Louie den Pokkel an sich und warf Alex einen besorgten Blick zu. »Franny«, sagte er und kuschelte sich an seine zweitliebste Schwester. »Der Pokkel will wissen, warum Alex so wütend ist.«

Francina legte ihm den Arm um die Schultern. »Sag dem Pokkel, dass Alex die Nase voll davon hat, für Dinge beschuldigt zu werden, mit denen sie nichts zu tun hat«, erwiderte sie in einem seltenen Moment der Klarsicht.

Während das *Krie-ie-klonk, krie-ie-klonk* der Ruder sich entfernte, lief Hagos quer über den Strand zu Alex. Er achtete darauf, sie bei ihrem richtigen Namen zu nennen, und sagte: »Alex, wir alle wissen, dass du König Belamus nicht von der Klippe geschubst hast.«

»Er ist *gestürzt*, Papa.«

Hagos seufzte. »Nein, das Orakel hatte recht. Er wurde geschubst.«

Erschrocken sah Alex ihren Vater an. »*Du* hast ihn geschubst?«

Hagos schüttelte den Kopf. »Nein. Nicht ich.«

Alex runzelte die Stirn. »Wer dann?«

»Zerra.«

»Zerra? Also hatte das Orakel unrecht.«

»Nein«, sagte Hagos leise. »Das Orakel hatte recht.«

Alex lachte. »Aber das würde ja heißen, dass Zerra das Kind eines Magiers ist! Das ist doch lächerlich.«

»Was ist lächerlich?«, drang Zerras Stimme durch die Dunkelheit. »Warum redet ihr über mich? Und lacht? Was ist so komisch?«

Hagos holte tief Luft. Er fand Zerra ganz schön anstrengend. »Niemand lacht über dich, Zerra«, sagte er ruhig. »Aber es gibt etwas, was ihr beide wissen müsst. Zerra, Alex … Zerra, du bist meine Tochter. Alex, Zerra ist deine Schwester.«

Alex und Zerra starrten einander gleichermaßen bestürzt an. »Unmöglich«, sagten sie einstimmig. Und dann: »Das kann nicht sein!«

Hagos seufzte. »Um genau zu sein, seid ihr *Halb*schwestern. Zerra, ich habe deine Mutter Mirram in Rekadom kennengelernt, als ich der Magier des Königs war. Ich habe einen Umhang bei ihr bestellt. Sie war eine hervorragende Schneiderin, weißt du? Sie hat die Westen des Königs geschneidert.«

»Ich weiß«, knurrte Zerra und sah ihn finster an.

»Nun ja, ich … hatte es damals nicht leicht. Zu Hause.« Hagos warf Alex einen zerknirschten Blick zu.

Auch Alex sah ihren Vater finster an. Hagos bemerkte, wie sehr sich die Blicke der beiden Mädchen ähnelten.

»Ähem …«, sagte Hagos. Und dann: »Oh, Himmel.« Er sah Zerra an. »Deine Mutter war einsam. Und ich … na ja … ich auch.«

»Ist das der Grund, warum Ma Rekadom verlassen hat?«, fragte Zerra. »Weil du sie gezwungen hast?«

»Das habe ich nicht getan! Ich habe es nur vorgeschlagen. Um dich zu schützen, was ja auch geklappt hat.«

Alex sah ihren Vater mit einem Ausdruck an, der Hagos unangenehm an ihre Mutter Pearl erinnerte. »Hat Mama davon gewusst?«, fragte sie.

»Nein. Nun ja, das dachte ich zumindest. Aber jetzt bin ich mir nicht mehr so sicher. Ich frage mich, ob sie dich deshalb Mirram gegeben hat. Damit du wenigstens ein bisschen Familie um dich hättest. Es tut mir so leid«, schloss er mit zitternder Stimme. »Alles, was ich getan habe. Und alles, was euch beiden passiert ist.«

Alex und Zerra sahen Hagos vorwurfsvoll an. »Ha!«, machten sie nur. Dann drehten sie sich um und stapften zusammen ans Ufer. Dort blieben sie stehen und starrten aufs Meer.

Einige Minuten später hörten sie erleichtert das *Krie-ie-klonk* der Ruder. Diesmal saß Danny allein im Boot. Er ruderte rasch an den Strand und zog das Boot auf den nassen Sand. Dann sprang er heraus und reichte Alex grinsend die Ruder. »Bitte sehr. Ich bin dann mal weg.«

»Weg? Wo willst du denn hin?«, fragte Alex.

»Ich muss zum Schnaufer. Ihn zurückbringen, damit er morgen früh bei Jay ist.«

»Und was ist mit dem Skorpas?«

Danny lachte. »Ich bin doch kein Magier. Mir wird nichts passieren.«

Hagos und Ratchet stießen zu ihnen. »Kommen Sie mit zum Schnaufer, Ratchet?«, fragte Danny.

»Klar doch«, sagte Ratchet. Er drehte sich zu den Torwächtern um, wandte sich mit einem, wie er hoffte, gewinnenden Lächeln an die Tante und sagte: »Kommen Sie auch mit, meine Dame?«

Die Tante errötete. »Aber gern«, erwiderte sie.

»Seid vorsichtig«, sagte Hagos besorgt. »Ich vermute, dass die flüchtigen Zauber aus dem Eisernen Turm andere Zauberwesen beschädigt haben könnten.«

Alex wurde heiß. Hagos hatte ihre Befürchtung bestätigt – sie hatte die Spinne und den Albnebel wirklich freigelassen. »Es tut mir so leid«, sagte sie. »Ich dachte, ich hätte die Tür wieder zugemacht.«

»Welche Tür?«, fragte Hagos.

»Die vom Eisernen Turm.«

Hagos sah sie verdattert an. »Vom Eisernen Turm?«

Alex nickte. »Ich war mir sicher, dass ich sie wieder geschlossen habe. Aber ich muss sie doch offen gelassen haben. Und jetzt sind diese ganzen Nachtalbe hier unterwegs, und ich muss immerzu daran denken, wie viele Menschen ich in Gefahr gebracht habe …«

»Moment mal«, unterbrach Hagos sie. »Wie kommst du darauf? *Ich* habe sie freigelassen, nicht du.«

»*Du*, Papa?«

»Ja, ich. Ich bin hier der Verantwortungslose, Alex, das muss ich leider zugeben.« Er wandte sich an Ratchet. »Ich vermute, dass der Albnebel die Skorpas beschädigt hat. Ich fürchte, dass sie jetzt alle für Magier halten.«

Ratchet blickte unbehaglich drein. »Auch Pferde?«, fragte er.

»Auch Pferde«, erwiderte Hagos.

»Na, wir sind aber keine Pferde, uns wird schon nichts passieren«, sagte Danny zuversichtlich. Er fischte einen Dichtungsring aus Messing aus der Tasche, der an einer aufwendig geknüpften Kordel baumelte. Auf der einen Seite war in winzigen Buchstaben FRANCINA in den Ring eingraviert, auf der anderen Seite DANNY. »He, Alex, würdest du das hier bitte Francina geben?«, fragte er. »Sie hat nicht verstanden, warum ich zum Schnaufer zurückmuss. Sie ist wütend geworden und davongerannt, bevor ich es ihr geben konnte. Sag ihr, dass ich es extra für sie gemacht habe, ja? Und dass ich morgen wiederkomme. In Ordnung?«

»In Ordnung«, sagte Alex und steckte die Kette vorsichtig in ihre Schärpe neben das Tau.

Dann ruderten Alex und Benn das Boot zum Orakelfels. Als sie in den Hafen einliefen, fragte Hagos: »Alex, warst du wirklich im Eisernen Turm?«

Alex nickte.

»Aber warum? Und *wie*?«

Alex schwieg. Sie wartete, bis das Boot sicher vertäut war und sie die Ruder loslassen konnte, dann schob sie eine Hand in die Schärpe und zog das schimmernde Tau hervor.

Hagos schnappte nach Luft. »Oh! Bubu!«

Gelächter ertönte vom Heck, wo Zerra saß. »Bubu«, kicherte Zerra. *»Bubu!«*

»Papa«, seufzte Alex. »Ich bin jetzt Alex.«

»Entschuldige. Ja. Ich war nur gerade so überwältigt. Du hast das Tau! Wo hast du es gefunden?«

»Im Eisernen Turm natürlich.«

Hagos schüttelte den Kopf. »Aber wie bist du hineingekommen?«

»Ich habe das hier ganz hinten im Schrank gefunden.« Alex zog das kleine Taschentuch hervor, und Hagos riss überrascht die Augen auf.

»Das Tuch, das ich für Pearl gemacht habe! Oh, meine arme Pearl …«, sagte er, und seine Augen füllten sich mit Tränen.

»Ich habe an das Tau gedacht, und das Tuch hat mich zu ihm gebracht. Wie du gesagt hast«, erklärte Alex. Sie reichte Hagos das Taschentuch. »Hier, Papa. Du kannst es gebrauchen.«

Hagos putzte sich geräuschvoll die Nase mit dem kleinen Tuch und stopfte es schnell in die Tasche. Das Ruderboot schaukelte, Alex schwankte zur Seite, und das Tau fiel auf den Boden des Boots.

»Bitte, steck das Tau wieder ein«, bat Hagos. »Weißt du, wie tief dieser Hafen ist?«

»Siebzig Meter«, informierte Benn sie fröhlich. »Soll ich Ihnen beim Aussteigen helfen, Meister RavenStarr?«

Hagos fühlte sich plötzlich ganz zittrig. Er nahm Benns Hand, wankte auf die Stufen und wartete, bis alle Insassen des Boots sicher an Land waren. Dann marschierten Benn und der junge Torwächter die lange gewundene Treppe zu Deelas Häuschen empor.

Der Magier und seine beiden Kinder hingegen nahmen den schmalen Pfad um den Felsen herum zur Orakelkammer. Sie hatten eine wichtige Entzauberungsangelegenheit zu erledigen.

41. Kapitel

DIE KRAFT DER DREI

Alle drei waren nötig, um den Großen Schnaufer wieder zum Leben zu erwecken: Danny, Ratchet und die Torwächterin, die Ratchet schüchtern verraten hatte, ihr Name sei Mavis. Ratchet schippte gerade Kohle, als Mavis schrie: »Skorpas!«

»Auf uns hat er es nicht abgesehen«, winkte Danny ab.

Ratchet war sich da nicht so sicher. »Vorhin hatte er es ganz schön auf dich abgesehen, Danny.«

»Das war nur ein Versehen«, erwiderte Danny sorglos. »Er war hinter Alex her. Aber die ist nicht mehr hier.«

Ratchet ließ das riesige Geschöpf nicht aus den Augen, das zielstrebig auf sie zuwankte. »Sind wir so weit?«, fragte er nervös.

Wie zur Antwort ertönte ein lautes Zischen unter dem Steuerrad, und die Druckanzeige sank auf null. »Nö«, sagte Danny. »Leider nicht.«

In der Kälte der Orakelkammer legte Hagos RavenStarr seinen Umhang ab, breitete ihn vorsichtig auf dem glatten Steinboden aus und setzte sich im Schneidersitz davor. »Kommt«, sagte er zu Alex und Zerra. »Wir setzen uns um den Umhang. Er ist unser Feuer.«

Zerra schnaubte, als hätte Hagos einen schlechten Witz gemacht. Alex setzte sich und sah ihren Vater stirnrunzelnd an. Warum ermahnte er Zerra nicht, dass sie sich respektvoller verhalten sollte? Doch Hagos holte nur den Codex aus der Tasche und legte ihn auf den Umhang. Derweil zappelte Zerra herum, zog die Beine aus dem Schneidersitz und streckte sie vor sich aus, sodass Sand von ihren Schuhen auf den Umhang rieselte.

Alex musterte Zerra mit wachsender Sorge. Sie war überzeugt, dass Zerra die Entzauberung irgendwie kaputt machen würde. Das tat sie ja schon, indem sie das Ganze nicht ernst nahm. Entschlossen, sich diesen Augenblick nicht von Zerra vermiesen zu lassen, richtete Alex ihre Aufmerksamkeit auf den Codex, der ruhig auf dem zerschlissenen roten Umhang lag. Sie merkte, wie froh sie war, ihn wiederzusehen. Seit Nella ihr das Büchlein gegeben hatte, hatte sie es lieb gewonnen wie einen Freund. Es war ein Fenster zu einer Welt gewesen, von der Alex aufgeregt festgestellt hatte, dass sie ein Teil von ihr war. Und jetzt würde es ihr erlauben, auch voll und ganz ein Teil der realen Welt zu sein, so wie alle anderen, und darin zu leben, wie sie wollte, frei und ohne Furcht vor den Jägern der Dämmerung. Alex sah Zerra an. Für sie war es nicht anders – aber das schien Zerra nicht zu begreifen. Wahrscheinlich lag es daran, dass Zerra in der kurzen Zeit, die sie außerhalb der schützenden Mauern von Luma und Rekadom verbracht hatte, auf dem Falken geritten war. Bis zu ihrer Begegnung mit dem Rokadil hatte Zerra keine Ahnung gehabt, was es bedeutete, von einem Dämmerungsgeschöpf bedroht zu werden. Und selbst das schien bei ihr keinen großen Eindruck hinterlassen zu haben, so wie sie jetzt in der Nase bohrte. Alex wandte angewidert den Blick ab.

Hagos schlug den Codex auf, sodass die kleine Tasche sichtbar wurde, in der Alex' Hexkarten an ihrem angestammten Platz lagen. »Wir haben den Codex, und wir haben die Karten. ›Eins ist Eins. Zwei ist Eins‹«, zitierte er aus dem Codex.

Zerra zog den Finger aus der Nase und verdrehte die Augen.

Alex ignorierte sie standhaft und vollendete das Zitat. »Und Tau ist Drei«, sagte sie. Sie fühlte sich wie beflügelt – das war der Moment, den sie so herbeigesehnt hatte. Sie holte das Tau aus der Schärpe und legte es auf die Handfläche. Sein strahlend blaues Licht erleuchtete ihre Gesichter.

»›Von einem erschaffen. Von Dreien gebrochen‹«, zitierte Hagos. »Jetzt können wir alle Zauber der Dämmerungsgeschöpfe lösen, die missratenen und die gelungenen, die vollständigen und die unvollständigen. Wo auch immer sie sind. Für alle Zeit.«

Zerra betrachtete das Tau skeptisch. Das war alles so komisches Zeug. Argwöhnisch sah sie zu, wie Hagos im Codex bis zu einem Block aus Seiten blätterte, die aneinanderklebten und deren Ränder leuchtend blau schimmerten. Sie verzog das Gesicht – selbst sie konnte sehen, was da hingehörte. Es war so leicht wie ein Babypuzzle.

Hagos sagte feierlich: »Alex, du hast das Tau gerettet, deshalb ist es dein Recht, die versiegelten Seiten zu öffnen.«

Zerras Miene wurde immer düsterer. Typisch, wieder mal war es Alex, die die wichtigen Sachen machen durfte und die ganze Aufmerksamkeit bekam. *Sie* bat niemand, irgendwas zu tun. Ihr reichte es. Sie stand auf und sagte: »Das ist mir alles zu blöd. Ich gehe!« Sie stürmte aus der Orakelkammer auf den schmalen Pfad über dem Meer.

Ein Anflug von Gereiztheit lief über Hagos' Gesicht, und er sprang auf die Füße.

»Lass sie, Papa«, sagte Alex. »Sie wird es sowieso nur vermasseln.«

»Nein«, entgegnete Hagos. »Wir drei haben es begonnen, und wir drei müssen es zu Ende bringen.«

Alex blickte ihrem Vater nach, wie er Zerra hinterhereilte. Im blauen Licht der Orakelkammer saß sie allein vor dem roten Umhang. Endlich sind sie vereint, dachte sie, die Hexkarten, der Codex und das kostbare Tau. Das war der Moment, auf den sie gewartet und für den sie so sehr gekämpft hatte. Sie hatte es mit den grausigsten Dämmerungsgeschöpfen aufgenommen – mit dem Grauen Läufer, den Xin, den Stachelaalen, Skorpas und Rokadilen –, um hierherzukommen und zusammen mit ihrem Vater die Kraft der Drei zu entfesseln und das Land zu befreien. Für immer. Um ihr Leben endlich frei von Angst leben zu können, mit den Menschen, die ihr wirklich am Herzen lagen. Und was kommt dazwischen? dachte Alex. *Zerra! Zerra kommt dazwischen.*

Alex konnte die Dringlichkeit in Hagos' Stimme hören, der vor der Orakelkammer leise auf Zerra einredete. Alex war wütend. Sie *wollte* nicht, dass Zerra ihre Schwester war. Sie wollte ihren Vater nicht mit ihr teilen. Und am allerwenigsten wollte sie, dass Zerra bei dieser wichtigen Entzauberung mitmischte, die sie höchstwahrscheinlich ruinieren würde. Während die Stimmen draußen weiterredeten – jetzt entgegnete Zerra etwas –, wog Alex das Tau vorsichtig in der Hand. Das Summen des Zaubers ging auf sie über, und sie fühlte sich mit einem Mal ruhig und zielstrebig. *Ich bin bei dir, du bist bei mir. Wir sind Zwei mit der Kraft von Drei,* hörte sie.

Es war dieselbe Stimme, die sie aus den Schrecken des Eisernen Turms geführt hatte, dieselbe Stimme, die sie gerettet hatte, als sie von der Klippe gestürzt war, dieselbe Stimme, die gesprochen hatte, als Molly aufs offene Meer getrieben war.

Ohne zu bemerken, dass Hagos und Zerra in die Orakelkammer zurückkamen, ließ sie das Tau an die vorgesehene Stelle vor den versiegelten Seiten gleiten. Ein blendend heller, blauer Blitz zuckte auf, und irgendwo weit weg hörte Alex Zerra schreien.

Durch die Finger, die sie schützend vor die Augen gehalten hatte, sah Alex die Ränder der versiegelten Seiten zu einer kleinen blauen Pfütze schmelzen und die Seiten flattern, als sie sich voneinander lösten. Sie bemerkte eine Bewegung neben sich und blickte auf.

»Du hast es geschafft«, sagte ihr Vater mit vor Aufregung glänzenden Augen. »Du hast es geschafft!«

Alex betrachtete den Codex. Die versiegelten Seiten waren geöffnet. Jetzt, wurde ihr klar, kam der Teil, von dem sie absolut keine Ahnung hatte – die eigentliche Entzauberung.

»Sitz!«, sagte Hagos zu Zerra, als wäre sie ein störrischer Hund.

Zu Alex' Überraschung setzte Zerra sich wirklich.

»Die Entzauberung besteht aus drei Teilen«, erklärte Hagos. »Jeder muss von einem anderen Magier gesprochen werden. Ich fange an, dann kommt Zerra –«

»Ich hab es doch gesagt – ich bin keine Magierin«, knurrte Zerra.

»Erzähl das dem nächsten Rokadil, das du triffst.«

Zerra rieb sich den Arm und seufzte dramatisch.

»Ob es dir gefällt oder nicht, Zerra«, sagte Hagos. »Du bist das Kind eines Magiers. Deshalb wirst du jetzt sprechen. Und Alex die Entzauberung beenden. Bereit?«

»Bereit?«, fragte Ratchet oben auf den Klippen. »Denn wenn nicht, sollten wir jetzt rennen. Und zwar schnell!«

Danny warf dem näher kommenden Skorpas einen wachsamen Blick zu. Wie er den Schwanz über den Rücken bog, gefiel ihm ganz und gar nicht. Und noch weniger gefiel ihm, dass er die Schwanzspitze genau auf den Führerstand richtete.

»Wir haben sie immer vom Ausguck am Tor beobachtet«, bemerkte Mavis. »Sie verfehlen ihr Opfer nie.«

»Ist ja gut, ist ja gut«, knurrte Danny. »Ich hab's kapiert.«

»Runter!«, schrie Ratchet in diesem Augenblick. »Runter!« Mavis warf sich zu Boden. »Danny!«, brüllte Ratchet. »Kopf runter! Jetzt!«

»Jetzt!«, sagte Hagos.

Er nahm den Codex und hielt eine Hand über die Seiten, die wie Schmetterlingsflügel zu flattern begannen und bei einer Seite innehielten, die von einem Wald aus kleinen, dicht gedrängten Buchstaben bedeckt war. Mit leiser Stimme sprach Hagos drei Wörter, und als er es tat, leuchteten dieselben Wörter auf der Seite blau auf. Er gab den Codex an Zerra weiter und zeigte auf die nächsten drei Wörter, die sie sprechen sollte.

Alex hielt den Atem an. Bitte lass sie es nicht vermasseln, dachte sie. Bitte.

Überraschend ernst sprach Zerra die Worte und starrte die Seite an, während auch diese Wörter gleißend blau wurden. Dann drehte sie sich zu Alex und schob ihr den Codex hin.

Alex brauchte keinen Hinweis, sie sah die letzten drei Wörter der Entzauberung schon hell auf der Seite brennen. Ehrfürchtig sagte sie: »Ita fiat esto.«

Ein greller, blauer Blitz zuckte auf, und Alex spürte, dass die Welt, wie sie sie kannte, sich verwandelte. Sie spürte, wie sich der böse Nachtalb, der Graue Läufer – der sich in diesem Moment aus dem Abfluss der Spüle in Nellas Küche wand – auflöste wie Rauch an einem windigen Tag. Sie spürte, wie die Xin in der Netzlegerbucht – die sich gerade über Kirrin hermachen wollten, die noch spät im Hafenbüro arbeitete – in eine Million Teile zersplitterten und zu Boden rieselten. Und sie spürte, wie Danny einen kleinen gelben Wüstenskorpion anstupste, der zu seinen Füßen in den Sand gefallen war, und laut auflachte.

Hagos nahm den Codex, der ein ganzes Stück dünner geworden war, und reichte ihn Alex. Vor Überraschung hätte sie ihn beinahe fallen gelassen. Er fühlte sich so leicht an. »Das Gewicht der Zauber ist weg«, erklärte Hagos. Er hob den Umhang auf und zog ihn an, und Alex sah, dass er über und über vom Blau der ehemals versiegelten Seiten schimmerte.

Wortlos verließen Hagos, Alex und Zerra die Orakelkammer und blieben einen Moment vor dem Eingang stehen, um über den Ozean zu blicken, der von glitzernden Flecken gesprenkelt war. Ein großartiges Glücksgefühl überkam Alex, als sie auf die See hinabblickte. Sie war frei. Frei, zu leben, wo sie wollte, zu gehen, wohin sie wollte, und frei, sie selbst zu sein.

42. Kapitel

DER MITTERNACHTSZUG

Alex, Zerra und Hagos gingen ins Haus, wo sie Deela, Palla und den jungen Torwächter antrafen, die sich in der Wohnstube am Feuer wärmten. Hagos überbrachte ihnen die frohe Botschaft, dass die Geschöpfe der Dämmerung für immer verschwunden waren, und Benn stimmte ein Freudengejohl an. »Dann kannst du ja jetzt bei uns wohnen!«, sagte er zu Alex.

Alex lächelte. »Ich gehe mal kurz zu Louie und wünsche ihm eine Gute Nacht«, sagte sie und schlüpfte aus dem Raum. Louie schlief bereits auf einem Kissenlager neben Deelas Bett, genau wie der Pokkel, der sich zu seinen Füßen zusammengerollt hatte. Francina lag friedlich schlummernd in Deelas Bett. Leise legte Alex das Geschenk von Danny auf Francinas Kissen, dann gab sie Louie einen Gutenachtkuss und stopfte die Decke um ihn fest. Sie drehte sich zur Tür und sah, dass Zerra auf der Schwelle stand und sie beobachtete.

»Oh«, sagte Alex.

»Hm«, machte Zerra.

Sie schwiegen verlegen, dann sagte Zerra: »Ich bin froh, dass es Franny und Louie gut geht. Nach allem, was passiert ist.«

»Ja«, stimmte Alex zu. »Es war schrecklich für sie.«

»Weißt du …« Zerra verstummte. »Weißt du, was mit Ma geschehen ist?«, fragte sie dann.

»Mit Mirram?«, sagte Alex. »Du meinst, nachdem du sie angezeigt, in den Kerker und vor Gericht gebracht hast?«

Zerra sah zu Boden. »Ich meine, nachdem du sie befreit hast. Wo ist sie jetzt?«

Alex wünschte, Zerra würde endlich verschwinden. Sie versperrte ihr den Durchgang. »Sie ist gerade in Santa Pesca. Und jetzt entschuldige mich, ich will ins Bett. Gute Nacht.«

Zerra trat beiseite, um Alex vorbeizulassen. Als sie an ihr vorbeiging, sagte Zerra: »Dein … ich meine *unser* … Vater ist in Ordnung, oder? Er ist ein netter Kerl.«

Alex nickte. »Ja. Das ist er. Gute Nacht, Zerra.«

»Gute Nacht, Alex«, sagte Zerra, bevor sie neben Francina ins Bett kletterte.

In der Tür hielt Alex inne. »Schlaf gut, Zerra«, sagte sie.

Zerra blickte überrascht auf. Dann sah sie Alex in die Augen. »Du auch.«

Hagos und Benn standen draußen auf dem Treppenabsatz und warteten auf Alex. Beide trugen eine Laterne. »Ich bin gekommen, um mich zu verabschieden«, sagte Hagos. »Ich kann nicht schlafen, solange ich nicht weiß, dass Danny in Sicherheit ist. Der Dammweg ist frei, und Benn hat angeboten, mich durch diesen grässlichen Tunnel unter den Klippen zu führen.«

»Ich komme mit«, sagte Alex sofort.

»Das habe ich mir gedacht«, erwiderte Benn lächelnd.

Der fahle Sand des Dammwegs glänzte im Mondschein, und als sie darüberliefen, glänzte auch Hagos' Umhang mit einem neuen bläulichen Glitzern. Benn führte sie unter die Klippen und leuchtete den Weg über die glitschigen Stufen, die Hagos viel zu sehr an den Kerker von Rekadom erinnerten. Nach etwa zwei Dritteln des Wegs nahmen sie die Abzweigung nach rechts, die sie zur Orakelstation führen würde. Je näher sie dem Tunnelausgang kamen, desto größer wurde ihre Angst, was sie dort oben vorfinden würden.

Sie schoben die Falltür auf und traten ins Mondlicht. Vor ihnen zeichnete sich der plumpe Umriss des Schnaufers dunkel vor dem Sternenhimmel ab, Dampf stieg aus dem Schlot und zischte aus den Ventilen unter den Rädern, und ein orangener Schimmer drang aus der Fahrerkabine. »Danny?«, rief Hagos. »Danny, bist du da?«

Keine Antwort.

»Danny?«, rief Hagos wieder. »Danny?«

Im Inneren des Kohletenders rührte sich etwas, und eine dunkle Gestalt richtete sich auf. Sie schwang eine Schippe. »Ah, der Magier«, ertönte Ratchets heisere Stimme. Er drückte Mavis die Schippe in die Hand, dann trat er nach unten und schüttelte Hagos die Hand. »Jetzt kann ich Sie ja Magier nennen. Blender ist ein ziemlich hässliches Wort, finden Sie nicht auch?«

»Ganz meine Meinung«, stimmte Hagos zu. »Aber wo ist Danny?«

»He, Danny!«, brüllte Ratchet.

»Was?«, rief Danny aus der Fahrerkabine.

Hagos lachte vor Erleichterung. Er eilte durch den Rauch und blieb vor dem Trittbrett stehen. »Danny«, sagte er. »Da bist du ja.«

Danny grinste. »Hier bin ich.« Er sprang zu Hagos hinunter. »Ich muss Ihnen was zeigen«, sagte er, nahm einen Werkzeugkasten vom Trittbrett und stellte ihn auf den Boden. »Zurücktreten, Leute. Der Bewohner ist ein bisschen aufgebracht.« Danny öffnete den Kasten mit der Spitze seines Schraubenziehers, dann hielt er seine Laterne darüber. »Kommt lieber nicht in Schussnähe!«

Vorsichtig beugten sie sich über den Kasten und spähten hinein. In der dunkelsten Ecke saß ein winziger, gelb schimmernder Skorpion.

»Skorpas?«, fragte Alex.

Danny grinste. »*Ex*-Skorpas. Er hat uns angegriffen. Er wollte gerade sein Gift abschießen, als da plötzlich ein blauer Blitz war, und dann war er verschwunden. Dachte ich zumindest. Ratchet hat ihn gefunden. Er sah überhaupt nicht erfreut aus, das kann ich euch sagen. Ich hab ihn mit der Zange eingefangen.« Danny schloss den Kasten wieder, hob ihn auf und reichte ihn Hagos. »Der ist für Sie. Ich dachte, Sie hätten gerne einen Beweis, Meister Raven-Starr.«

Vorsichtig nahm Hagos den Kasten entgegen. »Vielen Dank, Danny. Einen Skorpion habe ich noch nie geschenkt bekommen. Das ist wirklich sehr nett von dir.«

»Gern geschehen. Und jetzt machen wir uns auf den Weg. Wir fahren den Schnaufer in die Schleife von Rekadom, wenden ihn und fahren direkt zurück. Ich möchte morgen früh da sein, wenn Jay kommt. Sollen wir euch mitnehmen?«

Benn sah Alex an. »Ich möchte auch zu Jay. Und zu Großmutter.«

Alex fühlte sich hin- und hergerissen. Sie wollte Benn zu Nella begleiten, aber sie wollte auch bei Hagos bleiben.

»Guck nicht so traurig«, sagte Danny. »Morgen kommen wir wieder. Hab ich Francina doch versprochen.«

Zehn Minuten später und zum ersten Mal seit zehn langen Jahren fuhr der Große Schnaufer in den Bahnhof von Rekadom ein: mit Dampf und Bremsengekreisch – das diesmal allerdings weitaus sanfter in Gang gesetzt wurde als bei der Notbremsung. Ratchet und Mavis rissen das Stadttor auf und verkündeten die Neuigkeit, dass die Geschöpfe der Dämmerung nicht mehr existierten und dass der König von der Klippe gestürzt war. Nach und nach flammten in der ganzen Stadt die Lichter auf, und die Menschen strömten aus ihren Häusern. Mit den Häckslern wurde kurzer Prozess gemacht, und zum ersten Mal seit zehn Jahren hallten in den nächtlichen Straßen Rekadoms aufgeregte Stimmen und Gelächter wider. Während sich der Tumult immer weiter ausbreitete, eilten mehr und mehr Anwohner herbei, um den Großen Schnaufer zu begrüßen, und die wenigen verbliebenen Wachen legten ihre Speere nieder und stießen dazu.

So kam es, dass Hagos und Alex sich zum zweiten Mal in ihrem Leben inmitten einer Menschenmenge auf dem Bahnsteig von Rekadom wiederfanden, während der Große Schnaufer schnaubend seiner Abfahrt harrte. Diesmal jedoch hielten sie einander fest bei den Händen und ließen kein einziges Mal los. Die Uhr an der Falknerei schlug Mitternacht, und Hagos legte Alex den Arm um die Schultern. »Bubu. Entschuldige, ich meine, Alex …«

Alex lächelte. Es störte sie gar nicht mehr, Bubu genannt zu werden, merkte sie. Im Gegenteil, ihr Babyname gab ihr das Gefühl, etwas Besonderes zu sein. Und er half ihr zu verstehen, dass sie Glück gehabt hatte. Im Gegensatz zu Zerra hatte sie wenigstens eine kurze Zeit mit ihrem Vater verbringen können, als sie klein war. »Du darfst mich ruhig Bubu nennen, Papa«, sagte sie. »Eigentlich ist es ganz nett.«

Hagos erwiderte ihr Lächeln. »Also, Bubu. Als ich das letzte Mal um Mitternacht auf diesem Bahnsteig stand und den Großen Schnaufer gesehen habe, hat er dich mitgenommen. Und Zerra natürlich auch. Ich hätte mir nie träumen lassen, dass er uns eines Tages wieder zusammenbringen würde.«

Mit einem bittersüßen Gefühl sah Alex zu, wie der Große Schnaufer den Bahnhof verließ, um Benn und Danny zurück ins Zitronental zu bringen. Sie schaute seinem kleiner werdenden schwarzen Umriss nach, aus dem dann und wann Kaskaden orangener Funken in die Nacht stoben, bis er nicht mehr zu sehen war. Dann, Arm in Arm mit ihrem Vater, trat sie durch das Tor in die Stadt, in der sie geboren war. Unter der Blenderglocke blieben sie stehen und blickten auf. Die Glocke blieb stumm.

Und läutete nie wieder.

Das Leben nach der Entzauberung

Der Grosse Schnaufer

Danny, Francina, Jay, seine Freundin Bella und Ratchet gründeten und betrieben die »Eisenbahngesellschaft Zitronental«. Sie bauten erst einen, dann einen zweiten und schließlich einen dritten Passagierwagen für die immer beliebtere Strecke vom Hauptbahnhof Luma über die Schilfschnitterstation, den Salzeichenhalt, die Netzlegerbucht und die Orakelstation bis nach Rekadom. Anschließend begannen sie eine neue Strecke durch das Zitronental hinauf zu den alten Stationen in der Hochebene und beim Siebenschlangenwald. Sie setzten sich zum Ziel, eines Tages jeden Zentimeter der Strecken wiederaufzubauen, die Belamus abgerissen hatte.

Ratchet sorgte mit großem Vergnügen dafür, dass der Zug stets pünktlich war.

Alex RavenStarr

Alex beschloss, bei Hagos zu bleiben. Die Entscheidung fiel ihr nicht leicht. Sie vermisste Benn und Louie, Nella und das Rundhaus, aber sie hatte das Gefühl, in ihr altes Zuhause bei ihrem Vater oben im Silbernen Turm zu gehören.

Langsam erwachte Rekadom nach dem, was als Fluch des Orakels bekannt wurde, wieder zum Leben, und Alex begann, die Stadt zu erkunden, in der sie geboren war. Die alte Schule wurde wieder eröffnet, und zahlreiche Familien, die über die Jahre geflohen waren, kehrten zurück, sodass Alex schon bald viele neue Freunde fand, wenn ihr auch niemand so sehr ans Herz wuchs wie Benn. Deshalb nahm sie jeden Freitag – und während der Schulferien noch öfter – den Vieruhrzug zur Schilfschnitterstation am Ufer gegenüber vom Rundhaus. Dort erwartete Benn sie mit Molly wie in alten Zeiten.

Louie D'Arbo

Louie blieb bei Nella im Rundhaus. Er liebte es, Zitronen zu pflücken und ihr auf dem Hof zu helfen. Er besuchte mit Benn die kleine Schule in Santa Pesca, und manchmal musste er nach der Schule mit Benn zu dem großen unheimlichen Haus gehen, in dem Benns Vater wohnte und nun auch – aus irgendeinem Grund, den Louie nicht ganz verstand – seine Mutter. Obwohl es nett war, seine Mama zu sehen, war Louie immer erleichtert, wenn es Zeit war, dorthin zurückzugehen, wo nun sein Zuhause war: bei Benn und Großmutter Nella. Und dem Pokkel.

Benn Markham

Benn half Nella weiter auf dem Hof – er merkte, dass es das war, was ihm am meisten Spaß machte. Manchmal nahm er den Zug nach Rekadom, um eine Weile bei Alex zu bleiben, aber besser gefiel es ihm, wenn Alex zu ihm, Nella und Louie kam.

Deela Ming

Deela verließ den Orakelfels und zog in den Silbernen Turm. Obwohl ihre Wohnung unter der von Hagos lag, verbrachte sie die meiste Zeit oben bei ihm und Alex. Sie sah zu gern, wie glücklich Hagos war, seine Zauberkenntnisse an seine Tochter weitergeben zu können. Sie brachte Alex das Stricken bei und war beinahe ebenso stolz wie Alex auf ihren ersten selbst gestrickten Hummer.

Bartlett

Etwa drei Tage nach den Feierlichkeiten, die ganz Rekadom nach König Belamus' Klippensturz erfasst hatten, erinnerte sich eine der Wachen daran, sie aus dem Kerker zu befreien. Bartlett war entsetzt über das Schicksal des Königs – und über die allgemeine Erleichterung. Als die Bürger von Rekadom sich im Sternenhof versammelten und abstimmten, keinen neuen Herrscher zu wählen, sondern sich selbst zu regieren, verließ sie die Stadt voller Abscheu. Sie nahm ein Pferd und den besten Wanderfalken und ritt, nachdem sie Ratchet einen überaus unhöflichen Abschiedsbrief hinterlassen hatte, davon und ward nie mehr gesehen.

Ratchet und Mavis

Nach dem Fortgang von Bartlett zogen Ratchet und Mavis gemeinsam in die Falknerei. Mavis liebte die Vögel ebenso sehr wie Ratchet, und wenn er mit dem Großen Schnaufer unterwegs war, kümmerte sie sich begeistert um die Falknerei. Hagos schenkte Mavis das teil-verzauberte Falkenei, und sie umsorgte es hingebungsvoll. Als das Küken geschlüpft war, folgte ihr der plumpe, gutmütige Vogel überallhin, und Ratchet liebte es, ihm dabei zuzuschauen. Ratchet verbrachte viele Tage mit Merlin bei der Eisenbahn, doch er kam immer gerne in die Falknerei und zu seiner Mavis zurück.

Zerra

Zerra fiel es nicht leicht, ihren Platz zu finden. Eine Weile blieb sie bei Hagos und Alex, dann, nach einem großen Streit mit Hagos, zog sie ein Stockwerk tiefer zu Deela. Das ging auch nicht lange gut. Sie versuchte, auf dem Zug auszuhelfen, doch sie hasste das Kohleschippen, und niemand war bereit, sie ans Steuer zu lassen. Anschließend wohnte sie im Rundhaus, doch sie kam schnell zu dem Schluss, dass Zitronen das »blödeste Obst der Welt« waren. Nach einer hitzigen Diskussion mit Nella, weil sie *schon wieder* nicht den Abwasch gemacht hatte, flüchtete sie sich zu ihrer Mutter nach Santa Pesca. Und dort blieb sie. Besonders gern half sie Benns Vater bei seiner neuen Tätigkeit als Richter am Gericht von Santa Pesca, und sie liebte die schicke Uniform, die sie bekam, und die komplizierten Regeln, die sie durchzusetzen hatte. Das Beste jedoch war, als Mirram der sprachlosen Zerra mitteilte, sie sei stolz auf sie.

Palla Lau

Palla war zufrieden, dass sie jetzt für das Orakel zuständig war, und noch zufriedener, dass kaum noch jemand zum Orakel kam – die Leute glaubten nun, es brächte Unglück. Doch Palla war nicht allein auf dem Orakelfels – der junge Torwächter schien ganz vergessen zu haben, wieder nach Hause zu gehen. Er machte sich nützlich, indem er Kohle die vielen Hundert Stufen vom Hafen heraufschleppte, und er war auch ein guter Fischer. Palla beschloss, dass er bleiben durfte.

Sols Spinne

Im Augenblick der Entzauberung merkte Sols Spinne, dass alles um sie herum plötzlich riesengroß geworden war. Doch das störte sie nicht, da sie feststellte, dass sie endlich wieder zu Hause war. Sie huschte durchs Abflussrohr und richtete sich in ihrem alten Versteck ein – in der Kanone unterm Bett in Sols früherem Zimmer. Dort blieb sie. Nur gelegentlich kam sie hervor, um Benn einen Schrecken einzujagen.

Die Magier

Nachdem die Geschöpfe der Dämmerung verschwunden waren, kehrten viele geflüchtete Magierinnen und Magier in ihre alte Heimat zurück. Hagos richtete an der Spitze des Goldenen Turms eine kleine Magierakademie ein. Ihr Motto lautete: *Sei Allzeit Umsichtig!* Er brauchte eine Weile, bis er verstand, warum die Leute sie nur die »SAU-Schule« nannten. Als es ihm dämmerte, störte es ihn nicht im Geringsten. Hagos wusste, wenn die Menschen über etwas lachen konnten, hatten sie endlich ihre Angst überwunden.

Angie Sage ist in London geboren und lebt in Cornwall. Sie liebt das Meer, gruselige alte Häuser und Zeitreisen (der einfachste Weg: Geschichtsbücher lesen). Sie ist die Autorin der weltweiten Bestseller-Serie rund um Septimus Heap, die in 33 Sprachen übersetzt wurde und sich allein in den USA mehr als 3,5 Millionen Mal verkauft hat.

Melanie Korte wurde in Augsburg geboren. Nachdem sie Kommunikationsdesign studiert hat, illustrierte sie für Werbeagenturen und schuf dann für die Spielebranche Charakter und Hintergründe. 2009 entdeckte sie ihre Leidenschaft fürs Kinderbuch-Illustrieren und zeichnet am liebsten coole Falken, Drachen und Einhörner.